芒果街,
我自己的小屋

〔美〕桑德拉·希斯内罗丝 著
程应铸 译

南海出版公司

新经典文化股份有限公司
www.readinglife.com
出 品

珍珠是牡蛎的自传。
——
费德里科·费里尼

目录

引言 1

1 | 海德拉屋 7
2 | 家在何方? 31
3 | 路易斯·奥马尔·萨利纳斯 39
4 | 坠入爱河 48
5 | 玛格丽特·杜拉斯 51
6 | 墨西哥绣衣 54
7 | 亡灵节 64
8 | 稻草变黄金 71
9 | 致阿斯托尔的探戈 78
10 | 唯一的女儿 86
11 | 致格温德琳·布鲁克斯的信 91
12 | 我的歪门邪道 94
13 | 谁还需要小说,如果…… 101
14 | 会唱歌的屋子 108
15 | 梅尔塞·罗多雷达 111
16 | 《芒果街上的小屋》十岁了 118
17 | 我能独处,我爱工作 125
18 | 家具商的女儿 135
19 | 性女神瓜达卢佩 147
20 | 住屋的颜色 155
21 | 我怎样成为一个艺术收藏者 162
22 | 给父亲的亡灵节祭品 176

23 | 给我一丁点你的爱 182
24 | 爱德华多·加莱亚诺 189
25 | 无限神物 199
26 | 笔墨官司 203
27 | 塞维利亚之恋 209
28 | 白花 219
29 | 卡布奇诺先生 224
30 | 私生女 229
31 | 一个被称为"白日梦者"的女孩 250
32 | 芒果街,我自己的小屋 254
33 | 对母亲的祭奠 271
34 | 复活 278
35 | 万物有灵 283
36 | 给一位愤怒读者的回信 288
37 | 成为圣人的姑娘特里萨·乌雷亚 293
38 | 查维拉·瓦尔加斯:一个非常女人的女人 306
39 | 巧克力和甜甜圈 312
40 | 艾库玛尔 318
41 | 借来的屋子 323

尾声:我的家就是你的家 332
附言:无限 355
追悼 359

引言

很久以前,那还是"昨天",我能根据我手稿上的字体,报出打稿的时间。"昨天",我的意思是指使用电脑之前,我拥有各式各样的手动打字机——不过不知为什么,我从未拥有过打字机中的"劳斯莱斯"——IBM。直到后来,我才渐渐地、勉勉强强地进入了电子世界。

我在地球上漫游,在希腊、法国、前南斯拉夫、墨西哥和美国各处借用打字机。我的手稿是一捆捆打了洞孔的活页纸,装订夹通过洞孔把纸页压得紧紧的。我每到一处,都用打字机打出我的诗歌、小说和散文,由于它们不一致的字体和各自固执不变的故障,就像护照上的印章一样,提醒了我,这是我在何处留下的文字。

有时候,我靠接受资助维持生活,有时候,我住进一个借来的屋子或客房,有时候,我确信自己在恋爱,但是大多数时候,我独处于一个不属于我的空间,烫手的账单纷至沓来。那说明,我住过很多屋子,历经很多爱情,用过很多打字机,但是我从没有找到我真正要的。

此刻，我在墨西哥中部，在一个我祖辈生活了几个世纪的地区，在笔记本电脑上写下这些。我的工作室里有皮革包护的桌椅，在一个封闭式的阳台里。一只吉娃娃犬在打盹，它不离我的左右。隔壁的棕榈树咯咯作响，就像一只沙球，小镇的中心，教堂的钟声定时鸣响。

在得克萨斯州圣安东尼奥市我上一个家里，我在后院一个二层楼的办公室里工作，和一群狗生活在一起，它们就像玛丽的小羊羔一样围着我打转。如今我仍然养狗，我的手稿上仍然有着多种不同的字体。有些文件再也打不开，因为旧电脑连同软件早就没有了。我根据打字工具的购买日期，来计算时间的流逝。

由此，我着手找回我那些迷失的羊羔，哪怕它们已经无影无踪，我把它们归聚到一个屋檐下面，与其说是为读者，不如说是为我自己。你在哪里，我可爱的小羊羔，你们去了哪儿？这些是谁写的，为什么写？我有必要知道，这样我才能弄清楚我的生活。

这些故事来自我一九八四年到二〇一四年之间的生活，它们大多数是为某些特定的读者群而写的，例如为大学和中学做演讲，为报章杂志及文选撰稿，通常是出于别人的要求。起初，我没有多大的信心来谈及我自己，我用诗和小说的交织进行表现，就像艾米莉·狄金森指出的那样，婉转地说出真理。要以自己的声音说话，我得学会从幕后走出。

我早期一篇回应性的自传文章，编辑在一本对奇卡诺人[①]访谈的书中，不仅所述事实有误（那时候我太年轻，相信家里人说的故事），而且说的话听上去也呆板、做作，像是我身穿打了毛皮补丁的西装，还抽着烟斗。基于这些原因，我否定了我的初次尝试，

---

① 20世纪中期以后出现的一种墨西哥裔美国人的代称。

没把它放进这本回忆录里。

在这本书里,我几乎排除了所有的评论和批评散文,包括我早期为"第三妇女"出版社,及在圣安东尼奥瓜达卢佩文化艺术中心担任文学指导时写的采访,因为它们似乎不符主题或不够成熟。一些由我主导,和其他作家做的对话访谈,没有用文字记录下来,也许让它们保持原有的形态最为合适。另外,为有些书籍写的前言和后记,当它们不能独立成篇时也不予纳入——没有车也就不成挡泥板。

我的记忆比我更了解我,它不会失去什么值得保存的。
——爱德华多·加莱亚诺[①]

我让我的记忆在这里呈现,它是宣示我真实生活,并把它和我的小说区分开来的一种方式,因为在那里,似乎有太多对我的假定和虚构。(例如有关于我死了的不真实谣传,就曾经在维基百科里报道。还有,不容含糊的是,我绝不像一份西班牙语报纸描述的那样,是一个在蒂华纳卖淫的妓女,尽管它编造了一个动人的故事。)我还不如来写一部自传,此刻我以不带任何偏见的形式,好比为自己编织寿衣,我提供我的个人故事,作为记录我自己人生的一个方法。

这本集子里的大多数篇章都做了修改,为了保持一致,避免可能的重复,或者,仅仅是因为随着时间的推移,我的标准也水

[①]爱德华多·加莱亚诺(1940-2015),乌拉圭著名记者、小说家。

涨船高。一些以前的谈话，在我想出怎样转录它们之前，只能让它们继续以谈话的形式存在。我经常不得不一遍遍地讲述故事，直到觉得它完整了。每到这时，很可能我不再记得"真实的"事件，但是我能够更好地理解自己。我想，对于大多数人，都会像这样。牡蛎留存了侵入的沙粒，同样，我们讲故事来留存一段记忆。珍珠就是我们生活的故事，即使大多数人不承认。

一九八五年，文学批评家泰·黛安娜·雷波莱多来访，邀我为在芝加哥举行的现代语言协会会议做我的首次学术讲座。由于咽喉炎作梗，我非常紧张不安，几近崩溃。我必须哑着嗓子在台上高声宣讲我的论文，一杯接一杯地吞咽热水，总算撑到结束。这件事对现代语言协会和世界并没有大的影响，但是对我仍然可说是一个极大的成功，这个成功给了我勇气进行更多非小说类的散文写作。此刻，我感谢泰多年以前对我的鼓励和信赖（否则第一篇论文会是怎样，只有上帝知道——那可是没有电脑的年代）。

起先我想这样安排故事的顺序，视它们为一座屋子里的一个个房间，把每个章节安置在不同的区域，读者阅读时犹如走进一座公寓——门槛代表引言，走廊代表一个故事的连接部分，楼梯代表灵魂的飞升，等等。

最终，为了表述清晰的目的，我不得不以我写它们的顺序来编排这些故事。即使这故事以前已讲过，每次讲述它的时候，我希望能渐渐获得一个更完美的真实，增加一层珍珠母，使得故事更加完整无缺。和故事保持较远一点的距离，你能对它看得更清楚，我总是这样说，因为只有这时，你才能够看见你自己。

浏览了一九八三年一月写的一篇日记，我看到年轻时代的我，在全国艺术基金会艺术奖学金的支持下，到欧洲各地旅游，写报道,浪游了一个月,最后终于在一个艺术的领地落脚,租了间我自己的屋子和一台打字机,我是多么的欣喜若狂。

一座屋子,一台打字机,这两样东西于我缺一不可。有了一个家让我想要写作,在家里,我就有写作的冲动。而今,为了写作,我的需要又增加了一样,那就是我的动物,当它们和我相伴的时候,我就有家的感觉。

在墨西哥,每逢节日,会有壮观的称之为"城堡"的烟火表演作为庆祝,这些城堡搭建在街上或公共场所,它们不是用砂浆和石头筑成的,而是用"carrizo"(西班牙语),即芦苇。烟火和一个巨大的芦苇锥体相连,锥体的顶端更复杂、更惊艳,就像婚礼蛋糕上站着的新郎新娘。观看烟火表演所产生的特有乐趣,部分在于观看者随心所欲地站在烟火降落点近处,如同摇滚演出上的一群鲁莽大胆的狂热分子。我看不到一点安全措施,疯狂和骚乱随时都可能爆发。我想,这份惊险就是它的魅力之一了。

第一发烟火被点燃,三个图像旋转着上升,散射出的温热火花落到人群里——一颗星、一朵向日葵、一面旗帜,闪耀了一瞬,便咝咝地只剩下一缕轻烟。但是,更高级的烟火就更令人惊骇,也更赏心悦目,越往上升越复杂,也越危险,辉煌得让人触目惊心,我们被落得一身灰,眨着眼睛,呛得直咳嗽。

最后,城堡的顶端被点燃,人群开始移动,一个个伸长脖子。妇女们用黑色的披巾盖在头上,划着十字。婴儿们被举在半空,像是在大教堂前面兜售的氦气球。孩子们紧紧攀在路灯上,如同蜘蛛猿一样弹跳自如。这就是为什么我们全都奔这里来,这就是为什么我们忍受着脚底的疼痛,推推搡搡的人群,空气中硫磺和烤肉的气味。到时候了。

看,那是什么?看到了吗?是谁?天使长米迦勒?萨帕塔?圣餐杯和圣饼?不,你看!是瓜达卢佩圣母!Ay, qué bonito!(西班牙语:啊,多么美丽!)"大风车"在咝咝作响的绿、白、红转轮烟火中闪射生动的光焰——象征着墨西哥国旗,但是我相信,它还代表"三位一体"的墨西哥烹饪——辣椒、洋葱、番茄。

瓜达卢佩圣母开始转动,起先是慢慢地作拜别,恰到好处。然后,圣母加速,以脚尖旋转,像一个奥林匹克运动会的溜冰者,旋转着进入夜空,一会儿便消失,然后像蒲公英一样地爆炸开来,落回到地面,飞溅而起如同萤火虫的灿烂尾光,向人们致以美好的祈愿。我想象中的死亡,正是如此。

我没有孩子可以向他们讲述下面的故事,即使我有,他们也不会有兴趣听。所以把它们奉献给你们,我的读者。当我写这些的时候,我正过完人生中的第六个十年。在我的生活中,一个新的循环开始,旧的那个关闭。我处于生活的激流中,在屋与屋之间游走;我写下这些的时候,是在美国墨西哥边境的另一边,是在墨西哥境内而不是它的外面。于是,我突然希望在我最终把自己化成一个光艳四射的转轮烟火之前,来做一个圆满的回顾和展望。

二〇一四年十一月三十日
于瓜纳华托州圣米格尔德洛斯奇奇美卡市
河犬之家

1 | 海德拉屋

在希腊，我曾有过一座屋子，坐落在伯罗奔尼撒半岛之外的一个小岛上。这是我的第一座屋子，在记忆里成了一个光灿之地。它属于一对英国夫妇所有，他们夏季来这里居住，而在一九八二年秋天，它成了我的家。

海德拉既是那座小岛，一个没有汽车的福地，又是那个小镇——有层层叠叠的石头建筑，有无数直落山脚通往港湾的阶梯，是我完成《芒果街上的小屋》的地方。我的家是一座建立在村落高处的古式建筑，有很开阔的视野，能俯瞰小镇，远眺大海，仰望蓝天。文明既是近在咫尺，又似乎非常渺远。在这里，既是离群索居，却又不无社交。白天，我与港湾的人们保持足够的距离，而当我愿意的时候，也可以在结束工作后的黄昏，去港口融入他们的生活，对于一个作家，这是隐居和社交的一种完美平衡。

如果我的故事是出于奥维德笔下,那么,我变成一朵浮云,是从一九八二年夏天搬到普罗温斯敦镇开始的。我计划在离开那里去希腊之前结束《芒果街上的小屋》的写作。我是这样告诉出版商的,这也是我对自己的承诺。我是如此肯定,会在夏季结束时完成,于是买好了一张九月从纽约飞往雅典的单程机票和一张欧洲铁路旅行优惠票,这样,便能够以低廉的旅费穿越欧洲。

在普罗温斯敦,我和丹尼斯·马西斯合住一套公寓,位于艺术工作中心的楼下,早先我们在艾奥瓦的时候,丹尼斯就是我的朋友、私人编辑。那一季,丹尼斯从事房屋油漆工的工作,在刺鼻的气味中回到家里,仅仅打一个盹以振作精神。他仍然挤出时间读我每天流出的文字,提供意见,小心翼翼不破坏我的表述——他称之为"奇特的声音"。

这是一个离奇而怪诞的夏日,举目皆是形形色色的有趣人物,足以配成一部马克斯兄弟喜剧电影的全部角色。我们没日没夜地跳舞,晚上,我们在沙丘举行的月光派对上跳;日间,我们在同性恋酒吧的下午茶舞会上跳,难怪我很难把思想集中到脑子里的另一个世界。

到了九月,我把尚未完成的手稿塞进手提箱,吻别了普罗温斯敦。我不知道自己会在什么时候返回,但是我知道,回来时决不会是一个一成不变的我。谢天谢地,如果,有什么我想摆脱的人,那就是我自己。

我期望改变我的生活。研究生毕业后,我在中学任教,然后成为一所大学的招聘人员和辅导员。我组织社区的艺术项目,我把时间花在帮助别人上,唯独没有用以写作。我想成为一个作家,但是除了旅行,我不知道怎样来实现这个目标。我的这一想法从何而来?好吧,一是来自电影;另外,是书尾那些令人兴奋不已的地名,它们总是跟着作家的名字,映入我的眼帘,例如马约卡岛、的里雅斯特、马拉喀什、特纳利夫岛;然后是那些讲著名(男性)作家行为如何糟糕的传记,对于女性作家的生活状态,我所知甚少,对劳动阶层的作家更是一无所知,尽管我参加过一个作家研讨班。我说不出要怎样做才能成为一个作家,但是我知道我不想做的是住在纽约或在大学教书——前者是因为我讨厌大城市(作为一个穷人),后者是因为大学的森严令我恐慌(作为一个穷人)。我希望过作家那样的生活,在我的想象中,作家的生活就是带着一台打字机,住在一座傍海的屋子里。

二十八岁时,我意识到自己的狭隘和幼稚。幸亏这时,我首次获得了全国写作奖学金的眷顾,这是全国艺术基金会的奖学金,对我是个千载难逢的机会。起先我想我会搬到旧金山,如此便接近拉丁美洲文学圈子。但是,这个梦想似乎不用资助就能够轻易实现,于是我将这个计划推迟,把目标移向一个更有异国情调的区域。我试图取悦我的芝加哥冤家,我的天敌,一个我视之为老于世故的男人。我希望他仰慕我,而不是我仰慕他。我愿做他做过的事情,去赢得他的肯定,我会成为一个云游世界的旅行者。

我选择的目的地是巴塔哥尼亚[①],在南美洲的最南端,然后按计划北上艺术之乡布宜诺斯艾利斯,那里有负有盛名的探戈,还有博尔赫斯[②]、阿芳西娜[③]、普伊格[④]和皮亚佐拉[⑤],都是我喜爱的。

[①]该地区主要位于阿根廷南部,小部分属于智利。
[②]豪尔赫·路易斯·博尔赫斯(1899 – 1986),阿根廷诗人、小说家、散文家兼翻译家。
[③]阿芳西娜·斯托尼(1892 – 1938),阿根廷女诗人,阿根廷女性主义现代文学的重要代表。
[④]曼努埃尔·普伊格(1932 – 1990),阿根廷后现代主义作家。
[⑤]阿斯托尔·皮亚佐拉(1921 – 1992),阿根廷著名作曲家,被称为"世纪探戈教父"。

但是我怎样才能完成我的旅行计划？漫游拉丁美洲的想法，对于一个从没单独出游过美国境外的女性，委实是个颠覆性的大胆构想。更糟糕的是，我知道当地的男人会认为我单独出行是意在邀请他们做伴。太令我不知所措，我说服自己，如果推迟去巴塔哥尼亚，等到我成为一个更成熟的旅行者，那就会容易多了。

有幸在那年的早些时候，我遇到了伊菲吉妮娅，一个具有希腊血统的诗人。这年秋天她去雅典探亲，她说我可以相伴。于是我们相约九月在雅典会面。这对我是个安慰，因为我有时做噩梦，梦里有我最惧怕的东西，我梦见被关在一间漆黑的房间里，和一只鬼魂般的老鼠相伴。有了伊菲吉妮娅的陪伴，我沉着多了。

我有一个模糊的记忆，我寄出一封"我的书稿被狗啃没了"的信给那家小出版社的发行人，他正在等我实现诺言，在夏季之末交付我的书稿。我还能怎样？去希腊的机票是不能退的。我只能飞离，试着不要老是去想到他，可怕的是他有一个声名狼藉的坏脾气。

我先到雅典，和伊菲吉妮娅一同住在她父母家里，那是一处崭新的寓所，闻到的是肉末茄子饼的宜人香味。我们在城里闲逛，看了不可错过的古迹，然后离开，去比雷埃夫斯港造访附近的群岛——实际上只去了一个岛，不过，最后我们实现了原先的行程安排，游览了其他景观。

海德拉是我们观光造访的岛屿，因为据说那里到处是艺术家；海德拉也是我们留连忘返的逗留之地，因为那里是人间的天堂。我们在散发霉味的膳宿公寓里租了几间房，做着作家们在希腊群岛上做的事情——坐在户外小餐馆的凉棚下面，潦潦草草地在日记里涂写，吃炸鱿鱼，和镇上难以相处的居民友好交往。当受够了去接近这些行为古怪的人之后,我们返回雅典,等着我的是出版发行人的一封愤怒来信,记不清信里写了些什么,但是,如果用一幅卡通画来表达,我会画出缕缕烟气,从信封里袅袅而出。这封信足以让我清楚地意识到,在完成那本书稿之前,我哪里都去不成了。

书稿的拖延使我不再可能对我的天敌信守承诺,我们曾定下在摩洛哥会面的计划。我写信说我不来了,回复我的是一阵狂怒的湿热风暴。我正在写我的书,不可能有分身术,但是解释是无济于事的。真是可悲,男人和写作,我选择了后者——以后也是如此。

所以我们,伊菲吉妮娅和我,又返回小岛。我们在海德拉住下,不再仅仅是为了观光。这个岛距雅典只有几小时的航程,离伯罗奔尼撒半岛非常近,越过地平线依稀可见。

一开始,我们住在马蹄形的港口附近,在这里,轮船的汽笛声把白天分割成不同的时段,那汽笛像是在说:"我们到了!"或者:"我们起航了!"每一声汽笛让我们不用看表就能知道这是一天的哪个时辰。日间的观光客急急匆匆地走下巨大的远洋客轮,千篇一律地在小酒馆、鲜花点缀的拱门和驴子前面拍照,随后又登上船,匆匆离去。

我们首次造访海德拉岛的时候,遇见了两个埃及裔希腊人,是一对兄弟,在港口那一头经营帕尼尼三明治的小餐馆隔壁开了一家店。他们名叫康斯坦丁诺斯和瓦西利斯·恩比里卡斯。他们开的是一家古怪的礼品店,里面全是些毛皮外套和廉价的希腊古董石膏仿制品,这令人费解的一堆落满灰尘的货物,在秋日逼人的酷热下,益发显得怪异。

我喜欢恩比里卡斯兄弟，他们也喜欢我。瓦西利斯，矮胖的哥哥看上去酷似悲情电影演员彼得·洛，有着同样开阔的前额，油腻的头发，填满了悲伤的青蛙似的大眼睛，好像它们一辈子看了太多的不幸。他是离婚，分居，或者是个鳏夫？我记不起来，总之，他孤独而寂寞。跟他相反，康斯坦丁诺斯简直就像一尊清瘦的贾科梅蒂雕塑，优秀而卓越，他有一个小男孩和母亲住在雅典。他们并不阔绰，还负债于已故的契约者及其后代。他们的居所是一座朴素的屋子，坐落在一条内陆街上，很可能这屋子是租来的，并非他们所拥有。它外部明亮，但是内部幽暗得像一个洞穴，他们住的这条街，一如岛上的其他街道，干净整洁，连屋子前面铺的鹅卵石，每天都会被不知疲倦的希腊家庭主妇擦洗得一尘不染。

当我为寻找一个栖身之地而奔走之际，康斯坦丁诺斯向我敞开了他的家门，美中不足的是，里面住着康斯坦丁诺斯本人。在居住其中的短暂时光里，我日日享受着破晓的来临，看着一个个早晨怎样走进我的世界，我欣赏着天花板上的那团光亮，它如同一枚擦亮的硬币，光耀闪闪，令人欣喜。

那时，康斯坦丁诺斯渐渐有些喜欢上我了，我得去寻找一个属于自己的屋子。我接受了最先看到的一座屋，是在山顶上。来到这里，可谓是文明不再，荒蛮伊始。（伊菲吉妮娅起初和我一起住，但是最终，连绵不绝的阶梯将她吓退，我计算出来，从港口走到我的家门，足足有三百五十级阶梯。最后她发现在小餐馆里写作更合心意，便搬到港口附近的出租屋里。）我签了一份为期两月的租约，每月租金两百美元，和我在芝加哥巴克敦租住公寓的价格相同。一九八二年十一月三十日，在我的《芒果街上的小屋》完稿的那天早晨,我退还了住所的钥匙。

海德拉屋是一座简易的夏季别墅,就像希腊所有的屋子一样,屋里涂的是白色,外墙在每年复活节刷一层石灰水。它有高耸的院墙、厚实的屋墙、柔美的线条、圆形的拐角,简直像是用羊奶酪雕刻出来的。

从楼上卧室的窗口,你感觉你能够一跃而出,翱翔在小镇上空。在你眼底,小镇像是一个由无数闪亮糖块组成的几何体,在向着大海滚动。对岸,呈现一幅被称为伯罗奔尼撒半岛的陆地奇景,朦胧中是连绵的山脊,山脊上面,是辽阔无际、包容一切的天宇。与之相比,著名的普罗温斯敦的灯光又能算得了什么,这里才是壮丽的,不朽的,平静的。

我们的村落全部用石头建成,就像是古老的圆形剧院。一有声音就能被所有的邻居听到,不管是一只瓷杯放回到它的瓷质茶托上,或是无线电爆出的当时最热门的乔治·萨拉贝席斯的歌声:"我爱你,你可听到?"

一开始,在十月初,气候还算温暖,我在花园里设立我的办公室,就在葡萄藤的棚架下面,蜜蜂在跌跌撞撞地飞,像是醉了酒似的。我借来了康斯坦丁诺斯的法文打字机,它的键盘排列和英文打字机不同,于是,凡是那时打出的小说、诗歌、书信,全都屡犯同样的打字错误。

当我从稿纸上抬起眼,横亘陆地的山脉成了一抹落日后的淡紫色,像是柔美的天鹅绒,将要融化成尘土。每天,大海呈现的蓝色,都和前一天有别,而每一种深浅不同的蓝都和另一种蓝——天空和山脉的蓝相映生辉。

在我的海德拉屋,最大的快乐就是每天清晨拉开卧室的窗帘,拔起活页窗的插销,伴随着一声有如叹息的咔嚓轻响,轻轻一推,那扇各有三块玻璃的对开窗便会在摇摇摆摆中豁然敞开,如同展开双臂,引吭高歌:涌进来吧,大海、蓝天、花园。我爱你们,你们听到吗?

这座屋子,它的窗子,以及打开它时的愉悦,这所有一切都自然而然地进入《芒果街上的小屋》那篇"萨莉"之中(或者可以说为我的描写找到了现实的土壤)。因为我的屋子就像故事主角埃斯佩朗莎所梦到的那样,有一扇扇窗子,让蓝天源源不断地涌入。

一次,就在这间卧室的同一个窗口,我用双手捉住了一只飞物,我猜想那是一只大飞蛾,但是在它抖动翅膀挣扎之中,我能够看出来,它是一只柔软光滑的鸟或蝙蝠,或是其他介乎昆虫和精灵之间的动物,就像神话描写的那样。我赶快放了它,吓得不敢再看看清楚。

住在海德拉屋的时候,我做过这样的梦,梦见我和海豚一起在爱琴海游泳,我们在水里窜进窜出,快乐得像是一枚在缝合大海的针。这是最最让人难以忘怀的,而在现实生活中,水让我感到恐惧。

生活在海德拉屋,犹如徘徊在现实和梦幻中间,有一种真幻难分、如痴如醉的感觉。我看着自己沉醉在这迷人的生活中:在一座面对海景的美丽屋子里,嗒、嗒、嗒、嗒……连续不断地在打字机上敲打,就像电影里的作家那样。

我想和大家分享我的幸运,我迫不及待地邀请我所有的朋友和家人来加入,但是没有人接受我的提议。"祝你好运",我母亲可能会这样说,否则我可能永远无法完成我的书稿。我还有两个月。

在家里我的工作状态最好，所以只有在需要一些食品和生活杂物的时候，我才会下山到港口去，不过也差不多天天如此，因为我不擅长烹饪。我在中午醒来，赶紧扣上从港口鞋匠那里买来的皮凉鞋，一步两个台阶地往下跑，直奔镇上，必须赶在商店关门、店员惬意的午睡之前。

在海港，我买了黄瓜、酸奶和大蒜，准备做一种称为酸奶黄瓜的希腊菜；又买了些做早餐用的鸡蛋、从油桶里舀出来包在蜡纸卷里的油橄榄，外加一厚块湿漉漉的羊奶酪。然后，在返回山顶的中途，我在一家小店稍作停留，那里挤满像马儿一样站着吃东西的顾客，我最后一次购物，购买少许烤炙的羊羔肉，以作晚餐之用。

我们的四周被水环绕，但是这水里却没有鱼。康斯坦丁诺斯解释说，水里的鱼被捕尽了。在一个夜晚，我真的和他试着去钓过一次鱿鱼，不过后来再没去过。捕到鱿鱼之后，我眼睁睁看着它们在我们的船上喘气挣扎，这让我受不了，甚至都流下了眼泪。但这还不至于阻止我在第二天伴以橄榄油和柠檬汁来享用它们。

康斯坦丁诺斯家附近有一家面包房，出售美味的菠菜奶酪馅饼，我常常购买这种刚出烤炉的热馅饼，还有新鲜的方面包，我把它切成片，中间夹入瑞士巧克力棒。那时我的体重仅一百一十八磅，想必是攀登通往我家去的这三百五十级石阶消耗了我的热量，除此之外，还能怎样解释这一奇迹。

对于本地人来说，海德拉岛的生活费用是高昂的。因为每样东西都得从外面输入，包括饮用水。虽然这个小岛名字的意思是"水"，但这仅仅是来自几个世纪前的记忆，那个时候，海德拉岛曾经冒出过几股天然矿泉。就像这里的海域不再有鱼，海德拉如今也不再存在淡水。所以，它必须从大陆输入，就像其他几乎所有的东西，包括那些次等的产品。走进市场，看到的是糟糕的橙子，碰伤了的苹果，零零落落的几根黄瓜，也许会有一些洋葱，那种感觉就像是处于战争时期，但事情过后，现在再来回顾，觉得这可能仅仅是我个人的感觉，一个在中午才睡醒的人，她所买到的当然是别人挑剩的东西。

海德拉岛只有一辆车，是一辆大卡车，用以载运垃圾并把它们卸到小岛的某个偏远地区，我一想到这个地方，就会害怕。我们的小岛之所以存在，仅仅是因为自成中心的港口和附近的卡米尼嬉皮村，两个小镇之间有高峻的峭壁，俯瞰海面，水下到处是一群群有危害性的水母。

夜里我在厨房的案桌上工作，因为上面那盏吊灯是这屋里唯一像样的光源。如果遇上一个充实的工作日，辛勤耕耘了一日之后，我便下山去港口，然后和伊菲吉妮娅会面；或者和康斯坦丁诺斯到希腊小餐馆用餐，要不去他哥哥瓦西利斯家，因为瓦西利斯喜欢烹饪；或者去迪斯科舞厅跳舞；或者在小酒吧喝上一杯希腊茴香烈酒。

尽管很高兴有人陪伴，我最喜欢的还是独处，独自留在我那艘从不出海的"船"上，心满意足地从这艘我称之为家的"船"上远远地观赏眼底的世界。我会在卧室的窗畔徘徊，就像佩内洛普在等候她的奥德修斯，从窗口望去，一边是长满葡萄、白花丹和茉莉的花园，而另一边是繁忙的码头，随着远洋巨轮的停靠而上下浮动，还有一些相形逊色的捕鱼船和百万富翁的游艇。

我的屋子只是一座乡间小别墅，它也是我住过的最美丽的地方，无论是当时，或者之后。我魂系梦绕地思念着它，就像一个害了相思病的少年，那屋子浸透了我对它的爱慕。在白天，我轻推两扇窗，它们打开，光线柔和得像是闪亮的珍珠，和顺的轻风在屋子里游动。水泥水斗和地板，外露的管路系统，嵌入墙内的长椅；一个很简陋的厨房，置有一个罐装煤气的野营灶台，这一切毫无奇特之处。"哪一天我拥有的家就是要像这样。"我对自己说。它的简朴单纯给了我无限的快乐，这快乐鼓舞着我去写作。

海德拉，海德拉，海德拉！一面旗帜在迎风招展，它给我一种宾至如归的温暖，我能够走遍它的每个地方。我还爱它的高墙给我带来私隐的空间，我跨坐在卧室的窗台上，一条腿搁在屋里，一条腿伸到窗外，觉得自己正骑在一匹巨大的长翼白马上，同时享受着窗内和窗外两个世界。

在这里我如此舒服自在，我甚至考虑永远居留此地，但是找不出理由来说服自己，我不是希腊人，得从头学习一种新的文化，这些人不是我的同胞，这里没有我的事业；再说，我将怎样谋生？唉，除非……我心中这样想。

岛上真的有那么多小教堂，多得像一年之中有那么多日子？我不知道，不过那里有太多的奇迹，或者，这可能只是我的感觉。有一次，康斯坦丁诺斯从一株藤上摘下一朵茉莉花给我，我大为惊异，就像看见他从帽中拉出一只兔子。我从没想到茉莉会长在墙上，那夜之前，我还从没看见过茉莉花，它白得像月光，温柔宜人，芳香无比。

小岛上还有一件神奇的事情，就是罪犯无法从岛上逃离。所以，我能够在夜晚毫无恐惧地步行回家。每个人都知道你是谁，知道你正在往哪里去，能够在你离开小岛之前将你逮住。不管这种安全感是不是真实，对于作为女人和芝加哥人的我，这确实是一种新奇的感觉,以前从来没有过,以后也极少有。

最大的奇迹,就是我每天都写,至少我记得我是如此。我用手写,把写下的用打字机打出,再在打字稿上写下修改,直到那潦草的字迹像是打了结的绳子。连我自己也看不懂的时候,我再从头打出清楚的一页,这是个一遍一遍不断重复的过程,而对我是一种享受,因为它让我听到自己构想的文字,犹如一个作曲家在聆听他脑海里的乐章。

我真想知道,现在那些纸片在什么地方?也许在海德拉岛的垃圾坑里,某个可怕的地方,我想象,硕大的老鼠在猖狂肆虐,就在小岛的那个偏远之地,它的肮脏污秽,同小岛这边的美丽宜人恰恰形成一个对照。

这段时间我有没有潜心阅读?难以想象我并非如此。我知道恩斯特·费歇尔写的《艺术的必然性》,我有平装本,我本想把它读完,想要给我的芝加哥死对头一个深刻的印象,但是我仅仅读了些开头的章节,在一些段落下面划了线。虽然我带着它穿越希腊、意大利、法国、西班牙和南斯拉夫,弄得自己看上去很博学多才,但是书里写些什么,我一点都记不起来。

希腊小餐馆是大众参与民主政治的集会之地,在这里富人和中产阶层进行交往。一个雨天的下午,我和康斯坦丁诺斯和瓦西利斯在希腊小餐馆用午餐,我认出了大名鼎鼎的特德·肯尼迪[①]。特德和陪同刚走下金光闪闪的游艇,正忙着用餐,嘴里嚼着与我

[①] 特德·肯尼迪(1932—2009),美国政治家,老牌参议员。

们一样的油腻腻的土豆和煮过头的鸡肉。

海德拉有几处值得夸耀的用石头筑成的豪华公馆,是一些百万富翁、海上老船长、传说中的古代和现代海盗建造的。无疑,它们看上去还真像是用金银财宝堆砌而成的。这些富人是谁,我无从得知。坐在餐馆里的每个人看上去谁都不比谁富有,谁也不比谁更穷。照这么说,这里是一个贫富均等的社会,尽管我们知道那不是事实。

在一个看得见陆地的小岛上生活是安静平稳的,巨大的客轮滑进港口,卸下日间观光客,水翼船在水面游弋,加速,频繁地来往于比雷埃夫斯港,宛如紧张不安的蜻蜓。我们的港口散发着猫尿、死鱼、海藻、树脂的臭味。一直以来,水声从不中断它对港口长满青苔的石头堤岸的撞击。希腊男人翻来覆去地摆弄他们的解忧珠,他们整天在小餐馆里闲荡,一边打量着一群刚到埠的外国妇女,她们穿着单薄的夏装正急急忙忙奔下游船。至于希腊妇女,她们自己在上演希腊式的悲剧,甚至比工蚁更为勤勉,总是洗了又洗,打扫了又打扫,她们的工作,像是西西弗斯推石上山,永远没有一个尽头。

我们看见,当新来的游客一走下轮船的厚厚踏板,旅馆的老板便趋之若鹜,上前纠缠,游说旅客下榻他们的膳宿公寓。没有人出面警告那些身背双肩包的年轻女孩,钟楼附近那家膳宿公寓的老板是个爱偷看女人裸体的好色之徒。不过,她们很快就会发现。

希腊人有一种不是语言的语言,我不得不用心学习对它们的解码。当你向他们提出一个问题之后,他们突然摇起了头,用舌头发出嗒嗒的声响,但这并非是说:"多么愚蠢的问题!"而是很简单的一个字:"不。"还有,当他们和你说话,声音拉得很高,这时,你得学会不必在意,这是他们相互交谈时习以为常的声调。

生活在海德拉岛的时候,我还发现希腊妇女那种悲哀的嘶哑嗓音,与海鸥的声音相近。我想象,她们是海鸥变来的,就像奥维尔笔下的故事。她们是我在欧洲看到的最美丽的女人,长着一双双玛瑙色的眼睛,多么可爱的人啊,尽管她们的声音刺耳。只可惜,她们的美丽消失得太快,然而,男人的魔力却长存。

因为我们所在的那个岛没有车辆,除了依靠人力或驴子,没有其他办法拉东西上山。动物在运送物品的通道上留下它们的新鲜粪便,以致脏乱不堪。这些牲口的主人会说一种驴的语言,由类似"哦,呵呵呵"的声音和舌头发出的意为"不"的嗒嗒声组成,是一种大声的吆喝。我想,但愿这些驴子能学会不介意,但是它们似乎有些愤然,它们是敏感的动物,只见它们仰头哀鸣,把背脊拱向天空。可怜的驴子!

由于我住在海德拉岛的时候,岛上没有街道的名字,要让人知道一个地址,你必须亲自领路,或者给出非常具体的方向:"你知道墙上有两头鹰的屋子吗?在那里左转弯,再向上走,沿着'驴粪小道',你保准错不了,跟着它们的脚印,然后,你到达一座被茉莉花覆蔽的天桥,右边第二座屋子,那棵橄榄树旁边,就是我住的地方。"

岛上有一个来自德国的妇女,我称呼她莉泽尔,她曾和几位"新德国电影"的著名导演一起工作,他们是法斯宾德、赫尔佐格和文德斯。莉泽尔住在一座有几个阳台的漂亮屋子里,可以看见,一座山纹丝不动地矗立在那里。一走进这座屋子,那高高的白墙、橄榄树、柠檬树和九重葛,会使你产生一种奇特的感觉。屋子里的饰品虽然不多,但是漂亮得体,那是花了很多精力,一点一点从维也纳和库斯科弄来的。在莉泽尔的屋里,每一件东西看上去都完美得像是随时可以进入一个特写镜头——一个置于花园铜龙头之下的木桶,一张放在空房中间用弯木制成的古董床,一只用毛绒绒的绳子挂在屋梁上的厨房篮子。

莉泽尔担任电影制作人的职位,作为日常工作,她必须勘察外景拍摄场地,取得拍摄许可,帮助布置背景,招募临时演员,确保拍摄的连续性,还有很多其他听起来让非电影制作人吃惊的琐碎之事。她在南美和维尔纳·赫尔佐格拍摄《阿基尔,上帝的愤怒》时,染上了一种奇怪的疾病,时坏时好,让她倍受折磨。结果,几个电影制作人集中财力,买下了这座供莉泽尔居住,但不属于她的海德拉屋。他们何以如此慷慨,我不得而知,我听说她已是面临死神的人,莉泽尔对此确信无疑,她那病入膏肓的样子,也让其他人确信她将不久于人世。也许她随时会死,谁知道?我只知道当地的希腊人被吓坏,说有这么一个脸色苍白的女人,看那头发和皮肤的颜色就像夜间在墓地里游荡的鬼魂,白天又咒骂他们,因为他们家的垃圾吹入她的花园。

我陪伴莉泽尔去过一次墓地,希腊人的坟墓点着油灯,墓碑上印着死者神情肃然的肖像,和墨西哥人的严肃肖像同出一辙,我深深地被这种气氛所吸引,只要我不是单独去那里,我不会感到害怕。我喜欢莉泽尔,她边用脚踩着油门,边告诉我她生活中令人惊奇的故事。那时,我觉得她很老了,然而现在我知道,其实她那时比写下这些文字的我要年轻。

当有人把我介绍给岛上的居民时,我脑中总忍不住会冒出一个问题:"莱昂纳德·科恩①住在哪里?"我问了又问,就是没人知道,或者说没人告诉我。其实我无须把日光投向远处,具有巨大创造力的天才比比皆是。当时在我的日记本里就有一张夏洛特·莫尔曼的明信片,她是茱莉亚音乐学院培养出来的演奏艺术家,这位大提琴演奏家一九六七年曾在电视屏幕上裸体演奏大提琴,这是视频艺术创始人白南准的创意。我在一个小餐馆里邂逅她,她慷慨地把自己的地址给我,邀我若去纽约别忘了找她,但是我太胆怯,从没去找过她。

这段时间,我和一个几乎小我十岁的妇女结下了友谊,她名叫薇尔黑敏娜,是一个南方淑女,被送到巴黎和姑姑一起生活(在我想象中,这个姑姑看起来一定像那个和"大象巴巴"②交朋友的老妇),后来薇尔设法独自漂洋过海,来到海德拉岛。男人们,无论是年老的还是适婚的,昏了头似的纠缠她。她有一张宽宽的农家女儿的方脸,苍白而布满雀斑的皮肤,眼睛像是闪动着星光的爱琴海。她很可爱,但不属于漂亮的那种,她的身材有些不成比例,我百思不得其解男人们究竟爱她什么,不过她年轻,还曾经是啦啦队员,我猜,这也许正是男人们喜欢的。

薇尔告诉我,她读书的南方大学,硬性发给每个啦啦队员减肥药丸,这使我吃惊得几乎喊叫起来:"哦,宝贝!"一天夜里,我们一起住在瓦西利斯的公寓里,她讲了她流产的故事,她是海

---

①莱昂纳德·科恩(1934 – 2016),加拿大歌手、歌曲作者、诗人、小说家,曾在希腊一个小岛隐居多年。
②深受欢迎的法国童话故事角色,最早出现在法国画家、儿童文学家让·德·布吕诺夫 1931 年创作的《大象巴巴的故事》中。

德拉岛的霍莉·戈莱特丽①，她劫后余生的经历听得我浑身打战。我想知道，她那疏忽大意的父母哪里去了？

薇尔说，唯一令她念念不忘的东西是美国的棉花糖，我回家后寄了六袋给她，但是它们周游了半个世界之后又回到得克萨斯州，上面盖着几个邮戳，标明："退回寄件人。"究竟什么事情落在了薇尔身上？我不可能知道，如果她嫁了一个希腊富豪，我倒丝毫不会吃惊。

而我的个人生活可说是一团糟，我多次卷入恋爱风波，因为我想让心远离我的死对头，我的芝加哥冤家。他对我说，我们是开放关系，也就是说，那是他所希望的，而不是我。但是我的努力无济于事，他越是不要我，我越是放他不下。想要独立反倒激发了对他的爱慕，而爱慕是一种催欲剂。

如果没有意识到我其实是把对他的爱和对父亲的眷恋混淆了，我是在他身上构筑一个慈父的形象，那么，为了赢得他的赞美，我会付出几十年的努力，直到最后有一天，我明白我永远不会得到他的认同。不过，那时候我已不再需要他的认同，我知道他是我想象中的虚构之物。

让我们回到海德拉岛，那时候，康斯坦丁诺斯和我共同构筑了一段短暂的浪漫史，但是对我而言，我们的关系非常虚弱，没有基础，几天之后就劈劈啪啪地熄灭了，留下的只是一缕轻烟。

康斯坦丁诺斯四十岁，相对于二十八岁的我似乎是见老了，往往，当我们亲热的时候，我觉得好像在和死人共枕，他的脸变成了骷髅，虽然我从没有向他披露这种感觉。他有一双像猫一样

---

① 美国作家杜鲁门·卡波特 1958 年小说《蒂凡尼的早餐》中的主要人物，后该书改编成由奥黛丽·赫本主演的电影。

的大眼睛，一张颊骨突起的瘦脸，像斗牛士一样蓬乱的头发，下巴上覆盖着整齐如奥德修斯般的胡须。他的模样恰似那些英俊的埃及人肖像，在法雍地区的木乃伊脸上可以看到，有一双热切的像希腊橄榄果一样乌黑和湿润的眼睛。如今，我能够清晰地看到康斯坦丁诺斯的魅力，但是在我认识他的那个时候，一群在我身边打转的男孩让我分心，使我觉得自己的经历实在太离奇，处于他们的华年，却去和一个老男人约会。

当我从康斯坦丁诺斯家搬出，一心一意地开始了我自己的生活，没有给他一个再想一想的机会。他会羡慕我的独立，这种羡慕会让他对我更加难分难舍。我写这些文字的时候，为我的不周可能给康斯坦丁诺斯造成的痛苦深表歉意，同时我也原谅了我的冤家，我的芝加哥死敌，他让我品尝同样的苦果。

在海德拉岛居住期间，我的皮肤呈古铜色，这是由于我先后在两个海岸——大西洋海岸和爱琴海海岸——生活了两段时日。我披着鬈曲的长发，就像克里特岛上的女祭司，她们骑在公牛背上，手中捏着蛇。我正在创作，我会有我自己的钱，我会有我自己的房子，这是我的动力。

男人们经常闯入我的生活，我常常发现他们魅力无穷。理由很简单："为什么不呢？"但是，只有一个人攫住了我的心：他叫迪米特里，一个希腊水手，是他减弱了我对芝加哥老对手的感情依赖，其他人仅仅是过眼烟云。

我的希腊水手在经历了一段短暂而强烈的情感生活之后，扬帆离去。我在港口第一次见到他的时候，他用温和而困倦的声音告诉我他的名字，我立刻喜欢上了他。他那双天方夜谭般丰富多彩的眼睛，他那职业拳击手的体魄，他的胸脯更像是阿喀琉斯刀枪不入的盾牌。想到这里,我觉得他的样子像年轻时的演员哈维尔·巴登,无疑,这么多年来,我一直热衷于巴登。

在那段"航行"中,海德拉屋和《芒果街上的小屋》缠结在一起,就像是恋爱,成为一个永恒的瞬间。我试着穿越时空去回想,《芒果街上的小屋》中的每个故事都是在哪儿写的,但是我能对上号的只有几个。因为那时我没有电脑,我像一个航海者,没有地方贮存草稿,依靠的只有记忆。

那天夜里,我在艾奥瓦开始写这本书,我写了第一个章节"芒果街上的小屋",还有"么么·奥提兹",以及一个半途而废的故事。

当我在芝加哥当中学教师的时候,我写了"大流士和云""塌跟的旧鞋""密涅瓦写诗""没有姓的杰拉尔多"和"猴子花园"。

"小脚之家"诞生于我在母校洛约拉大学担任辅导员的那年,是在一个学生评论我的一双小脚之后。"瞧见老鼠的阿莉西娅"和"萨莉说的"来源于我辅导过的一个学生谈到的某件事情。在我这段生活的同一时期,我让芝加哥的作家詹姆斯·麦克马纳斯看了"第一份工",詹姆斯看得很认真,嘱咐我要坚持不懈地做下去,那时我对自己创作能力尚缺乏自信,这正是我最需要听到的声音。

我在普罗温斯敦的时候,完成了几个片段,具体是哪几个,我记不清了,但是我记得,我是在楼上窗旁那张圆形橡木图书馆桌上,听着房客上下楼梯时蹬出的脚步声,开始和写完了"伊伦妮塔、牌、手掌和水"。

在雅典的一个早晨，睡醒之前，我梦到"三姐妹"中的第一行句子："它们随着八月吹拂的风而来，细得像是蜘蛛网，几乎让人注意不到。"也许是在希腊，使我想到了三个姐妹。我是罗伯特·格雷夫斯①的《纯洁的女神》的超级粉丝。我赶紧把那句句子收藏在我的日记里，和我一起，被渡轮载到了海德拉岛，在岛上我写成了这篇故事。

在海德拉岛，一个夜里，我仅仅凭借手电筒和月亮的微光摸索道路，我爬着一级级台阶回到我的屋里。我左思右想究竟是否要写一个遭受暴力侵害的故事，我觉得我的主角应该得到保护，我不想带给她任何伤害。如何来写一个连主角都不愿披露的故事，这是一个难题。如果我没有作为受害者或目击者的亲身经历，我又怎么能够写得好它？

不过这让我记起了八年级时发生在我身上的一件事。一个夜晚，我和朋友经过北方大道步行回家，一个野蛮的男孩抓住我的脸，不顾我的反对，吻了我。我的朋友如此明哲保身，当那个男孩和他的狐群狗党走近的时候，她竟然赶快从路边走到街上，把我独自甩在后面。

这两个男孩的年龄并不比我们大，但是他们趾高气扬像是一个信号，引起她的警觉："喔呵，有麻烦了。"结果留在原地的我成为他们的猎物。其中一个男孩猛冲过来，我转过我的脸，但是不够快，他的嘴笨拙地落在我的一只眼睛上，这竟成了我的初吻。

他说："我爱你，西班牙姑娘。"然后他们叫喊着，噼里啪啦地跑开，满怀着恶作剧的快乐。

---

① 罗伯特·格雷夫斯（1896－1985），英国诗人、学者、小说家暨翻译家，专门从事希腊和罗马作品研究。

"他伤到了你?"

"我没事我没事我没事。"我装得无所谓。但是我并不是没事。我无法开口谈论这件事,即使是对我自己。多少年来我将它隐藏在内心深处,我谁也不告诉,我尽力要忘记它。但要想忘记反倒让它再度浮出水面,这情形,就像一个快要溺毙的女人挣扎在沼泽地里,梦的沼泽地。

在海德拉岛,我的写作时间是和现在相同的,从中午到日落,然后我会穿上我的皮凉鞋,用我这双如赫耳墨斯般长了翅膀的脚飞身而下,经过三百五十个石头台阶,来到文明世界。在某种程度上,这是一种理想的生活形态,白天跻身一个与世隔绝的女修道院,夜晚光顾海盗酒吧。古怪的岛上居民就在附近,当我需要他们陪伴时,伸手可及。

那两个月里,我有没有和别人分享我的写作?我是不是把我写的故事给同是作家的伊菲吉妮娅看?我记不清任何反馈意见,我通常在下午打字,有时通宵达旦。尽管我没有按线性的顺序写这些故事,也没有用写它们时的既定先后来安排它们;虽然我让我的出版商提出一个编排建议,但是我凭直觉知道应该把它们逐个排队。两个月之后,当我寄宿在法国南部时,我给我的出版商送去指令,对故事的具体顺序做出了清晰的规定。

将近十一月底,可怕的风暴来临,伴随而来的是狂野如美杜莎头发般的闪电。有时候,轮船的航班不得不取消,无论是到达或起航都不能按时。我把我的办公室搬到室内,但是最终还是被迫提早结束我在海德拉屋的最后一周，下山住到港口瓦西利斯的屋里，因为我的屋子没有暖气，加之它整个儿是用石头砌成，简直就像是座潮湿阴冷的陵墓。

瓦西利斯不在家时，乐意我和薇尔能够留在他家，我看他是想让两个年轻女孩，一个黝黑，一个白皙，在他家进进出出，借此出出风头。卡洛斯·富恩特斯的一句话提醒了我：当唐璜变成堂吉诃德时，他完全没有意识到。

我写这些的时候，一段已经忘却的记忆像是气泡浮上水面。一天夜晚，瓦西利斯和我坐在他的长沙发上，他猛扑过来，把那张坏透的只有罪犯才有的脸逼向我，他按住我的背想要吻我，但是我跳了起来，像一个突然出拳的粗人，而且大笑不止，从此，他再不敢如此妄动。

我完成《芒果街上的小屋》的那个夜晚，是住在瓦西利斯的二楼公寓里，它坐落在面包房再过去一点的一条狭窄小巷里，看不到海，但是能够看到秀丽的小镇景色和夜空。我记得那个公寓好像是用蒸汽取暖，但这可能只是我的记忆。总之，屋里是温暖舒适和安逸宜人的，里面是东方式的装饰，每个地方都铺有地毯。瓦西利斯去了雅典，那夜和我在一起的，是一个高个子希腊男孩，我并不爱他，他的眼睛下面有黝黑的像浣熊一样的眼圈，我在岛上的最后一天竟是和他一起度过，我不记得这是为什么。

当我写作的时候，男人是个麻烦事。他们要你立刻上床，他们如饥如渴，但是一旦你喂饱他们，他们便会像孩子一样倒头熟睡。然后，我又抽身回到写作。

当我结束这本书的时候，正在转录瓦西利斯收集的一张唱片，斯特劳斯的《蓝色的多瑙河》。那个夜晚的世界是多么安静，我的稿纸上映着台灯的光圈。当我收笔,时间已近清晨四点。我彻底放松,那男孩在隔壁的房间里打鼾。这快乐属于我,我要独自品尝。

我打开窗,把沉重的木头百叶窗推开,尽管外面夜凉如洗。它们在一阵嘎吱嘎吱的响声中分开,月光照了进来,在明晚之前,估计不会有圆圆的满月,但是那个晚上,夜色是明丽的,月光把白色的小镇染成了蓝色。

《蓝色的多瑙河》开首的几个音符袅然而起,最初是柔和的,羞怯的,我记得那晚的天空密布着异样的云彩,我看着它们随着音符的展开而舒展,而分裂开来,接着音乐渐渐以排山倒海之势趋向高潮,云彩也似乎被赋予生命,到结束的时候,它们也停止了疾速飞驰,就像鱼群完成了匆匆过海的行程。

当华尔兹结束,我带上我的随身听,奔跑着穿过蓝色的小镇来到海边,耳朵里回响着阿斯托尔·皮亚佐拉和盖瑞·穆里根的音乐。当我来到海德拉镇和卡米尼亚镇之间的走道上,我爬到墙上,开始跳舞,感觉自己简直就像一个女巫。"我完成了!"我喊叫,我能看见钓鱼船正出海去捕捉鱿鱼,因为只有在夜里才能捕到鱿鱼。"如果钓鱼时看见一个女人,那准会交坏运。"康斯坦丁诺斯告诉过我。我想,不知那些水手会不会看到我像个女巫在墙上舞蹈?会因为那夜一无所获而诅咒我吗?

这时我想起了莉泽尔,我去与她道了别。莉泽尔夜里总是失眠,所以我不顾忌这个时候去打扰她。多年以后,莉泽尔告诉我,那夜我们曾在月光下跳舞,虽然我已不记得了。时间非常紧促和匆忙,我必须收拾行李,赶明晨的第一班水翼船,当我叩响莉泽尔的门时,天差不多快亮了。

破晓时分，我吻别睡梦中的浣熊眼男孩，留下钥匙，登上去雅典的水翼船。在雅典，我从宪法广场邮局寄出我的手稿，没有复制副本，如今在这电脑时代，回想起来委实太过鲁莽，但是在使用电脑之前我都这样。

十年以后，当我去海德拉岛作故地重游时，我以为，海德拉岛的一切都深深烙在我的记忆中，但是当我一踏足岛上，立刻意识到有一件事我忘了，那就是从潮湿的石头里逸出的冷气，即便夏天也是如此。

时常，公鸡的啼叫和驴子的哀号把我拖回到我的岛上，为什么我称它为"我的"，我感到惊奇。我相信，它的某些部分应该是永远留驻我的心中了。今天，隔着如此一个时空来写，依然觉得我还住在那座屋里，在依窗眺望花园和大海。

在逗留希腊的日子里，我曾想我是佩内洛普，但现在我意识到我是奥德修斯。"当你启程前往伊萨卡岛 / 但愿你的道路漫长 / 充满了奇迹，充满了发现。"恰如卡瓦菲[①]的诗句所云，我心中满是感恩，对那趟奇异旅行的感恩。

[①] 卡瓦菲 (1863 – 1933)，20 世纪初期希腊大诗人，现代希腊诗歌创始人之一。

2 | 家在何方？

这是我为北卡罗来纳大学教堂山分校以托马斯·沃尔夫为题的两篇演讲稿之一，写于二〇一四年十月二十一日。另一篇"借来的屋子"，被编在这本集子接近末尾的部分。

当托马斯·沃尔夫[①]成为一名成功作家之后，有人问他，是否会考虑搬回北卡罗来纳州，他说："如今，写作就是我的家。"

二十世纪三十年代，作家贝蒂·史密斯搬到教堂山，这时，她发现自己在这里更有"家"的感觉，不止在一个方面，首先，她找到了一个居住的地方，很安静，又安全，而且对于一个抚养两个孩子的单亲妈妈而言，能够负担得起。而安静，安全，负担得起，也是一个作家必不可少的。其次，她又找到了另一个"家"，她看到一本书，沃尔夫的《时间与河流》，是这本书引导她回到了"家"，给了她灵感和动力，写了畅销书《布鲁克林有棵树》。

[①]托马斯·沃尔夫（1900－1938），20世纪美国文学史上最重要的小说家之一。

住在教堂山,她能够更清楚地看到自己的童年,她的布鲁克林,使她的记忆有别于住在教堂山的其他人,有别于她在布鲁克林的家人们。事情往往如此,只有在你走出家门,去见识其他更多的家之后,你才能看得清楚你自己的家。

当年我离开家,住读在异乡客地的艾奥瓦研究院时,也有同样的经历,它让我看到了镜子中的自己,看清自己如何有别于研讨班的同学,它让我回到了童年芝加哥的家、街坊和我熟悉的人之中,回到只属于我而不是我的兄弟、表亲或者朋友的那些故事之中。住在艾奥瓦州的时候,我开始写一本书,它不属于我的论文,但在那段时日,它为我提供了一个心灵庇护所,我需要呵护。也许,我从来没有像住在研究院的两年里那么孤独而无家可归。我在墨西哥作家胡安·鲁尔福的乡村歌谣独白里,在智利诗人尼卡诺·帕拉的"反诗"里,在马尔克姆·X[①]的愤怒里找到了我的家。

那些书启发我们认识了真实的自我,使我们找到了"家"或是回家的路。家"不只是你诞生的地方",正如旅行作家皮柯·耶尔曾经指出的,"它是让你成为你自己的地方"。

在芝加哥,当我还是个年轻学生时,是宽肩膀卡尔·桑德堡[②]的抒情诗,向我展示了用音节唱歌的方法。沿着格温德琳·布鲁克斯[③]的路,我被引入到芒果街,她曾在南芝加哥布龙齐维尔的小厨里写关于食豆者的故事,这些人挤在逼仄的公寓里,共用洗手间,没有足够的热水。我也知道很多食豆者的故事,但是他们生活在皮尔森、洪堡公园、利特尔村或洛根广场的墨西哥小区。

---

① 马尔克姆·X(1925—1965),美国黑人民权运动领导人物之一。
② 卡尔·桑德堡(1878—1967),瑞典裔美国诗人、传记作家。
③ 格温德琳·布鲁克斯(1917—2000),美国诗人,是第一位获得普利策诗歌奖的美国黑人女性。

在我的家里,热水也是件奢侈品,即便我们还没穷到和邻居合用,我们的九口之家差不多就是一个街坊了。桑德堡和布鲁克斯在他们的书中说:"来吧!"

纳尔逊·艾格林[①]的神笔把斯塔兹·特克尔[②]捎回了"家",那个家不仅让他终身受用,而且使他有这么一天,改革了无线电广播:他录制那些默默无闻,但是勇敢和勤劳的小人物的口述历史,从美国的肯塔基州到墨西哥的瓜纳华托都有他们的足迹,他们在工厂或钢铁厂辛勤劳作,忙得难以抽身去闹市沾点儿文化。在我家冰箱顶上,在软塌塌的沃登面包旁边,有一台无线电,就在里面,斯塔兹把巴勃罗·聂鲁达的诗歌推荐给我母亲。厨房是我母亲的教室,她从九年级直接升到了生活大学,获得博士学位。是斯塔兹为她指引了回家的路。

我非常幸运,在斯塔兹告别人世去天国那座浩大的无线电广播站之前,我有机会把这告诉他;而他也非常幸运,遇见了他的明星学生埃尔韦拉·科尔德罗。我有一张我母亲、我和斯塔兹三人在 WGN 电台演播室拍摄的合影,我们全都惊异于天意能够把我们带到一起,但那正是天意所做的。

在墨西哥作家埃莱娜·波尼亚托夫斯卡的小说《拉弗洛尔代利斯》中,这段主人公和别人的对话出现过不只一次:

——可是你不是墨西哥人,对吗?
——我是的。
——问题是你看起来不像墨西哥人。

[①]纳尔逊·艾格林(1909-1981),美国小说家。
[②]斯塔兹·特克尔(1912-2008),美国作家、历史学家、演员、广播员。

——哦,是吗?那么我看上去像哪里人?
——外国佬。
——可我不是外国佬,我是墨西哥人。
——一丁点儿,你是开玩笑!

　　一些艺术家很随遇而安。他们魂系梦绕的也许不只是他们的祖国,更有他们移居的国家。埃莱娜·波尼亚托夫斯卡生在巴黎,但二战时期,她以一个女孩之身来到墨西哥,和她的祖母同住。在家里她说法语,在学校说英语,从最贫困的墨西哥小区成员那里,她学习西班牙语,他们是本地的家政从业人员——厨师,保姆。这种墨西哥西班牙语拥抱了埃莱娜,而她以更热烈的拥抱作为回报,她赢得了塞万提斯文学奖,这是西班牙语写作者的最高荣誉,因为她写出了如此具有本质性的墨西哥语,使得她的文字几乎不可翻译。在那个放声表达可能付出生命的国度,她还成为弱势群体的代言人,成为一种勇敢的声音。

　　我记得观看过卡洛斯·富恩特斯在芝加哥伊利诺伊大学的演讲,那时我尚是一个年轻的小女孩。多么从容自若,光彩照人!公众喜爱他。仰慕不已!多好,他是万物的使者,如此英俊,如此精干利落,就像是一位墨西哥的加里·格兰特,谁见了都不会无动于衷。

　　我记得富恩特斯突然站起,快步穿过走廊,像只小山羊似的轻轻一跃就上了台。他读了什么……我不记得了,只记得当时一点也听不懂。可是,他上台时那轻盈的一跃,却深深地镌刻在我的记忆之中,那是墨西哥草帽舞才有的动作,只有极度自信的人在喷发欲出之际才具有的一种表现力,在那个时代,在那个国家。

我还记有很多次我坐在观众席上，听豪尔赫·路易斯·博尔赫斯的演讲。每次他来芝加哥，我们都会想，这会不会是他的最后一次访问，因为他已如此高龄。每每在他开口讲话之前，爆发起仰慕者的热烈欢呼，然后是巨大的沉默。大师博尔赫斯已处风烛残年，而且失明，他自己坦言，这种身体状态，更加激发了他对世界的仁爱。

那个时候，大师博尔赫斯坐在椅子上，好像靠着一根拐杖。至少在我记忆中，他依附着那根拐杖。他谈论各种各样的奇迹，令人惊讶的事情，错综复杂的境遇、经验和借鉴，总之，这些故事让我们听得目瞪口呆，他实在对讲述这类故事情有独钟。

就像希腊神话中的盲人提瑞西阿斯，博尔赫斯对我们这些作者讲起话来，像个预言家似的。他吸引了年轻的作者，他具有创新精神，且思想前卫。他那些寓言故事形式的作品，有些后来在美国发表。对我影响特别大的，是他一本名叫《梦见老虎》的集子，一种介乎诗歌和小说之间的新体裁作品。即便那时，当然，也包括现在，博尔赫斯的诗歌对我而言是属于"旧式的"，但正是他的故事，有很多短得不到一页，激发我去开创一种新的写作形式，一部像是珍珠项链的小说。有谁不知道埃莱娜·波尼亚托夫斯卡笔下的一组微型故事：《利卢斯·基卡斯》！

我不想显得自命不凡，口吐什么我写得像大师博尔赫斯之类的狂言，我只是想说，是他的《梦见老虎》推动我去展开梦想，一如卡夫卡推动加夫列尔·加西亚·马尔克斯去梦想，也一如托马斯·沃尔夫推动贝蒂·史密斯去梦想。有时，我们需要推动、鼓励，需要有人把渴望灌注在我们心中，因为没有渴望，我们就不可能有任何创造。

我也说不清楚,在诗歌研讨班期间,怎么会动手写一本小说,但是我明白,当我觉得缺乏归属感的时候,是世界写作研讨会和那些属于"拉美文学精髓"的书籍,推动我去寻找一条"回家"的路。

我虽然浅陋,但是我懂得:不管你做什么,只要是用爱,顾及他人,不计私利;不管你写什么作品,只要在心里是为了某人某事,一个孩子、动物、植物、岩石、人、云彩;不管你做什么,只要是抱着最大的谦卑,如此,所有你做的,结果都将是美丽的,你会得到比名声和金钱更有价值的东西。这就是我的认知。

《芒果街上的小屋》是我完全处于无能为力下的产物,作为一个中学教师,我不知道怎样把我的学生从他们自己的生活中解救出来,除了把他们置于我的笔下,那其实不是为了他们,而是为我自己。我写,没有什么其他的办法可以使我从他们的故事中摆脱出来。如果你目击了让你甩也甩不开的故事,你怎么可能在晚上睡得着觉?

一九六八年墨西哥城奥运会期间,学生在城市中心一个名叫特拉特洛尔科的广场举行示威,遭到警察的血腥屠杀,埃莱娜·波尼亚托夫斯卡的弟弟也是遇难者之一。她说她不想以无所作为而成为当局的同谋,所以她写了《墨西哥大屠杀》,这本书由于创造了一种新的体裁,它由口头陈述的证词构成,因此在墨西哥文学中,它给了埃莱娜一个家的归宿。我感到,当我们维持了尊严,一生中莫大的机遇便会降临。

因此,当我阅读托马斯·沃尔夫的时候,我发现自己回家了。甘特的家就是我的家,他们和被称之为家人的陌生人亲密无间地共处拥挤不堪的房间。他们让我进入,偶尔领着我走进自己在芒果街的拥挤小屋，抑或走进一本名为《拉拉的褐色披肩》的小说，走进小说里面一座有待修缮的破败小屋，那里住着一个还在做着大房产美梦的妈妈，屋子就在得克萨斯州圣安东尼奥城埃尔多拉多街。

沃尔夫在他的作品中描写了布鲁克林的贫困区域，他的描写把贝蒂·史密斯一路带回她在布鲁克林的家，而贝蒂·史密斯写了自己幼年的贫困以及因贫困在成长中受到的羞辱。她的叙述安抚了我的母亲，当时我母亲尚年轻，正试图从贫困和羞辱中寻求出路，以找到一个真正属于她自己的家，由此，我成了贝蒂·史密斯的亲属，而贝蒂·史密斯又是托马斯·沃尔夫的亲属，所以，我们是同一棵树的枝丫，你们是我的家人，无论你们走到哪里，我也同往。

身为劳动阶层的作家，我们决不会再背离我们真正的家，背离我们在书中引以为荣的骨肉至亲，但是，深感矛盾的是，当我们置身我们称为著作的象牙塔之时，我们已经疏远了他们。

新近，我和其他两位拉丁美洲裔作家共用晚餐，我问他们，是否他们的家人也和他们谈起他们的新书，大家嗫嚅无言，目光游动，无奈地眨着眼睛。没谁能够断言我们的书拉近了我们和家人的距离。无论最近或是远逝的过去，一次也没有。也许这正如作家彻里·莫拉加说的：他们不需要读我们的书，因为他们拥有我们。

我知道，除了通过故事，口头或纸上的，我不可能回家，去返回我成长的地方。一次，我试图邀请一个亲戚参加我在芝加哥举办的作品朗诵会，她看着我，面带愠色，她说："桑德拉，我是你的家人，我不是你的粉丝。"

我应该说:"但是,我是你们的粉丝。"当然,那时我没想到要这么说。可我是一个作家,现在,在这里,我说了出来。

作为替代,我在我的作家朋友中寻找我的"亲属",那些我亲身接触过的,那些我从书页报刊上知道的。我至少感到很幸运,当我打开书本,被邀请走了进去,如果那本书庇护我,使我得到温暖,我便知道,我已经回到了家。

3 | 路易斯·奥马尔·萨利纳斯

　　路易斯·奥马尔·萨利纳斯①是弗雷斯诺学院的驻校诗人,他影响了像我这样的一代年轻诗人。他作品的抒情性和高远想象力,使我想起西班牙语诗歌,而现在,在多年过去之后,他让我想起自学成才,在和自己的心魔激烈争斗中进入绘画世界的艺术家马丁·拉米雷斯。在遇见他三年之后,我曾经迂回在自己的困惑和黑暗之中,我真想我们现在能有一次交谈,我会问他是怎样从一个劳动阶层的家庭跻身诗人行列?又是怎样作为一个成年人和父亲一起挑起生活的重担?他真的曾经参与海洋自然保护区?他的疯病是发于之前还是之后?他是否和一个精神治疗师谈过话?我会提到,我也受到过中坚的奇卡诺活动分子的攻讦,他们认为我写的东西还算不上奇卡诺文学。重读这篇文章,我认识到自己曾是如此年轻的一个作家,还不能理解萨利纳斯对我说的每一句话。首先我得有足够的生活经历,其次,再来审视自己面临的深奥难题。

　　这篇文章是在一九八四年六七月之间问世的,发表在瓜达卢佩文化艺术中心的《图南汀》期刊上,那时候我在该处担任文学

---

①路易斯·奥马尔·萨利纳斯(1937−2008),美国诗人,奇卡诺诗歌界的代表人物。

指导。萨利纳斯在这年四五月间来访,参加一个活动,它是系列读书活动的一个组成,其中包括诺玛·阿拉尔孔、彻里·莫拉加、海伦·玛丽亚·伏蒙特、安娜·卡斯蒂洛、帕特·莫拉、罗兰多·伊诺霍萨、伊万杰琳·维吉尔、阿尔伯托·罗伊斯和里卡多·桑切斯等人的读书会。除了诗歌朗读,萨利纳斯还引述了我们之间的谈话,我们的谈话刚好就在他的瓜达卢佩剧场演讲之前。

他选读的这首诗于二〇一四年在诗集《群星的信使——路易斯·奥马尔·萨利纳斯新诗选和读者》中重新发表,该书由克里斯托弗斯·巴克利和乔恩·维因伯格编辑出版。

我向死者致敬

在这
纵情酒色的小镇
得克萨斯州的妓女
刺痛了我的心
我停下来
举起我的啤酒杯
向死者致敬。

有人在我屋里
——死了的得克萨斯州孩童
在门窗和楼梯那儿

时隐时现
这孩子无处不在
无时不来
今夜苦等天明
明天,或许
在泥地里玩耍

我的侄子问我
电视里所见黑人孩子
可是穷人,我回答
"我们才是穷人。"
他不能理解,
我知道,这房子
破败潦倒,飘摇欲坠
一如醉熏熏的小镇
我喝着啤酒打嗝,
唱出我心中的歌。

  选自《树下的黑暗/走在西班牙人后面:路易斯·奥马尔·萨利纳斯的诗作》,该书一九八二年由加利福尼亚大学伯克利分校奇卡诺研究图书馆出版。

  对了,这就是萨利纳斯,他伸出手来迎候我们。是他,萨利纳斯,来我们镇上朗读他诗歌的诗人;是他,萨利纳斯,在圣安东尼奥机场向我们走来的男子;还是他,萨利纳斯,"她的嘴唇是柔美的/被雨水压垮的橄榄树"的创作者。萨利纳斯到达了，身边伴着一个身穿蓝色西装，个子较他小些的翻版——啊，是萨利纳斯和他父亲。老萨利纳斯讲一口柔和的，犹如出自老奶奶们和孩子们之口的西班牙语。相互致礼问候，是，他们的飞行很顺利；不，他们并非第一次到访，回想中，三年前由于一个亲戚的逝世和丧礼，他们来了这里。

萨利纳斯似乎有些羞怯的和疲惫，就像一个从没结过婚的大叔。他是一个说话谨慎的男人。然而，我在诗歌里认识的萨利纳斯，他的语言是那样令人沉醉，这才华横溢的形象怎么一下子发生突变："话语飘来，就像是心神迷乱的百灵鸟……在嬉戏。"

假如此前我不熟悉萨利纳斯在《黑暗前奏曲》封面上的照片；假如我不知道萨利纳斯那张带着侠义、狂想和皱纹的脸，有时会迷一般地抽搐起来，好像被蜜蜂蛰了似的；嘴上叼着一支烟的萨利纳斯，那样风华正茂的萨利纳斯，他的形象被永远定格在《奇卡诺诗选第四卷》的黑白照片上；假如我并不认识那张趋近我们的脸，相同的脸，只是更丰满一些，稍稍有些悲哀；我不知道自己是否只能从他的诗去认出他来，那浪漫的、抒情的、忧郁的诗人，萨利纳斯。

他来了，神态自若，奇卡诺诗人何塞·蒙托亚给他戴上桂冠。他这个用五本书建立起声誉的诗人，赢得了斯坦利·库尼兹奖，成了 GE 基金会奖的最新得主。羞涩。犹豫。勉强地回答着我们的提问。

我们带着他在圣安东尼奥作了短暂的观光旅游，去了通常吸引游客的地方，指给他看曾被墨西哥占领过的阿拉莫和河边步道，还带他去市场。一辆有轨电车从旁边驰过。"如果我们有时间，我们可以坐一坐。"我说。萨利纳斯只是微微一笑。当我们载着他跑来跑去,介绍该让他了解的世情风物,我们很难知道他欣赏的是什么。我们也无从知道当他静默之时,心里在想些什么。当我们在墨西哥文化研究所停下,在里面,他坐在古代奥尔梅克人的大型石头雕刻头像旁边,聆听讲解,耐心地让人给他拍照,没拍好又重拍,我忍不住将萨利纳斯这张疲惫的脸和一尊远古石雕人的脸相提并论地比较起来。

毕竟,萨利纳斯是在得克萨斯州作"回家"之旅,他出身在这里,在罗布斯敦,但八岁时搬去了加利福尼亚州。萨利纳斯说,这是一个重要的搬迁,推动了他的诗人之路。

"实际上,成为一个诗人的奇迹,纯属偶然,这只是出于我对大众的深入了解,再加上我本人参与到他们中去的意愿。你知道,这很奇怪,算是天意吧,我完全可能操持其他职业,成为一个砌砖工、木匠或者鞋匠。如果没有那场革命(指的是二十世纪六十年代的奇卡诺运动),如果没有对奇卡诺文化的兴趣,我可能不会迈入这条诗人之路,要不,就是因为我没进大学,或者是按计划在二十六岁时结婚了。"

萨利纳斯承认他赞许西岸的一些作家,如乔恩·维因伯格、彼特·埃弗瓦恩、菲利普·莱文等。这或许能解释他在奇卡诺文化圈外的知名度,那么,究竟是什么原因,路易斯·奥马尔·萨利纳斯的诗作又能为奇卡诺文学界所接受?

"我不知道为什么,"萨利纳斯坦诚地表白,"我真的不得其解。我一直将自己视为一个奇卡诺诗人,尽管影响我的并不是奇卡诺作家。我对西班牙语诗人有一种血缘上的亲近感,如赫尔南德斯、希门尼斯、洛尔卡。但是,我绝对是个奇卡诺诗人。"萨利纳斯在一次公开访谈中为自己辩护,那是在他被问及政治倾向的前夜。"每件奇卡诺作品都是奇卡诺作家的心血,奇卡诺诗歌是充满人性的诗歌——这就是问题的核心所在——它表达的是人类悲悯的同情心。"

对于那些将他的作品涉及政治和理论方面的提问,萨利纳斯显得有些不舒服。"肯定会有某种紧张,某种矛盾冲突。"萨利纳斯承认,"大多数诗人是和他们所处的环境矛盾不合的,或是处于自己内心的冲突纠结中。至于那些诗作,不管是什么状态下的产物,诗人写作的时候,内心总是充满挣扎。"

"在我生活中,"萨利纳斯继续说,"总是有斗争,和疯狂、坏朋友、拮据,以及没有结果的浪漫史做斗争。所有这些造成了我的愤世嫉俗。大多数诗人都置身于忧郁之中,"他轻声地笑,"我想,在我生活中有太多的忧哀。"

至于问到,那些艰难困苦是否有助他的写作:"不,但是它们唤起了我的勇气,一个人怎么能够在糟糕的环境下写作?但我是一个涉及各方面体验的诗人,我不能有任何退缩。当然,诗歌就像魔力,有助于平衡我的生活,这种平衡至关重要,一旦我停止写作,我就会重心偏离,失去平衡。"

甚为奇怪的是,当萨利纳斯一旦进入他的诗人角色中时,他甚为自在,他的诗证实了这点。萨利纳斯和萨利纳斯交谈,创造了一个属于他自己的角色,把他自己一分为二,这差不多和豪尔赫·路易斯·博尔赫斯在"博尔赫斯和我"中,谈及一个又一个博尔赫斯的做法相同。

"是的,我一直觉得做个诗人挺好,甚至早年在上大学时,更是如此。最近我发现写作变得很困难,当我不像惯常那样常常外出旅行，写出的诗篇千篇一律，谁都不想这样，我有过这样的停滞期，几个月都写不出一点东西。"

那么，他是怎样解释他的第一本书——《疯狂的吉卜赛人》出版之后，经过十年空白，另外四本书以飞快速度接踵而来？

"完成《疯狂的吉卜赛人》之后，我从一个不可名状的炼狱返回。"萨利纳斯解释，"某种意义上说是濒临死亡，是精神上的死亡，当我写诗的时候，我似乎得到了缓解。《疯狂的吉卜赛人》写于我年轻时的鼎盛时期，从根本上说就是为了生存而奋斗，拼命写，这样才不至于疯狂，不至于去自杀。写书是我拯救自己的一种途径，所以我的朋友鼓励我写作，我的家人也是。

"我的祖父是位诗人，也是位演说者，但是他的作品没有留存下来。他用格式固定的押韵诗和诸如此类的文体，写了大量东西。我对他的印象不是太清晰，但我有一首诗是为他而写的。

"当然，我的家人非常支持我的诗人之路。我母亲接受教育的程度是八年级，而父亲仅仅四年级，但他们非常睿智，且具有洞察事物的头脑。我常常把我写的诗给父亲看，他会做出评断。他能指出，我的哪一行诗写得逊色，他始终是我写诗的助力者。至于母亲，每次我从朗读会带着一张支票回家，她总说：'真不赖。'她仅仅要求我远离酒吧，有时她担心我会逃进塞万提斯的梦幻世界。"

星期四，五月一日，是诗歌朗诵的日子，萨利纳斯来到瓜达卢佩剧院，在这里他和圣安东尼奥的诗人阿特·穆尼奥斯连袂登台。

萨利纳斯落落大方，穿西装，系领带，干净利落，像是一个祭台助手。当我向他致意的时候，他脸上泛起微微的红晕。

"你知道，"萨利纳斯在朗诵前吐露，"来到圣安东尼奥，遇见你，遇见瓜达卢佩剧院员工和所有人，这是我生活中最为耀眼的一页。每个人对我都是如此友爱慈善，奇卡诺人也非常支持我，我为此而欢欣不已，内心充满感激。"

"这让你吃惊？"我问。

"有点儿，"他说，他笑了，"是有点儿，让我感到吃惊。"

然后朗诵开始，他完全忘记了前一天晚上的紧张，忘记了回答那些理论或政治问题时缺乏雄辩的窘态。他朗读他的诗作，热情急切，毫无虚华之气。顿时，让所有的人明白，萨利纳斯不是一个咬文嚼字的浮夸诗人，也不代表什么理论学说，他是一个用心来写作的诗人，一个对人类怀着同情和悲悯的诗人，他的作品体现了奇卡诺诗歌的精髓。这时，作为诗人的萨利纳斯和作为凡人的萨利纳斯融合成为一体，是那样的脆弱，那样的可爱。

"我们全在为创作灵感而努力，"萨利纳斯早些时候在论及诗歌时对我说，"我们全都在努力完成一些事情。在我生活中，如果真的发生什么，或是没有发生什么，那都只是一点有关名声和赞誉的小事。面包、梦想和诗歌，这才是我追求的全部。"

我想到这些的时候，他正用那种奇特的，唯他才有的热情声音朗读他的诗作，如此明亮，如此乐观，不逊世上任何诗人。

欢迎和招待的仪式在等候着诗人萨利纳斯，萨利纳斯一下子变回另一个——不甚雄辩，略带羞涩的那个凡人萨利纳斯。但是在我们拥向门厅之前，在很多来访者怀着渴望谈论诗歌之前，凡人萨利纳斯把我拉到一边,挨着厚重的天鹅绒幕布,他面带微笑,坦诚地供认:"你知道吗,对我来说,这是一件大事。"

显然,这是件大事。

4 ｜ 坠入爱河

圣安东尼奥美术馆邀请我为一本游客指南分担部分执笔工作，重点推介馆里收藏的艺术珍品。那还是二〇〇六年，我不知道我做的项目下落如何，我没看到我写的文字付梓，也许他们认为我写得太不如人意。我也从不过问此事，我只是因为有幸向一位艺术家抛去几句赞美之辞而快乐，因为我对他的作品心仪已久，他就是圣安东尼奥的雕刻家何塞·刘易斯·里维拉-巴雷拉，他的原籍是得克萨斯州的金斯维尔。虽然他雕刻过各种各样的材料，但是最钟爱的还是木雕，特别是用当地的豆科灌木。

记得一九八四年我初到圣安东尼奥时，受邀去百老汇的一个画廊参观里维拉的艺术展，该处距我的车库公寓有三四英里的路程，那时对我来说可是个壮举，因为我必须坐巴士前去。而那天正是星期日，巴士一个小时才一班。我才从芝加哥来，完全不知道如果步行反而会更快一些。似乎经历了一个长得令人不耐烦的旅行之后，何塞卓越的艺术作品让我顿觉不虚此行。我很欣赏出自卡夫卡作品的一只硕大的木雕蟑螂，画家塞萨尔·马丁内斯过后购得它，放在家里展示了多年，直到有一天他傻到把它卖了。

而我比任何东西更想买回家的是一个孕妇的裸体躯干雕像，她的肚子似在期盼着揉搓。这些雕刻作品看上去栩栩如生，就像是活着的树，在得克萨斯州的热浪中挣扎着以求生存。那时，我买不起何塞·刘易斯·里维尔-巴雷拉的作品，现在可能也买不起，但是我对这位雕刻大师深为折服，感佩他不凡的灵感和卓越的技巧。

他们是一个裸体的男人和女人，在一跃而起的动势中相互接吻。何塞·刘易斯·里维拉-巴雷拉用整块的豆科灌木雕刻出这对男女，在圣安东尼奥美术馆的所有藏品中，这是我最喜爱的一件艺术品，它被命名为"坠入爱河"。

我等着，等到守卫离开，然后我爬到树雕裸体男人拱起的躯干下面。我的朋友埃伦·里奥拉斯·克拉克叫我这样做，我不知道这是为什么，我也不知道我为什么会去做。

"这是符合解剖学结构的。"一个男人的声音说。

我转过头，看见一双擦得油亮的黑皮鞋，我羞涩地爬出来，把我的授权书递给这个守卫看。

"美术馆邀请我为这件展品写些东西。"我说。但他只管傻笑，然后走开了。

我怎样解释？我来这里是要从各个角度欣赏一件雕刻作品，一件表达和转递神圣的而不是平庸鄙俗的作品，两个生命相互接吻的瞬间所传递的是无限和永恒。

雕刻家何塞似乎是闭着眼睛，凭着自己对所钟爱的事物的记忆，对家乡故土的记忆，对自身体内涌动的情感记忆来创作这座雕刻的。好像他正在重温爱的力量，那是他雕刻时念念在心的动力。

它是这样一件作品，强烈地吸引我们，然而又推着我们离开，这可能是，它让人被迷得神魂颠倒的同时，又为闯入一个私人空间而尴尬。躯体上众多的浅凹和洞坑，带有墨西哥人皮肤特有的深色晕圈。墨西哥式的脚，如玉米粉蒸肉般方正而肥厚，多么可爱！肚脐上的凹坑，如此充满了魔力，让人只想把对爱的祝福永留此地。

这件豆科树雕的力量和神圣此刻在静默中展现出来。这件木雕记录了为生存而拼搏的艰辛岁月，是一种充满活力的能量，一种渴望，一种需要，一种势不可挡的动力。

我和艺术家只不过是泛泛之交，但当我的目光一触及这件作品的时候，便立刻喜欢上了它，它里面充满了爱，这是一种你能够心领神会的爱，一个男人在他短暂一生中对一个女人的爱，就像是日积月贮而满溢的雨水。

5 | 玛格丽特·杜拉斯

我记得杜拉斯的《情人》封面上那张小姑娘的脸,我记得我当时特别喜欢她有一副葛丽泰·嘉宝的眉毛。那时我还不知道这就是处于豆蔻华年的作者本人。在和埃莱娜·波尼亚托夫斯卡会面之前,我在墨西哥城奇曼里斯坦克的甘地书店——一个邻近埃莱娜的社区。更准确地说,是诺玛·阿拉尔孔和埃莱娜有个约会,我只是个跟随者。所以,这是我第一次见到伟大的埃莱娜,也是我第一次接触玛格丽特。后来我又读了杜拉斯写于《情人》之前和之后的其他著作,它们复述了和《情人》相同的故事。就像克里斯托弗·伊舍伍德的《克里斯托弗之流》,意在告诉我们一个有关青春的故事,但是有所修正,看来随着年龄的增长,我们更接近事物的本质。科普作家约拿·莱勒坚称我们永远不会重访一个一成不变的记忆。如果这是真的,那么也许所有的记忆都会是一次讲故事的机会,每一个故事都会引领我们进一步看清真实的自己。我承诺在下一本集子里重新回顾我在这里没有提到的往事。批评家和《华盛顿邮报图书世界》的编辑玛丽·阿拉纳敦促我尽快完成这本书稿,好在二〇〇五年二月出版。而我早已等得迫不及待了，于是它就像是一只海豚，从我心里跃然而起，落到我的稿纸上。

　　一九八五年夏季，我在墨西哥城阅读玛格丽特·杜拉斯的《情人》时，正好三十岁。那本该是我为完成我的诗集而冲刺的时候，但我实际上是在逃离一个男人，他曾经创造了我，然后又毁灭了我。几个月后，墨西哥城又经历了毁灭性的地震；而数年之后，埃米利亚诺·萨帕塔①又在恰帕斯的废墟中站起来。但是这都过去了。我乘坐一辆南去圣克里斯托波尔的巴士，消失在丛林的怒海和杜拉斯的故事狂潮中，我不知道前面等着我的是什么。

　　这个故事始于一辆二等巴士，正如那天我所乘坐的，但是地点是法国殖民地越南。一个女孩越过了一条河，然后在爱河中越过了肤色和等级的界线，在我的悲惨爱恋中，我几乎如出一辙。

　　我读着这本书经过了几处风景区，最后，在图斯特拉古铁雷斯的山路上，我发现自己已经看到这本书的末尾：她的情人，不同于我的情人，向她表白对她的爱，这是在所有一切发生之后，是在他们的爱情几乎化为泡影之后。他说，他还爱她，他会永远爱她。

　　然后，我的灵魂像是被倾倒回了我的躯壳里，我开始意识到巴士座位热烘烘地贴着我的背和大腿，意识到周围旅伴的打鼾声，意识到巴士载着我们向前时齿轮发出的嘶哑啮合声，意识到令人

---

① 1993年新年除夕，墨西哥恰帕斯州的玛雅印第安人爆发了以墨西哥革命领袖埃米利亚诺·萨帕塔为名的起义，捍卫他们的土地和权利。

昏昏然的丛林气息。

说我在那一刻被彻底征服是不准确的。那一瞬间，身前身后发生了那么些事，我处于虚无而又无所不在的生活之中，用一句西班牙语来说是，"动了情"。我读的是这本小说的西班牙语版，这是我情人的语言，我父亲的语言。现在，书中最后那句西班牙语在我心中回荡，就像是饱含着生命的律动。我真想摇下灰尘蒙蒙的车窗，就用那种语言，对着窗外充满野性美的世界呼喊："他说他会爱她，至死不渝！你听到吗？至死不渝！"

6 | 墨西哥绣衣

二〇〇七年，圣安东尼奥史密森博物馆筹办以当地收集的墨西哥绣衣为特色的展览时，我应邀参加，并为目录写些东西。这让我想起去恰帕斯的一次旅行，当时是去完成我的第一本诗集。任何一次南下墨西哥的旅行总是会给我带来巨大的创造动能。当时我以为我会租用一座屋子，独自住在里面，心无旁骛地工作，但是没想到的是，我在圣克里斯托瓦尔逗留期间，心中充满了焦虑和悲哀。

那时，诺玛·阿拉尔孔和我在当地一家旅行咖啡馆里，我们偶然中撞见一个新近认识的年轻日本旅客。她脸上有道抓痕，但是在她把她的遭遇告诉我们之前，我倒并没有太在意。她说下午参观一个教堂时，一个男子在那里强奸了她。而正是刚才，在拥挤的广场里，她又看见了袭击她的人，可是等她找到一个警察，那人早就离开。这就是她的遭遇，这就是在咖啡馆里，在桌子上方吊灯所形成的阴影中，她告诉我们的故事。

她的叙述使我内心满是恐惧不安，我无法把我的这种痛苦从我对圣克里斯托瓦尔的记忆中消除，我被我在那里感受到的绝望所淹没，几乎在三十年之后，这种感觉还依然在折磨我，好像事情刚刚发生，好像她还在不断地讲述她的故事。

在大地震重创墨西哥城之前的那个夏天，我开始穿墨西哥绣衣。那是一九八五年，当时我正和诺玛·阿拉尔孔结伴旅行，首先去墨西哥首都，然后坐巴士去瓦哈卡州，最后经过崎岖险恶，使你顷刻之间紧张屏息的山路，前往恰帕斯。

在这次旅行之前，我没有想到我会和非家庭成员去墨西哥旅行，通常我总是由母亲和父亲陪同，即使成年了，也是如此。墨西哥人是排他的，他们喜欢和家人一起旅行，这不足为怪，这种习惯是至死不会改变的。

说实话，我一直害怕单独在墨西哥旅行，那种只有美国的墨西哥人才会有的恐惧，这不是因为我们对自己正在访问的国家所知甚少，而是因为作为来自美国境内的墨西哥人，我们知道得太多。不过那是另外的故事。

诺玛在研究女权主义作家罗萨里奥·卡斯特利亚诺斯，罗萨里奥是恰帕斯人，这就是我们远赴南方旅行，几乎要到达危地马拉边境的原因。我从伊利诺伊州艺术委员会获得一笔小额资助，而且完成了一本书，我的牛仔裤口袋里有钱，我的心里有目标，我的身边有密友诺玛陪伴。

我像害了思乡病似的，热望能拥有一个自己的家。几年前我曾经在希腊租过一个屋子，那是我完成自己第一本书的地方。现在，我必须完成一本诗集，而且诺玛的"第三妇女"出版社急着要出版它。所以我冒出和她共同租用一座屋子和合借一台打字机的想法。

但是恰帕斯不是希腊，它是山区，寒冷而潮湿，即使夏天也是如此，它是墨西哥最贫穷的一个地区。我们进入的不仅是另一个国家，而且是另一个季节。圣克里斯托瓦尔卡萨斯是一个小镇，创立于一五二八年，早于英国清教徒在普里茅斯岩登上美洲之前，镇上有一座座坚实的教堂，有一条条鹅卵石铺就的街道，市场上充塞着面目怪异丑陋的人们——裸着脚的，斗鸡眼的，兔唇的；犹如来自另一个世纪的市民。

一九八五年夏季到达那里的时候，我们对那里一无所知，不了解部落的土地在此前数百年里遭到巧取豪夺；不知道那里的人们在代理指挥官马斯科领导下刚刚爆发过要求索回土地的起义；不知道为了向墨西哥城提供电力，修筑水坝把村落淹没；也不知道雨林所遭受的破坏。

我只知道黑暗带来了宵禁，人们只能在小餐馆和商店有限的几台电视里观看肥皂剧的最新片段。小镇被划分为讲西班牙语的混血儿（非印第安墨西哥人，或忘记传统的服装和语言，仅说西班牙语的印第安人）、观光客和身处社会阶梯底层的玛雅人。在那里，除了中午一小段时间，天总是雾蒙蒙的，而且寒气逼人。

询问过很多人之后，我找到了一座供出租的石头小农舍，有厚厚的墙，有以木头遮挡风雨的窗子，而不是用玻璃，打开窗可以看见一个被薄雾笼罩的花园，非常引人注目。可是诺玛问我："你打算怎样使这地方暖和起来？"在恰帕斯，屋里是用木柴取暖的，住在屋里的人都有一股烟火气。想到这，我失去了勇气，逃回到宪法广场我的小房子里，这是一个旅馆，它的一扇扇门有如中世纪的监狱，或像修道院般刻板冷冰，毫无魅力可言。

那时，我剪一头短发，活像个男孩，我穿着在欧洲时穿的衣服——斜纹粗棉布的夹克衫和牛仔裤，或一条牛仔布的超短裙，一条在我脖子上绕了两圈，然后在喉咙口打个结的希腊长围巾；因为天冷的缘故，还戴一顶贝雷帽。这就是我这次旅行的装备，我进入墨西哥的纵深处，进入玛雅人的国土腹地，我意识到，在这里我是一个外国佬。

在恰木拉村，我去了一个因为燃烧硬树脂而弥漫烟气的玛雅人的天主教堂，它的泥土地面铺着一层松针。裹着长披巾的妇女们屈膝跪坐在地上，孩子们静静地挤在她们旁边。她们虔诚地供奉上鸡蛋、瓶装的可口可乐，点亮纤细的蜡烛，空气中嗡嗡地回响着轻轻的祈祷声。社区的守卫监视着我们，不让我们拍摄照片，这里似乎比基督教堂更具异教徒色彩，没有靠背长椅和跪台，有穿着小小墨西哥绣衣的圣人雕像，自从哥伦布时代之前，当地妇女就穿这种绣衣，一层又一层，依次相叠，每一件衣服都配有一条镜链。

为了不让自己太惹人注目，像个外来的入侵者，也为了表示尊重，我把我的希腊方巾往上拉了拉，也跪了下来，烟雾缭绕的空间颇有几分神圣。我敢肯定，这是我曾经造访过的最神圣庄严的地方，无论那时，或那以后。

我在一个打字学校找到唯一一台可以租用的打字机，用它打出了我的诗稿，那是一个沿街铺面，就像当地其他做生意的，用波纹金属卷帘作门，除了用一座高高的石头台阶来区分店内和店外，其他什么也没有。狗和苍蝇窜进窜出。一些猎情觅爱的男女在门口闲荡，抛着媚眼，不管是谁都可以进来观看，观看年轻人，实际上就是那些女孩，看她们滴滴答答地打字，打啊打，打啊打，为的是一张让她们逃离苦海的证书。

我也在这里打字，穿着牛仔夹克和迷你短裙，我打出爱情诗，这些诗歌饱含着被抛弃的痛苦，也饱含着性爱和渴望。我想，如果有人知道我写的是什么，他们定会把我拖去当局，把我铐上手枷、足枷，用石块活活砸死。我擤擤鼻子，用我的希腊头巾拭着眼泪，我处身于这些纯洁的女孩中间，继续打我那些乌七八糟的诗歌。在光秃秃的灯泡照射之下，我思忖，命运真奇特，怎么会把我带到这里，带到这个被称为圣克里斯托瓦尔卡萨斯的小镇，带到这个充塞着打字机的吵闹声、挤满了女人的房间——我们全都很年轻，做梦都在傻傻地想着逃避和解脱。

这是我第一次购买墨西哥绣衣，我的首件收藏出自玛雅人妇女织工团体，她们手工精湛，不像美国和墨西哥边境出售的伪劣产品。

这第一件绣花外衣我现在还在穿，是一件简单的棉布束腰外衣，领圈上织有五彩图案，中间一条红色，鲜艳美丽，一如我购买它的那一天。它的价格相当于四十美元，我犹豫了一整天才买下，四十美元从我的艺术委员会拨款中取出，这不是个小数目。

在圣克里斯托瓦尔的时候，我遇见一个玛雅妇女，她的名字我不知道，但是在我的记事本里，我称她为"蝴蝶夫人"。她在一个游客集结的小饭店门口兜售蝴蝶，我寄回家给我弟弟洛洛的那些蝴蝶，就是她和她的孩子捕捉的。

她穿着传统的特索特希尔绣花外衣，是一件厚重的宽松外衣，有红色、黄色和黑色的羊毛绣花，套在一条靛蓝色的搭襻短裙外面。虽然我穿了羊毛袜子和厚鞋子，可是她的脚却赤裸着，上面结了泥块。

她说她住在山上,她指着后面薄如轻纱的云层,"在那上面",她说,晚上的时候雾已经散了。她说她必须鼓着劲往上爬回家,她拉着站在我前面的年幼孩子,背上还驮着睡着了的婴儿。

她说她们经常在黑夜里离开家,又经常在黑夜里摸索着回家,她告诉我所有这些。我感到悲哀的是,我不能邀请她进来用晚餐,他们不会为她服务,所以我买下了她的所有蝴蝶,僵硬的和奄奄一息的,就像是枯萎的花,甚至有的翅膀也破损了。

后来,我在打字学校沿街找到一些二手绣衣。作为一个家具商的女儿,我懂得怎样查看衣服反面的接缝来判断它的质量。通过把衣服的里子翻出来,我可以看出它们的穿用历史。

这些二手绣衣不是这件有一个圆点图案小补丁,就是那件领子上的绣花部分是从一些旧衣服上废物利用挪过来的,要不,就是领圈小得不知道哪个女人能套得进去。

有的制工精良,上面有花鸟和动物。而有些制工看上去不像是手工细活,墨西哥人常说,制工不好的东西差不多都像是用脚做出来的;无疑,那个小女孩是急着去做其他事情;有的还有股木柴气味。谁曾经穿过它?又何故不得不出让它?她换得多少钱?她现居何处?除非她急于用钱,否则一个女人怎会舍弃她最有价值的东西?

她会不会像"蝴蝶夫人"那样,因为丈夫抛弃了她和孩子而不得不工作?是中美洲内战迫使她变卖她的衣物?当这样一个妇女必须在城市里解救自己,她何处可去?当她和她孩子病了的时候,谁去照顾他们?在我第一次购买这些绣花外衣时,我想着这些事情,为自己能买成打的绣衣而内疚,甚至用的是我的小额艺术补助金；我为那些不得不舍弃这些绣衣的妇女而悲哀，而深感惋惜。

当我回到旅馆并把我觅来的宝物展示给诺玛看，她冷冷地问："你想用这些东西做什么？""我想我可以穿它们，"我用不确定的口吻说，"也许，可以把它们挂在墙上。"

后来我一回去，真的把一些绣衣挂到了墙上，然后，渐渐地，我开始拿下它们，穿它们。起初，我只在美国穿，不在墨西哥穿，因为在缝制这些衣服的妇女面前，我不希望自己显得轻慢无礼。

这次旅行之后，随着时间的推移，我的织物收藏增加了，包括穿越墨西哥时所购买的件数。我遇见过其他收集和爱穿这些"贫穷妇女"服装的妇女，因为那就是这些服装的属性，它们是社会地位最卑微者穿的衣服。

我知道我在墨西哥城的亲戚对我穿得像他们的用人很是吃惊，这些用人离开自己的村庄后，起初还穿着印第安人的服装，直到她们受到羞辱，这才换上了城里人的服装。但是在边境另一面的美国，我们接受这种服装，不受墨西哥文化和社会等级的限制。我喜欢以非传统的方式来搭配这些墨西哥服装，或是用一件特瓦纳绣衣搭配一件塔希提围裙，或是一条瓦哈卡裙子配一件男人的恰帕内科背心，如此创新，这在墨西哥是没人会做的事。（在这里，我的密友，把我的书译成西班牙文的作家利利亚娜·巴伦苏埃拉将打断我一会儿："墨西哥城，也许还有共和国的其他地方的一些妇女穿着本土的服装，也许是因为弗里达·卡洛和其他墨西哥革命之后的艺术家，还有更近些如六十、七十、八十年代甚至可能是当代艺术家的倡导，他们通常都在大学里。我记得一九八〇年我还是墨西哥城一个人类学学生时,穿墨西哥绣衣、毯式上衣、边缘是皮革的平底凉鞋,是很平常的事。我们是有一点儿不寻常,但是这并不意味只有我们这样穿。也许我们不会像你那样,用这些衣服和现代时新的衣服或其他国家的衣服来作搭配,但是说实在的,一些反帝国主义的墨西哥人在某些时候会穿这些衣服,通常是和牛仔裤搭配。我猜,这是意在反对现代商业时尚,团结当地社群,还有就是为了凉爽。谁知道还有其他什么。")

现今,因为我住在得克萨斯,我宁愿穿来自炎热地带的宽松绣衣,特别是来自瓦哈卡的。它们是我去工作——当然那是指写作——最常穿的衣服。至于那些时新的,我藏着,在需要作为作家而露脸时穿。

工作的时候,我有时打赤脚,当有时候忘记梳头,或急着想忘记自己的身体,需要舒服一点,不受任何内衣束缚和制约时,我喜欢我的日常德曼塔粗布绣衣。穿着它,就是沾上些咖啡或墨西哥煎玉米卷我也不会心痛,我能把它们随意地抛扔到待洗的衣堆里。它们是我的墨西哥穆穆袍,我的囚衣,我的家居便服。

我的精神上的母亲和老师是玛丽亚·路易莎·卡马乔·洛佩兹女士,一座收藏故事和墨西哥民间传说的行走的博物馆。多亏这位头巾制作者的女儿,让我学到了关于织物方面的知识,我那几件有价值的衣服曾经是属于她的。(最近,它们被捐赠给墨西哥艺术国家博物馆。)

我没有从我自己的祖先那里继承什么织物,这么说,我很抱歉,我对他们一无所知。(写了这些之后,如今,我有了一块头巾,是母亲逝世后我在她的遗物里找到的。最近我姨妈玛格里特送我一条纪念瓜达卢佩圣母的围巾,是上世纪四十年代制作的,原来为我祖母菲利帕·安吉亚诺所有。我把这些织物追加到"她自己的房间"中,这是一个为我母亲设置的祭坛,在各种博物馆里都可以看到墨西哥祭坛的展示。包括芝加哥的墨西哥艺术国家博物馆,阿尔伯克基的全国西班牙文化中心,华盛顿地区的史密森尼美国历史博物馆,加利福尼亚州长滩拉丁美洲美术博物馆。)我从他们那里得到的是一只镶边婴儿枕头套,是我曾外祖母维多利亚·里佐·德·安吉亚诺为婴儿埃尔韦拉·科尔德罗,也就是我母亲绣的。她用丝线绣了一头驴子和名字的两个起头大写字母"E.C."。

在我那些古旧的墨西哥箱子里,我保存着我收集到的墨西哥绣衣。我喜欢把这些服装想象成是我祖母那样的妇女绣制的,从某种意义上说,那是她们的收藏品。

也许我们家族的妇女是用一台背带式织布机来作编织的,把它用钩子吊在后院的一棵树上,也许她们在做完家务事之后,就在这树荫下刺绣。她们没有写书,她们不会写书,但是她们通过设计构想,创造了一个像小说一样错综复杂的世界。这样的作品,恐怕只能付诸于针和线——纬纱和经纱;因为我不能想象,我的文学前辈能用其他方式写出。

我认为,能够购买由打赤脚妇女制作的墨西哥绣衣,是甚有讽刺意味的,现在只有最享受特权的北美女士能够买得起博物馆质量的墨西哥绣衣,像我这样的女士。

在圣安东尼奥,有一个称之为"绣衣才女"的妇女团体,是拉丁裔的一个新阶层。她们是教授、律师、艺术家和活动分子,她们有能力以狩取大猎物的热情,去买下路口非常精美的绣衣,因为它们越来越难以觅到。有一个时期,百分之七十五的绣衣制造业被美国在墨西哥的公司控制,当本土的社团不再有能力留在他们的村庄而被迫北迁时,这些编织物的工艺可能随之流失,这样的衣服就永远消失了。

自从诺玛和我在墨西哥南部的圣克里斯托瓦尔旅行之后,已经过去了二十多个年头。诺玛,这位退休了的大学教授,她喜欢穿T恤、运动衣和高帮网球鞋,她的头发是桃红色的条纹,最近向我提出她的热切要求:"喂,桑德拉,下一次你去墨西哥,看看是否能替我找到一件墨西哥绣衣,我喜欢在我的墙上挂上一件。"事情就是这样一点一点开始的,我想。

每次我穿一件墨西哥绣衣,我就说:"看,我知道我能够买得起内曼·马库斯百货公司的高档货,但是我宁可穿一个来自墨西哥本土的品牌,房间里不会有其他人穿。"

我穿这种编织衣,作为抵制"墨西哥人恐惧症"的一种方式,这种对墨西哥人的排斥在国土安全的表象下进行。我承认我不赞同边境义务警员。我要宣称,我是美洲人,北美和南美,两者都是,这衣服就是我的旗帜。

7 | 亡灵节

《ELLE》杂志社找到我，要我为他们一九九一年的十月号写一篇旅行特写，但是因为我正在回家途中，便答应写早在一九八五年的那趟墨西哥之行，那是紧接着百年不遇的最强地震之后。但愿我能写出那年秋天我所目睹的墨西哥城，那时，毁灭性的地震遍布所有的大街小巷，奠定了一个全市规模的亡灵纪念日。或者我可以写露宿在特比多区的流浪艺术家，那是城里最贫困堕落的地区，他们在街上搭起的帐篷里教授艺术。或者写圣安东尼奥阿巴德的女车衣工们从她们血汗工厂的废墟中站立起来，目击老板从瓦砾堆里拖出机器，而不去营救她们的同事，便毅然创建了劳工工会。还有两个女车衣工被邀请来奥斯汀，为她们的工会筹募资金。一九九五年秋天，我在多比派萨诺（得克萨斯大学所在地）实习时，她们和我住在一起，事发那天夜晚，骤发的大水使人寸步难行，但是滚滚洪流阻挡不了这些意志坚定的妇女。奥斯汀的伙伴们驱车直至小溪对岸，抛下一条绳索。我看着这两个墨西哥人奋力跋涉，安全穿过激流，就像圣克里斯托弗和婴儿耶稣一样勇敢。基金筹募者战果辉煌，为制衣工人的事业募捐到大量资金。但是等到我集中思绪准备写下面这篇文章时,至少在美国,大地震已是昨天的新闻了。

我们家不庆祝亡灵节,在我们的街坊里,也没有人设立祭坛纪念已故的先人。(写这篇文章的时候,我在精神世界是无知的,后来我学会了很多,关于设置一个整齐有序的祭台,作为对先人的纪念礼仪和敬意,以及为了个人的转化。)我是在边境北面诞生和成长的,是一个来自"伊利诺伊州奇卡诺"的墨西哥裔美国人,混迹街头,行走都市,精于"不招待就使坏"这一套路数。我看待死人,就像美国孩子那样,因为看过太多博里斯·卡洛夫主演的电影,经历过太多趣味横生的万圣节,我的感触全被过滤掉了。

我希望像厄尔巴索的朋友玛丽亚·利蒙那样,在靠近美墨边境的地区长大。在那里就像在墨西哥一样,亡灵节是一个全家远足出游的机会,带着扫帚、水桶、午餐篮,来到墓地,这是一个和先人团聚享受天伦的日子,他们一年从远方回来一次。十一月一日纪念早亡的儿童,十一月二日纪念已故的成年人。打扫墓地,清洗墓碑,插上鲜花,供上死者生前爱吃的食物——在墓地举行一个由死者和生者共享的野餐聚会。

我曾经问过我的墨西哥父亲:"你小时候,家里有没有在亡灵节设立祭坛?"

"我记得,你祖母会点亮梳妆台上的蜡烛,还祈祷。"他说。

"但是在客厅里没有祭坛,没有大碗大碗的菜肴和万寿菊花卉,没有墓地的半夜守灵,没有为逝者准备的龙舌兰烈性酒,没有糖制的头盖骨或大块为死者烤制的面包，或讽刺的骷髅诗，或柯巴香脂，或剪纸装饰、带框的家庭成员照片，或其他什么？"

"不，不，不，"我父亲说，"我们是城里人。那种习惯是属于印第安人的。"换言之，我父亲在墨西哥城的家庭是过于中产阶级化的，和过于"西班牙式"的，那是异教徒的行径，他们的根可以追溯到美洲的前哥伦布时代。

我和玛丽亚·利蒙为研究亡灵节而去墨西哥城的那年，我三十岁。作为出生在美国本土的移民孩子，我们的脑子里充满了乡愁，怀念一个想象中的国家——它仅仅是根据画廊和墨西哥老电影的印象而幻化出来的。我们知道墨西哥人对"死亡"有很多昵称：La Flaca, La Calaca, La Catrina, La Huesuda, La Pelona, La Apestosa, La Llorons——皮包骨，骨瘦如柴，美衣，瘦骨嶙峋，枯秃，恶臭，哭泣者。

就是在同一年，死神横扫了墨西哥城的街道，一九八五年的这次地震至少夺走一万人的生命。我们亲自调查谁最需要我们的经济援助，因为我们不信任把我们的救济基金交给政府的代理机构。在首都随便哪一条街，都能看到自发的路边祭品堆放在碎石砾前面——虔诚地供奉着蜡烛，万寿菊散撒在一堆家庭照片旁边，还有一件儿童玩具，一只沾满灰尘孤零零遗留在那里的鞋子。

那种想知道这一切的渴望驱使我们来到米却肯州，墨西哥城的西边。那里离州首府莫雷里亚不远，从那里乘坐巴士很快就到帕茨夸罗，然后坐渡船穿过湖泊来到岛上的吉尼特齐奥村，这里的人们以捕鱼而著称，他们还在用那些美丽的蝶式渔网捕鱼，为了村上亡灵节的庆典。

如同死者生还，我们也似乎从天边归来。在北方，亡灵节的传统几乎全被忘了，多亏一代艺术家的努力，又把它重新带回到社区。为了重新声张我们本土的一些传统，沿着我们祖先当年北上的路线，我们向南而行。

"你们从哪里来？"帕茨夸罗的小贩问我们，我们的衣着和口音泄露了我们的身份。"从芝加哥的埃尔巴索，奥斯汀，圣安东尼奥。"啊，两个波查斯（意为墨西哥美国人），他们肯定这样想——那个糟糕的词意味着边境北面的墨西哥人。

我们花了一天在帕茨夸罗的市场，看这个小镇准备夜里的庆典：妇女们带着一束束万寿菊、红的鸡冠花、大把蓬松的满天星；集市上晃动的货摊上，鲜亮夺目的橙子堆成一座座金字塔，各种各样的香料让人看得眼花缭乱，还有巧克力堆成的宝塔和大捆大捆的甘蔗。

在拱廊下面的主市场，如果我们买了一些东西，糖果女士会让我们拍照。色彩柔和的糖霜，亮晶晶的，像贴了金箔。心形的杏仁蛋白软糖用玫瑰装饰，有糖女人、糖狗、糖鸭子、糖天使、躺在糖棺材里的糖尸体，都摆在熨烫整洁的绣花布上。我挑了一个糖头骨，再用蓝色的糖霜写上我的名字，个性化的服务，但是没有额外的附加费用。

玩具小贩出售墨西哥版的会打战的牙齿——一种上下嗑动的头盖骨，还有用线牵动的骷髅木偶，在做各种事情的微型死神骷髅：开出租车，在墨西哥流浪乐队中演奏音乐，应有尽有。一排排传统的亡灵节面包也陈列在货架上，圆面包上做了骨头的形状或是双手交叉在胸前的僵尸。每到一处，都看见活着的人在忙忙碌碌，迎接新近和很久以前离去的死者。

那天夜晚，当我们乘坐渡轮穿越帕茨夸罗湖，雾开始从湖里升腾,吉尼特齐奥村从水里螺旋般地升起,像是被点亮的生日蛋糕,所有的店铺都开门,用灯光装饰着店里的商品。小贩用大篮子装着鱼饼叫卖,像是在欢迎我们。拱形门廊用万寿菊点缀。

所有的门都开着,可以让过路人朝里窥视,并瞻仰里面设立的祭坛。在一座屋子里,有非常厚重的木门,一个老年妇女独自坐在一间燃着上千根蜡烛的房里,照片的海洋被映得通明,在她的生活中,死者的数目远远超过生者。

我们绕着道路走,经过主市场里纪念墨西哥城大灾难受害者的巨大祭坛,来到教堂墓地。墓地只是一个光秃秃的泥土广场,用墙围着的肮脏院子,高高低低地竖立着随意安置的墓碑,一点也不像我们在美国看到的墓地,在那里一切都是井然有序的,草地平整如砥。

村民们忙着寻找他们自己的亲戚。"你在这里吗?你好吗?"蜡烛放在坟墓的石板上,还有对称的鲜花,和一只碗,碗下衬以浆洗过的干净亚麻布,碗里放着亡灵节面包,再用一些黄色和橙色的西葫芦来作点缀。盘子和烛台全都是为这一年一度的节日而备着的。

玛丽亚·利蒙和我携带了我们自己的祭品。我们坐在一个没有人还记得是谁的墓碑上,摆出我们的供品给她的父亲和我的祖父。我带来一根雪茄和一包牛皮纸包的饴糖给我祖父,而玛丽亚有她父亲一本护照,上面有他的最后一张照片。长眠在这里的小死者是否会在意我们借用他的坟墓?我们来自如此遥远的地方。在旁边墓碑上进行供奉的一个村民用肘轻推他的家人,向我们抬着下巴,但是谁也不说什么。相比之下,其他人都忙于安置鲜花和食品,我们的便携式祭坛看上去挺寒碜。"心意到就行了。"我对玛丽亚说。

"你们整夜留在这里守着食物?"我们问我们的邻居。

"哦,不,我们只待一会儿,幽灵现身享用之后,我们就把食物带回家去。"

但是要等到多晚,我不知道。我们坐在那块岩石板上,真的好冷好冷,仿佛死神正在洞悉我们,看着我们在守夜结束前就离去。

因为在帕茨夸罗无法找到一个下榻的房间,我们不得不打手势拦下一辆巴士,让它载着我们去乌鲁阿潘,大约一小时路程。我们在一扇关不紧的窗子旁找到两个座位,想用卷成一卷的报纸把夜里的潮气挡在外面,试图瞌睡一会儿。米却肯的晚风送来了香草的气息。

你觉得我们这样做对吗?在那里摆上我们临时凑合的小小祭坛,我们的本意是好的。我们这两个穿蓝色牛仔裤、戴贝雷帽的波查斯!也许我们还没有看到幽灵,也许只有村民能够看到幽灵。我确定不了,搭车回程中我一路都在想着这些,在我一半墨西哥人的自我和一半美国人的自我之间存在一条缝隙,两半合不到一处。

"玛丽亚,我害怕鬼魂,你害怕吗?有时候我净做可怕的噩梦。"

"这些是坏的鬼魂,当你熟睡之际,想要搅乱你。"玛丽亚说,"你不认识善良的鬼魂?"

"鬼魂吗?"

"就是那些生前你很亲近的人,也许你祖父。"

"我的祖父?"

"他是个幽灵,下次做噩梦就叫你祖父。不管什么时候,害怕就叫他,他会保护你。"

我没有想到,我祖父是个具有这种魔力的人,能让我招之即来,一如我的家人在我需要用钱的时候,一呼而应。鬼魂是自家人,爱你从不伤害你,这一点,我现在才知道。

我还想问坞丽业·利蒙更多的问题,可是她已经进入睡眠,我看见窗外的景色向我涌来,然后又渐渐消失,浓密的、枝叶繁茂的黑影掠过充满生机的土地和深沉的天空。月亮在时时刻刻追随着我们,那样丰满、圆盈和完美。

8 | 稻草变黄金

一九八七年春天，我住在得克萨斯州的奥斯汀，住所是一个车库公寓，小得连两个如胶似漆的恋人都住不下。情况更为凄惨的是，在那里居留八个月的大部分时间，我处于失业状态。

这篇演讲稿写于我希望破灭之前，身为得克萨斯州州立大学教授的哈里特·罗莫博士，邀请我给她的班级演讲。这是在奥斯汀把我一脚踢到加利福尼亚州的奇科之前，是我第一份大学里的工作。

写这篇讲稿的时候我还挺乐观，雄心勃勃地想要把讲稿和幻灯片珠连璧合地结合起来，这多亏了我那时的摄影师情人鼎力相助。

如果有些句子听起来过于激动张扬，那是因为它们被有趣的视觉图象所衬托，或者因为当时我实在是对自己的生活感到惊愕。这个演讲此后我又重复过多次，我在这个国家不断地搬迁，直到一天我的旋转式幻灯机在圣安东尼奥的库房被偷（幸运的是，我保存了大多数原始照片）。回想起来，这段生活写照乐观向上得有些讽刺，毕竟到了一九八七年年底，我骤然跌入沮丧的谷底，我后来称那段时间为"地狱里的地下室"。

当我住在法国南部一个艺术家云集的地区时,某个任教于普罗旺斯地区艾克斯大学的拉丁美洲同事,邀请我去和他们共享一顿自己烹饪的饭菜。那时我依靠得到的写作资助,在国外几乎住了一年,主要以法国面包和扁豆果腹,这样,我的钱才可能维持得长久一些。所以当时一接到晚餐邀请,我毫不犹豫,欣然允诺。特别是因为他们答应做墨西哥餐。

我没有意识到他们邀请我是期望我入伙事厨,我猜想因为我是墨西哥人,所以他们断定我知道怎样做墨西哥餐。他们特别想吃玉米粉薄烙饼,然而我这辈子还从没做过这种烙饼。

我确实看过我母亲把一大堆小小的生面团滚压成完美的圆片,但是我母亲的家庭来自瓜纳华托——是乡下人。他们只知道怎样用面粉做薄烙饼。(当我写这篇文章时,我是够无知的,以为面粉薄烙饼来自瓜纳华托,以为那里是黑色、蓝色、灰色和黄色薄烙饼的原产地,但是,不,不是面粉。我母亲做的是面粉薄烙饼,她无疑是从她母亲那里学来的,但面粉薄烙饼来自墨西哥北方地区和美国西南部。我母亲的父母从墨西哥中部移民美国后,住在厄尔巴索、弗拉格斯塔夫、罗基福特、科罗拉多、堪萨斯城,最终住到芝加哥。在他们搬迁的一路上,面粉替代了玉米。)而我父亲的家庭来自墨西哥城的奇兰匀。我们吃玉米粉薄烙饼,但是我们自己不做。会差人(去买玉米粉薄烙饼的人肯定是个仆人,一个本地妇女,通常来自农村。我父亲的家庭是中产阶层,这个话题是我那时候不愿触及的)到街尾巷角的烙饼店去购买。我从来没有看到过谁做这种玉米粉薄烙饼,从没见过。

我的拉丁美洲主人们找出一袋玉米粉,他们就是这样,用做玉米薄饼的差使来折腾我。"就像那样。"他们总是老一套,然后转过身去烹饪。

怎么我觉得自己像是那童话里的姑娘,被锁在一间屋子里,被命令把稻草纺成金子?当年我在文科硕士考试中被要求写批评论文时,有过和这一样的不舒服感觉,这是为了获得研究生学位唯一必须完成的非创作类写作。(那篇可怕的论文既没有说服力,又不真实,它是一个圈套,我必须跳的圈套,我跳了。我不知该如何否认写出过这样的文章。)我怎样开始?做薄饼有做薄饼的条理,不像写诗歌和小说,只要凭直觉就可以完成。它需要一步一步照着工序去做,我最好把它弄清楚。我感到做玉米薄饼——或者批评论文,简直是件不可能完成的任务,我真想大哭一场。

不管怎样,我还是设法做出了几个玉米粉薄烙饼——歪歪扭扭的,焦头烂尾的,但是,尽管如此,还能吃。当墨西哥食物摆在面前的时候,我的东道主们对墨西哥食物绝对是一无所知,他们认为我的玉米粉薄烙饼喷香可口(我庆幸我妈妈不在场)。看着一张旧照片,我们三人在啃着那些厚薄不均匀的小圆饼,我愣住了,就像我惊异我自己竟能完成艺术硕士考试。

在我的人生中,我设法做了许多原本以为做不了的事情。而且,很多其他人也认为我没有能力做到。特别因为我是个女性,拉丁美洲裔,以及是一个有六个儿子的家庭的唯一女儿。我父亲早就想着能看到我结婚。在我们的文化里,男人和女人除非结婚,否则是不会离开他们父亲的屋子的。我毫无缘由地双脚跨出我父亲的门槛,一个女人家,没人为她而来,也没人赶她离开。

更糟糕的是,早在我的六个兄弟外出闯荡之前,我就离开了家。这可是个大忌。无意中我回过头看了那些孩提时代的照片,我想知道,是否自己意识到那时我已经开始了无声的战斗。

不知怎的,我总爱把我的家庭,我的墨西哥人血统,我的贫困(我现在不再用"贫困"这个词,或许用"穷",我堂姐妹安妮塔说:"我想,和我们相比,你们家是富裕的。"富有是相对的),联想成塑造我成为一个作家的因素。我总爱想是我的父母一路引导着我朝艺术家的道路迈进,尽管他们不懂艺术。从父亲身上我继承了他对漫游世界的爱好,他诞生在墨西哥城,但他年轻时就跑来美国旅行,流浪漂泊。他最终被征募入伍,因此而成为美国公民。他告诉我他来美国头几个月里的一些故事,那时,他才懂一点点英文或是根本不懂英文,这些故事,在我的《芒果街上的小屋》中可以略见踪影,要不,就是留存在我的脑海里,作为我今后写作的素材(我在《拉拉的褐色披肩》里写了我父亲的故事)。我继承了父亲一颗多愁善感的心,他看墨西哥肥皂剧的时候,常常感伤地流泪——特别是当故事涉及被父母离弃的儿童。

我的母亲和我一样,是出生在芝加哥的墨西哥后裔。她那坚韧的,饱经人世艰辛的声音自始至终在我的小说和诗歌里萦绕。她是个不同凡响的妇女,爱画画,爱读书,能够唱歌剧,是一个强悍而精明的人。

当我还是个女孩的时候,我们如此频繁地去墨西哥城旅行,我还以为我的祖父母在福图纳街十二号的住宅是我们自己的家。这是我们从一个奇卡诺公寓搬到另一个奇卡诺公寓的漫游中,唯一一成不变的行踪。墨西哥城卡洛尼亚特佩亚克区"命运街"(西班牙语"福图纳"意为"命运")十二号,也许是我唯一认定的家,而对一个家的怀旧情绪将是一个我摆脱不了的主题。

我的兄弟们也出现在我的作品里,特别是较大的两个。亨利(我哥哥亨利·"基基"即"基克斯"·希斯内罗斯,不是任职圣安东尼奥市市长和克林顿主政时住房发展部部长的亨利·希斯内罗斯,我的亨利是艺术家和音乐家),是第二大的一个,也是我最喜欢的一个,经常在我写的诗歌和小说里出现,有时,我只是借用他的昵称"基基",在我的童年时代,他扮演了重要的角色。我们是睡双层床的好伙伴,我们是共谋,我们是哥们儿。直到我最大的兄弟从墨西哥读书回来,我这个女孩成了异数。

我的老师们如果知道我如今成了作家,他们会说些什么?谁会猜到?我不是一个聪明的学生,我不太喜欢学校,因为我们搬家如此频繁,我看上去总像是个新生,总是滑稽兮兮的样子。五年级的时候,我的成绩报告单上,除了大雪崩似的一片"C"和"D",一无可取之处,但是我记得我并不那样笨,我在艺术上是优异的,我读了大量的书,我的笑话总是把基基逗乐。在家里我很自在,但在学校我从不开口,除非老师叫到我。

当我审视自己的时候,我觉得自己是十一岁的年龄。我知道外表上我是三十二岁,但是在内心我是十一岁。我是照片上那个女孩,双臂骨瘦如柴,穿着打褶的裙子,头发蓬乱不整。我不喜欢学校,因为在那里所有的人看到的是外表的我,上课有大量的规矩,交叉着手坐着,整天提心吊胆。我爱看着窗外沉思,我爱注视坐在对面的女孩,看她用红墨水一遍又一遍地书写自己的名字,或者看着我前面每天穿着同样灰暗不洁衬衫的男孩。我想象着他们的生活,想象着他们每天晚上回家去的那些个屋子,想知道他们的世界是快乐的还是悲哀的。

我想我的母亲和父亲尽了他们最大的努力，使得我们保持温暖和整洁，从不挨饿。我们还过生日，开毕业派对，做诸如此类的事情。但是还有另外的渴望必须得到满足，有一个渴望我甚至说不出它的名称，是不是就在这时我开始了写作？

在一九六六年，我们搬进了一座屋子，一座实实在在的屋子，它是我们第一个真正的家。这意味着我们不必每两年就要转校，在街区和陌生的孩子相处。我们能够交朋友，用不着担心接下来又要和他们说再见，然后一切从头开始。我的兄弟们和他们带回家来的那拨男孩，最后成了我小说中的重要角色——路易斯和他的表兄弟，梅梅·奥尔蒂斯和他那条有两个名字的狗，一个是英文名字，一个是西班牙文名字。

我母亲把自己的家变得活跃起来，她从图书馆借来书，自学园艺，她种植的玫瑰美得让人妒忌，我们不得不用挂锁锁死大门，防止夜里遭偷花贼光顾。我母亲对园艺的钟爱从来没减弱过。

在我人生中，这是个不稳定的年龄段，这时我既是个孩子又是个女人，或者两者都不是，我在《芒果街上的小屋》中做了记录。我怎么知道我记录了那些妇女，她们把她们的悲哀支撑在肘上，凝视窗外？

自从那时候开始，我做了各种各样我原以为自己不可能做的事情。我进了一所颇有声望的大学，师从著名的作家，取得艺术硕士学位。我在伊利诺伊州和得克萨斯州的学院教授诗歌。我获得写作奖金，我用它们出外见识世界，我的勇气有多大，我的足迹就有多远。我看到了伯罗奔尼撒半岛白雪皑皑和萧索苦寒的山脉，我下榻在一个岛上，我欣赏威尼斯冬天的月亮，我住在南斯拉夫，我逛尼斯鲜花市场，我在前阿尔卑斯山的一个村庄目击每日的散步巡游。

得克萨斯州是我生活中的另一个篇章，蓝得像宝丽莱相片的天空和大亨们的云集地。我遇见奇卡诺的艺术家和政治家，包括一个和我同姓的市长。得克萨斯州慷慨地颁给我多比-佩萨诺奖金，六个月里，让我在一个二百六十五亩的大牧场拥有一个住所。得克萨斯州同时还把墨西哥带回给我：它的天空、食品、节日和最最重要的东西——它的语言。

回顾那些日子，我喜欢坐在那个观察人的地方——阿拉莫广场对面沃尔沃思超市弯曲的柜台边，彼时的我除了做一个作家，想不出还能做些什么。我旅行和演讲，从科德角到旧金山，到西班牙、南斯拉夫、希腊、墨西哥、法国、意大利，而现在到了得克萨斯州。沿着这条路，手中总会抓到稻草，凭借一点点想象，就能把它纺成黄金。

9 | 致阿斯托尔的探戈

上世纪七十年代中期,我第一次听到阿斯托尔·皮亚佐拉的音乐,我如痴如醉,兴奋万分,那是一种探戈、爵士、交响乐、室内乐的结合。我总是感觉到他的音乐在诉说我的故事。

皮亚佐拉既是杰出的作曲家,同时也是杰出的演奏者。他的主要乐器是班多纽琴,一种放在膝上演奏的有趣乐器,类似手风琴,但声音却像风琴那样强劲有力。在他生命即将结束之时,他说他的最大愿望就是直到二〇二〇年,仍然有人听他的音乐。鉴于他的作曲是当今很多音乐家——从马友友到埃尔·迪·米欧拉——演奏的主打曲目,他的愿望得以实现似乎是完全可能的。

多亏了皮亚佐拉,我早就揣着一个梦想,丢下一切去布宜诺斯艾利斯,学习探戈舞。然而,当我终于到达那里,注意到探戈舞厅的规则礼仪时,却想起了十来岁在中学里跳的最不喜欢的、死板的短袜舞。如果你是一个女士,你得坐在舞池边,等待一个男子过来请你,然后你就装出笑脸去相迎,让他情绪高涨。这不适合我,于是我放弃了这个梦,仅买了双舞鞋。

我依然喜欢想象我自己能够演奏班多纽琴,让它弯曲,发出尖叫，或是悲鸣，我多么喜欢那种极度的兴奋，用乐器来表现它，一定精彩绝伦，不过我听说班多纽琴得花一辈子去参悟。那么，不管怎样，我这辈子是学不会了。

我觉得，皮亚佐拉的音乐是在呼唤你嫣然独舞，在星光下更为美妙。既然我已经写了，就没有人会让我觉得自己很傻，我喜欢一杯葡萄酒，殷红如血，高雅华贵。我喜欢一支雪茄，像我祖父——一位陆军上校——及皮亚佐拉喜欢抽的那种，这会激发我写诗的欲望，可是我不想知道，这是出于什么原因。

在二〇〇五年圣安东尼奥圣玛利亚大学的晚餐演讲会上，我做了如下的演讲。这是我慷慨激昂讲了很多次的故事，但是在纸上用文字来表述一个故事，那完全是另一码事。大声演讲时，你可以依靠手势、声音、面部表情和短暂的停顿来帮助你塑造一个画面和一种气氛。当你写一个故事时，你没有这些辅助动作，你只能用句子、标点，以及中间的空白来表达。空白对于我，就像黑色的印刷字体一样重要，它们就像音乐家演奏作品时依据的乐谱，所有的含意尽在其中，只等读者自己去解读。

我遇见阿根廷探戈舞曲作曲家和演奏家阿斯托尔·皮亚佐拉，是在一九八八年四月二十四日，一个星期日，地点是旧金山奥法雷尔街的大美利坚音乐厅。这个日期我能如此确定，是因为我有一张签了名的广告传单为证。我无须为此绞尽脑汁，这个日期早已深深镌刻在我心上。而它的前一年，我刚在勉强和无奈中度过了人生的第三十三个年头，那是人会死去，但愿又能复活过来的年岁。

所以，一九八八年是我的复活之年，我记得，我从担任客座教授的加利福尼亚州奇科，驱车五个小时，我确信阿斯托尔·皮亚佐拉，这位使探戈舞曲发生革命性剧变的人，来到了加利福尼亚并要和我会面。这年我的状态近于死亡，我失去了我的人生目标。我知道，这样说有故作惊人语之嫌，但这确实是真的，活着使我深感厌烦。我想不通，如果我不能做事赚钱维持我的生计，那么为什么让我投生到这个星球上来。我哭泣，我紧张不安，我惊魂不定，就像是只猫。在得克萨斯州，我几乎一年没有工作。一个在奇科任教的朋友，临时要离开一段时间，他推荐我来替代他的教职。

我最不想做的事情就是在大学里教书，在那里我从来都没有家的感觉，其实，作为学生我都觉得自己过于愚钝，更别说是作为一个教授。然而，现在提供给我的是一个大学里的工作，而我又是如此的一文不名，我不得不忽略我的恐惧，去接受它。

我一次又一次，没完没了地问家里借钱，我用一辆拖车拖着从廉价商店买来的家具。很快我发现了一直以来惧怕的事情：我是个失败者。我的大学一年级写作班学生的懒散，与我教的社区中心成人学生相比，使我对自己的不称职确信无疑，我是个没有价值的人，我是个无用的人，至少在那时，我心目中的自己就是这样。

如果我在教学上不称职……如果我三十三岁还在靠借钱度日……所以如果我写出一本书，赚到的还不够支付几个月的房租……而且我讨厌跻身学术界，那感觉就像我在几乎什么都不知道的时候，必须什么都知道……如果发现我是在误人子弟……

如果我必须再次向家里借钱，那么……我已失去继续生活下去的意愿。

但是，正在这个时候，一个全国性的写作奖不期而至，这提醒了我，为什么我会被抛到这个星球，现在，我在这里，而他，阿斯托尔·皮亚佐拉，一个新探戈舞曲的最伟大的演奏家和作曲家，也来到这里，在我的眼里，他是最伟大的，他来这里演奏，是因为我！

在我二十五岁之际，是我的老对手把皮亚佐拉的音乐推荐给我，他是我心目中的墨西哥起义英雄萨帕塔，是他激发我创作了几首诗和几篇小说；激发我以他的见多识广和老于世故为楷模，去作穿梭欧洲的旅行，以期改变自己，不再像一只土里土气的胆怯猫。

皮亚佐拉的音乐，犹如一场音符的风暴，就是通过这个人来到我的生活中，他是我的情人，他对音乐有敏锐的感知能力。这音乐犹如一声呼喊，在痛苦和快乐之间的某个乐段吸引住我；这音乐如同一声咆哮，其中饱含着渴望和绝望。这音乐犹如热吻在皮肤上产生的微微灼痛。这音乐是强烈的、温柔的、怪异的、迅猛的、飘忽的，而从根本上说，是具有毁灭力量的。皮亚佐拉的作品融合传统的布宜诺斯艾利斯探戈音乐和纽约前卫爵士乐，令所有那些感觉萦系着我这个听者。皮亚佐拉教会了我，怎样去成为一个自己向往的艺术家。

"就像这样，你这个傻瓜，"我想象皮亚佐拉这样说，"听着。"而他那班多纽琴的吼叫，是美的东西和悲剧性的东西在发生碰撞，在一起流血，他成了我的老师，我如饥如渴想要成为他的学徒。

当我在写作和生活中感到迷茫、悲哀、消沉和懊丧的时候，我只要听一听皮亚佐拉的音乐，它们会在黑夜中闪射出一道光，像一支射中目标的箭，像一个北极星那样的引路者，纯正而恒久。

这件事说明了我的极端自大和天真，那是一九八八年的一天，在大美利坚音乐厅的一片漆黑之中，老师穿着一身黑，黑得像他的班多纽琴，端庄而神圣。他开始演奏，音乐响起，犹如一个人拿着尖刀顶着自己的胸膛，各种各样的感觉，催人泪下的，戏剧冲突的，狂野的，美妙无比的，统统涌来，交集于一瞬之间。小提琴、班多纽琴、大提琴、钢琴，各种乐器的声音像是雨点，急骤而来。我身不由己，激动地站起，靠在一根柱子上，用一张鸡尾酒纸巾擤鼻子。当幕间休息的灯光亮起，我飞也似地走向后台。

我没有喝醉。怎样解释我对自己使命的绝对自信？我猛地推开一扇扇将台上的神和我们凡夫俗子隔开的推拉门，大步地走进去。令人吃惊的是，那里没有警卫，没有保安或警察。没有人，只有一个凄厉的空荡荡的走廊，对于它所容纳的伟大，实在是过于破陋。

在一道敞开的门外面，我听到了声音，突然我失去了勇气。随后，我又很快恢复了平素蛮横果断的行事作风。阿斯托尔和他的伴奏乐手可能已筋疲力尽，正在进行必要的短暂休息。我有些困惑，不知下一步该怎么做。

幸亏有人出来帮我解了围，一个年轻的家伙想要见一见他心中的偶像，和我的想法一样，但是比我更有冒险精神。我们开始喋喋不休地讲话，声音足够大，以致最后皮亚佐拉忍不住走出来，看我们为什么在这里喧哗。

那个粉丝非常清楚自己要做什么，他要索取一个亲笔签名，他塞给皮亚佐拉一张不显眼的黄色广告传单，内容是宣布今晚的音乐盛事。我还能做什么其他的,只好准备跟着他依样画葫芦。但是,我该和他说些什么?

首先我必须告诉他,告诉他在所有这些年里,我心里对他的执着感觉。我想对他说:阿斯托尔,在我经历如此多的沮丧和失落之后,在我经历了爱情之火的破灭,几经濒临死亡的危机,经历了我自身的死亡和复活之时,是你的音乐让我振作起来。当我在听你音乐的时候,我在旅行中寻找自己。当我刚刚抵达爱琴海中的希腊小岛,当我最终完成我的第一本小说后乘着轮船离开希腊,当我在巴黎寒冷的夜里,当我身无分文睡在阿根廷的地上,是你的音乐给了我勇气。阿斯托尔,你不知道,要创造自己的人生,成为自己梦寐以求的作家,这是何其之难。我必须逃离家门,必须买一张去雅典的单程机票,因为此前,即使我差不多三十岁了,但是从没单独去过任何地方。我在芝加哥或在托斯卡纳区,在冬天寒冷的早晨,在水斗里洗短袜的时候,在法国南部的前阿尔卑斯山脉,或在得克萨斯州南部,骑着自行车穿过小镇,或驾车穿越乡村的时候,阿斯托尔,是你的音乐教会了我,什么是我在工作中需要具备的激情。我意识到,阿斯托尔,你奋力寻找你自己的声音,你的老师纳迪亚·布朗热怎样劝告你拿起你已经放弃的乐器,因为班多纽琴使你感到畏难。她提醒你记住你是谁,让你不要感到惭愧,赞扬你独立的人格,把你送回你那个被你鄙视的自我,因为是你自己摒弃了自己,在那个庞大的禁锢之中,你能一跃而起,将多愁善感升华为艺术的表现力,这是个多么美好的过程!因循守旧者又是怎样想要扼杀你,因为你对他们的探戈所做的改革。对于我,要成为一个作家是多么困难,但是,是你的音乐,阿斯托尔,当我寒冷和恐惧的时候,是你的音乐向我展示了勇敢和无畏。你创造了你自己的探戈,阿斯托尔,在我二十多岁时,它就成为我的,而现在,在我三十岁刚过的时候,我刚刚逃离死亡的虎口,那种恐惧存在于你的音乐中,阿斯托尔,所有的感觉都包罗在你的音乐中,我深爱着的克星抛弃了我,从我裸露的伤口,我把我的尖叫变成了咆哮,而这咆哮就是我的作品,是由你激发而成的,阿斯托尔,这你理解吗?

当我前面那个小伙子拿到传单上的签名时,我想到上面所有这些。现在轮到我了……阿斯托尔穿着烫得笔挺的黑裤子、黑绸衬衫和擦得锃亮的黑靴子,那一刻他伸出双手和颜悦色地接过我手中的广告传单。我站在那里,嘴巴微微张开。

现在,他签毕了名,我该把想说的话告诉他,这是我的机会。现在我可以说了,我能够告诉他,就在此刻!

"皮亚佐拉先生,"我说,激动得上气不接下气,"你的作品,就是,我的人生!"

他点点头,把我的传单递给他的伴奏乐手签名,然后……

我的机会瞬息即逝。

我把那张他亲笔签名的传单捏在拳头里,摇摇晃晃地回到我的座位上,感到自己愚蠢之极,我哭了,你的作品就是我的人生!我想说的究竟是什么?

然后,我低下头写道:"东西在我鞋里,/蒲公英,荆棘,拇指指纹,/一个痛苦的颗粒使我再次毁灭,/哦,我的父亲,我由衷地抱歉,为了这右脑/是谁惊慌失措,受到伤害,使我躺倒好多时日,至今萎靡不振。"当我抬起头,我有了一本新的诗集。就像我刚刚经过分娩,我的身体发生了变化,我吃惊原先瘦骨嶙峋的地方长出了饱满的血肉。我再次低下头,当我再次抬头的时候,又来了另一本书,我的身体再次发生变化,于是,我不再是我自己,而是一个隔水凝视另一个女人的女人。除了书还是书,更多的书,以及那个被称之为"家"的自我的更多改变。

年轻人排着队进来会晤作家,要求得到书上的签名,我是他们想一睹为快的作家。有些人几乎激动得说不出话,他们的眼睛就像大海里迷失方向的船。

"你不知道这对我意味着什么。"他们说,笨拙地翻开他们想要我签字的页面,"你,你真的不知道。"

10 | 唯一的女儿

在我濒临死亡的那年,一九八七年,我病了十个月之久。当时如果我的身体有什么明显的症状,我也许会马上跑去看医生。可是如果是心灵上的病,要过很长时间才会意识到,精神上没有愈合的创伤和肉体上不治的伤口是同样危险的。

下面是我在一九八九年的那个长夜里起床写就的。我获得那些荣誉的提名,当时我感到吃惊,现在依然在惊异之中,要知道,它们可能是一个人死后才能获得的殊荣。从那个时候起,我就有所感悟:绝望只是进程中的一部分,而不是终点。

几年前,我刚开始我的写作生涯,我曾经被要求为一本文学选集写我自己的撰稿者按语,我写道:"在一个育有六个儿子的家庭里,我是唯一的女儿。这可以解释所有一切。"

好吧,从那时开始,我一直在想,是的,这是对我很大程度上的诠释,但是为了让读者更清楚我的意思,我应该这样写:"我是一个有六个儿子的墨西哥裔家庭中唯一的女儿。"甚至还可以写为:"我是墨西哥籍的父亲和墨西哥裔美国籍的母亲唯一的女儿。"或者:"我是劳动阶层中一个九口之家里唯一的女儿。"所有这些表达都和"今天我是谁"有关。

我曾经是,现在也还是唯一的女儿。我只是一个女儿,一个有六个儿子家庭唯一的女儿,这种境况迫使我独自消磨我的大部分时间,因为我的兄弟们认为,在公开场合和一个女孩玩耍,会显得他们低下。但是那种孤独,那种寂寞,对一个想要成为作家的人来说并非坏事——这让我有时间去思考,再思考,去想象,去阅读,去为我的写作职业砌筑基础。

做我父亲唯一的女儿,意味着我注定会成为某个人的妻子,那就是他的意念所在。但是在中学五年级,当我和他讨论我的大学计划时,我能肯定他是理解的。我记得我父亲说:"那很好(Qué bueno)。"这句话对我意义重大,特别是在我的兄弟认为我荒诞无稽的情况下。我没有意识到的是,我父亲之所以认为女孩子该上大学,是因为有利于找到一个丈夫。四年学院生活结束之后,又过了两年研究院生活,我还是没有丈夫,我的父亲直摇头,即便现在也是这样,他说我浪费了我的所有教育。

回想起来,幸亏我父亲相信女儿是要给她丈夫的。这意味着如果我犯傻,主修像英语这样的课程也不成问题,毕竟,最终我会找到一个像样的有职业的好人来娶我,难道不是吗?这让我有可能在书房里磨磨蹭蹭地推敲我的小诗和故事,而不会被父亲用这样的质疑声打断:"你在写些什么?"

但是说真的,我希望他来打断我,我希望我父亲理解我在潦潦草草写些什么,希望他这样向别人介绍我:"这是我的独生女,是作家。"而不是："这是我唯一的女儿,她在教书。"教书,"es maestro",是他惯用的词,他甚至不说"profesora(教授)"。

在某种意义上,我的每一篇东西都是为他而写的,是为了赢得他的赞许,尽管我知道我父亲不会读英文字句。我父亲只读诸如《巴隆家族》这样的墨西哥连环画,或者巧克力色油墨印的体育杂志《埃斯托》,或者"fotonovelas",平装本的小图画书,书中人物嘴边画着的泡泡里道出悲剧和创痛。那时,我父亲代表大多数民众,他们没有兴趣去阅读,但是我写他们,我为他们而写,而且私下里我会试图亲近他们。

我们在芝加哥长大的时候,因为父亲的原因我们常搬家,他的怀旧情绪日见浓郁,我们不得不退掉我们的公寓,把家具寄存在母亲的亲戚家,把行李和波伦亚大红肠三明治装上旅行车,南下来到墨西哥城。

当然,我们回来了。然而是住到另一个芝加哥公寓,另一个芝加哥社区,去另一所天主教学校。每一次,我父亲会找到教区牧师,为了减免学费,他抱怨,或者也可以说是夸口："我有七个儿子。"

他想说"siete hijod",七个孩子,但是他把"孩子"说成了"儿子"。"我有七个儿子。"他会对任何愿意听他唠叨的人说,例如出售给我们洗衣机的西尔斯公司雇员,快餐店里为他做熏肉夹鸡蛋早餐的厨师。"我有七个儿子。"好像州府应该为他颁发一枚勋章。

这就是我的爸爸。我能肯定,他对自己的误译浑然不知。但是不知怎的,我就是觉得我自己被抹去了。我拉着父亲的衣袖,低声纠正他："不是七个儿子。是六个!还有一个女儿。"

当我最大的哥哥从医学院毕业的时候,他圆了我父亲的梦:我们努力学习,用的是我们的头脑,而不是我们的手。即便是现在,由于长年和锤子、钉子、麻绳、线圈、弹簧打交道的历史,我父亲的手仍然又粗又厚,颜色发黄,长满老茧。"用这个,"我的父亲说,轻轻拍着自己的头,"不是这个。"他让我们看他的手。他这样说的时候,样子看上去总是很疲惫。

难道读大学不是一种投资?这些年我难道不都是在大学里奋力学习?如果我不结婚,那是为什么?为什么一个人上了大学,而后又去选择贫困?

去年,职业写作生涯十年之后,物质上的奖励渐渐不期而来——我第二次获得全国艺术基金会的奖金;我在加利福尼亚大学伯克利分校担任客座教授;我的著作卖给了纽约的著名出版社。

在圣诞节,我飞回芝加哥的家,屋里沸腾起来,还是老样子:辣玉米粉蒸肉和甜玉米粉蒸肉在我母亲的压力锅里嘶嘶作响,每个人——我的母亲,六个兄弟,他们的妻子,姑姑婶婶,表兄弟表姐妹们——同时叽叽喳喳地大声讲话,因为这就是我们。

我上楼去我父亲的房间,我的一篇小说刚好被翻译成西班牙文,发表在奇卡诺写作选集里,我想让他看。自从两年前中风恢复后,他喜欢平躺在床上消磨他的时间,他这天就躺着,一边看佩德罗·因方特主演的电影,一边吃大米布丁。

在床边的桌子上,有一只粘着牛奶显得模模糊糊的杯子,还有几只装药丸的药瓶和捏成一团的纸巾。地板上,躺着一只黑色的短袜和一个我不想去看的塑料尿壶,但终究还是看了。佩德罗·因方特差不多就要放开喉咙唱起歌来,我父亲哈哈地笑开了。

我不能确定，是否是因为我的小说被译成西班牙文，或者因为它是在墨西哥出版，或者，也许是因为这故事涉及到特佩亚克，我父亲在这个殖民地长大，他童年的居所也在这里，但是不管怎样，我父亲用拳头重击遥控机上的静音按钮，开始读我的小说。

我坐在父亲的床边等着，他读得很慢，好像每一行他都反反复复地读。读到精彩的地方他笑了，把他喜欢的那几行大声读了出来。

他指着书上问："是这样吗？"

"是的。"我说。他继续读。

当他最后结束的时候，时间好像过去了好几小时。我父亲抬起头问道："这书哪里可以再多买几本，让亲戚都能读到？"

去年发生在我身上的所有好事中，这是最最好的。

11 | 致格温德琳·布鲁克斯的信

有一次，我在芝加哥市中心的连锁超市地下室里邂逅了格温德琳·布鲁克斯。那时候她知道的我是个中学老师，而不是作家。她正站在面包房的柜台前排队，看上去就像一个上完班回家的母亲。

"布鲁克斯女士，你怎么在这里？"

"我要买一个蛋糕。"布鲁克斯女士平实无华地回应。

当然，她是在买蛋糕，尽管如此，以她那时候的诗人形象，亲自乘地铁跑来市中心购买蛋糕，这似乎是难以置信的。布鲁克斯享有盛誉，也许她是那时我知道的最为著名的人物，我对她非常敬仰和心仪，我一进中学就开始读她的作品。在一所大学或书店见到她是一回事，可是在这里，她正在等着买一尊蛋糕！看上去，她一点也不像一个赢得普利策奖的作家，是麻雀，不是凤凰，或者说像个修女，穿着平素常穿的棕色和藏青色衣衫，朴素、端庄。

像埃莱娜·波尼亚托夫斯卡那样，她教会我什么是对别人的宽宏大量：和你的每一个观众畅所欲言，一如他们才是客座作家，而不是反过来。

她的这种宽宏大量和对读者的尊重，使我不仅把她看作是位伟大的诗人,更是一位伟大的凡人。在我的书里,这种作家是所有作家中最最伟大的。

这封信写于我在阿尔伯克基的新墨西哥州立大学担任客座教授时。

亲爱的布鲁克斯女士:

今天这里,就像小熊维尼说的,是个狂风呼啸的日子,或者像艾米莉小姐①说的,那风如同号角,一阵一阵从平顶山那边吹过来,掀起漫天尘埃,惊吓了丛林和大树。

虽然时间已过正午,我身穿睡衣,我想在熟睡之际留住那份安逸,在梦中多留片刻,我醒来时再在挥笔耕耘中继续我的梦。我又在重读你美妙无比的《莫德·玛莎》,你送我这本作品,让我如获至宝,感激不已。我记得我第一次发现这本书的时候,是在萨拉热窝的美国图书馆,位于那条著名的河流对面,在那里奥匈帝国皇储遇刺,从而引发了世界大战。在那里我还读了T.S.艾略特的诗集。如果你去萨拉热窝,看到他的长诗《擅长扮假的老猫经》中"实用猫"那一章,你将会看到被樱桃汁弄污的那张书页——因为当时我正在河对岸,在我美国朋友安娜的公寓前面那排樱桃树下阅读这本书,当我读到艾略特的一只猫的那瞬间——好像名叫罗腾塔格?一阵风吹来,抖落了一颗熟透的樱桃,只听得书面上响起啪嗒一声,我的心随之乱蹦了一阵,因为这书不是我的。结果,一摊葡萄酒色的污迹染透了好几张乳白色的书页。

---

①指美国诗人艾米莉·狄金森。

我打算有一天讲授它,连同其他由一系列相关短篇小说组成的作品,也许是厄米罗·阿布雷乌·戈麦斯[①]的《卡纳克》和尼利也·坎波贝洛[②]的《盒式磁带》,虽然两者的翻译不尽如人意,但其形式令人着迷。我早已经完成我的《芒果街》,虽然我还没有拜读你的《莫德》,莫非我在"回忆即将发生的事情"。

布鲁克斯女士,要知道,我并没有完全彻底地从这片土地上消失,这些年来,我是个云游四方的教授,是一些大学的驻校客座作家,它们是加利福尼亚大学伯克利分校、欧文分校、安阿伯市的密歇根州立大学,以及现在这所仅仅逗留一学期的新墨西哥州大学。我之所以这样,就是想要保持一个写作者的独立自我。有几年我跌入低谷,过了些年又被推送到高高的天空,但现在,我的日子是美好的。我的一本新书即将由兰登出版(请看所附的评述),我卖掉了我在芒果街上的那座小屋,买进文坦杰的大房子。两本书都将在今年四月上市,我的生活旋风似的上升,宛如此刻我窗外的那阵风。一切都在风中摇曳、夭折,而在风的洗礼之后,万象一新,是的,这本是它们应有的风采。

今天,我只想对您说,您的书给予我极大的快乐,我非常地喜爱它,我经常想到您,布鲁克斯女士,您的精神永远和我同在。

热烈的拥抱。

桑德拉
一九九一年三月五日

---

①厄米罗·阿布雷乌·戈麦斯(1894-1971),墨西哥作家、新闻记者。
②尼利也·坎波贝洛(1900-1986),墨西哥女作家。

12 | 我的歪门邪道

我的第一本诗集由克诺夫出版社重版的时候，要求我写个短评。这些诗第一次出版后，我感觉到了一种奇怪的"产后忧郁症"，当我还是研究院诗社里的一名学生时，我们从不谈及关于发表诗歌的"人工堕胎"，我们坚持的是，如果你写了诗，你就必须发表它们，否则你就不是一个真正的诗人。这是一种既定事实，就像是女人就意味着必须要有孩子，如此才使你成为真正的女人。你还能怎样？

在我看来，写诗这种举动似乎是和发表相对立的，所以，在第一本诗集出版之后，我就暗暗在心中发誓，从此以后不再出版诗集。我想要公诸于世的都已经在我的小说里说过了，而诗歌似乎写出来就是这辈子不能出版的，它们产生于如此私密性的个人空间，是我能够放松自己，以不受他人审查的绝对自由度进行写作和思考的唯一途径。从那时候起，我把诗稿扔到床底下，就像艾米莉·狄金森那样。有一段时期，我都这么做。

十年之后，我终于从一个小出版社转到一个大型出版社，我本不愿让这本早年的诗集再版发行，但是我感到一本由一家纽约大型出版社出版的精装本诗集,有助提升诺玛·阿拉尔孔的小出版社"第三妇女"的名声,它曾经毫无顾虑地帮助过我。

出版社要求我写一篇新的介绍,我允诺下来。但是另一方面,很自然的是写作上的文思枯竭出现了,逃避我内心恐惧的唯一方法就是欺骗自己。在做了很多错误的尝试之后,我找到一个方法,就是用诗歌的形式来写我的这篇介绍。它是一九九二年六月在希腊写完的,就在海德拉岛上,我十年前完成《芒果街上的小屋》的同一处地方。《洛杉矶时报书评》在一九九二年九月六日发表了这首诗,作为"以诗代序"。现在重读这首诗,我想加上:作为一个即将跨入花甲之年的妇女,我还能够,也很享受独自生活。是的,尽管我总是抱怨,但我热爱工作。

> 我能独处,我爱工作。
> ——玛丽·卡萨特①

> 难就难在这里。
> ——康丁法拉斯②

先生们,女士们,如果你们不介意——
这就是我写于那时的邪恶之诗;

---

① 玛丽·卡萨特(1844-1926),活跃于法国艺术界的美国画家,她是唯一一个被法国印象派画家邀请参加作品展的美国人。
② 康丁法拉斯(1911-1993),原名马里奥·福蒂诺·阿方索·莫雷诺-雷耶斯,墨西哥著名喜剧演员。

这是女孩痛苦的十年，我身为不良修女的十年，
可以这样说，我有罪。

不是以白人妇女的方式，
不是像西蒙娜①那样，
窥伺金手臂上陋巷密布的城市。不，

也并非邪恶得像是
有着坏男孩血统的首领，那个好莱坞流氓，
他嗜酒，淫荡，
见鬼吧，自我毁灭！这不是我，
好吧，那不算什么，是的，

一个女人，她该怎样做？
一个像我这样的女人，
有个拿着锤子脚上起着水疱的爸爸，
他一边吃着晚餐，一边不得不把脚泡进浴缸；
关于这，一个女人
生而没有天赋的权利。

一个女人继承了什么，
难道就是告诉她
怎样去跋涉？

---

①指西蒙娜·德·波伏娃。

我的第一个重罪——我沉溺于诗歌,
对它的惩罚,是衣食了无着落,
母亲告诫
我永远成不了妻子。

妻子?一个像我这样的女人,
她的选择该是擀面棍或工厂;
愚蠢的堕落,
去追求那邪恶而又轻狂的作家生活。

我舍弃那种生活,
它是我父亲为我安顿的,
于是我跳进火怪的怒海,
一个从没走出过
父亲保护视线的女孩;
用诗歌的绞盘打开那扇门,逃离,
永远地,痛苦地走了,
那时,我是如此孤独。

在我的厨房,中午时分,
有张日历,卡萨特反复在耳边说:
跟着我念——
"我能够独立生活,我热爱……"
什么破玩意儿!每个星期,如此惯常的痛苦,
我用指关节敲打了足足十年。

我踏上曲折的旅途,乐于我的邪恶;
玩情妇的游戏,
在臀部文身,
欣然以杯中物来解忧,
至少,这确是我做的一些事情。

我没有一点头绪。

一个女人该做什么?
愿意来创造一个自我,
在二十二岁或二十九岁之际?
一个女人,沧海孤帆,不知所措。
我怎么会知道什么是不明智,
我想成为一个作家,我想要快乐,
那算什么?在二十岁,或二十九岁;
爱情,小宝宝,丈夫,
赶不完的工作,庸人的生活,
要也好,不要也好,
全都对我松开你们的手。

在我的兄弟们闯荡世界之前
我离开了我父亲的家,
像一个富家白人女孩。
我拥有了一间公寓;
我为它支付房租,我让它保持整洁,

有时候安静让我恐惧,
有时候安静成为我的庇护。

它会来抓住我,
在深夜,
张开窗户般的大嘴,
要来吞噬我。

悲伤的时候我写,
公寓寒冷,
当没有爱的时候——
新的,或是老的——
都使我心神不定。
没有六个兄弟
拿着他们的费里尼球拍。
没有母亲、父亲,
和他们贤明的提示:"我告诉过你。"

我告诉你们,
这些是无价的珍珠
出自我的十年之痒,
我的珠宝,我经历阵痛的孩子
他们吵吵嚷嚷,让我在那些邪恶之夜不眠,
那时我唯一想要的是……
可是,文字里什么答案都没告诉我。

但那只是以前。

以前的那个我,成了如今的我。

毕竟,这些诗写自于我步履蹒跚之时。

13 | 谁还需要小说,如果……

我发表这篇有关我朋友亚斯娜的演讲稿,是在一九九三年三月七日写完它的当日,这是为一个国际妇女节集会所做的演讲,地点在得克萨斯州圣安东尼奥市的一个公园里。一九八四年冬季奥运会之前,我曾在萨拉热窝住过。这个时期,报纸上的大标题多是南斯拉夫战争和波斯尼亚妇女遭受强奸。我没有和人谈到那时我身居其间的情况,也没有谈到目前还住在萨拉热窝的朋友,因为我为我的无能为力而深感内疚。但是当接到要我为这个集会做演讲的邀请时,我欣然接受了,虽然我对自己要讲些什么毫无头绪。记得在那前一天的夜里,我在书房里上下乱翻,想找出点灵感和启示,只见亚斯娜送给我的那本书从书架上掉下来,书名叫《活得安详》,是越南一位笃信佛教的僧人一行禅师所著。

我记得我在集会上怎样宣读我的演讲,我为演讲中途禁不住流出眼泪而吃惊,因为我不想被自己的情绪击倒,我开始大声照本宣读,像一个发疯的女人,我的声音抑扬顿挫,经过对面的得克萨斯州大楼反射后,在空中回荡。演讲之后,我只想赶紧飞速离去,避开人群,但是几个妇女走向我,要我参加每周一次的和平守夜，这倒是我能够做的。在以后的几天里，我听说《纽约时报》会在一九九三年三月十四日的专栏版上重刊我的文稿，最终，在一九九四年春季，全国公共广播网广播了我的故事，及亚斯娜随后从战祸蹂躏的萨拉热窝写给我的信（"两封信"）。就这样，我在一个看似无能为力的状态下做出了具有影响力的行动。去做些什么，不管它是多么微不足道，这就是那时一行禅师教给我的，至今，每当我觉得自己无能为力的时候，他的教诲会继续让我受益。

  Nema，意思是"没有"。Nema，是我一九八三年跨过国境进入南斯拉夫时学会的第一个单词。Nema。有牙膏吗？Nema。有厕所用纸吗？Nema。有咖啡吗？Nema。有巧克力吗？Nema。不过是的，我在那里的时候，还有很多玫瑰花，很多阵亡游击队员的纪念碑和在石头上刻着"铁托"名字的山峰。

  这是真的，我和那个名叫塞勒姆的男子——一个印刷工，同住在戈里察街一座原先是杂货店的屋子里，位于用木头门钉在一起做成的花园围墙后面。我作为一个妻子的角色在此度过了那个夏天，我刷洗土耳其小地毯，洗得我膝盖都破了，我还用手洗涤衬衫。每天早晨，我用一把扫帚和一只盛有肥皂水的木桶擦洗花园里的瓷砖，清除上面的鸟粪，它们是在花园棚架上面筑窝的鸽群遗下的。这就是夏季，所有的花都在盛开。我们的母狗利娅生了十四条小犬，邻居的孩子从花园大门跑进跑出。花园里到处是核桃、水果和被硕大花蕾压得弯下枝条的玫瑰。

而你，亚斯娜·卡劳拉，就住在街对面，住在那座你母亲曾经住过的屋子里，而在她之前，她的母亲住过。

我有你的炸面包食谱，还有你拿手的水果面包。"它们做出来肯定好。"你说，至于你的玫瑰面包："有时候是地道的。"你家里摆满了盆栽的秋海棠、食谱、缝纫物品，以及所有令我惊艳的我压根儿不懂的家务活。你的内心难以读懂，你死命抽烟，心情非常郁闷。我在你离婚前的那个夏天认识你，那个冬季奥运会之前的夏天。那天下午，我在我们花园夏季厨房外的木头长凳上遇见你，在那一瞬，当我注视你的时候，你刚好也在注视我，仿佛你早就认识我了，而我也早就认识你了，对此，我们深信不疑。

认识你之后，总可以看见我现身马路对面你的家里，帮你折叠洗好的衣物，或者在你烫衣服的时候和你聊天，或者当你设计一件衣裙的样式时，陪在你的身旁，或者帮你粉刷屋子的墙壁，这屋子曾经是你外祖母的，然后传到你母亲手里，再后来归你所有。你曾来美国看望我，来奥斯汀、芝加哥、伯克利、圣安东尼奥，把我的小说译成塞尔维亚-克罗地亚语。当那场该死的战争在毁灭一切的时候，我们的小说正在萨拉热窝发表。如今谁还需要小说？当没有了暖气、面包、水和电的时候，谁还在乎小说。Nema, nema, nema！

我想起，那些我为你画的小水彩画；那些我们在萨拉热窝的登山照片；那些谈到离婚和流产的信；那蕾丝绣花窗帘；那些你手工制成的印花桌布。你外祖母戈里察街二十六号的屋子有厚厚的砖墙和深陷其中的窗子，它们灰尘扑扑，需要没完没了地修理，一处是你的父亲帮你修理的，一处是和你结婚又离婚的丈夫修理的；在这屋子里，我为你筹划了一个生日派对，我们庆祝你的生日，我开玩笑说这是全南斯拉夫唯一的生日派对。我记得我们那个下午享用咖啡,在花园里煮的,用很小很小的杯子喝,是土耳其人的方式。抬头可见的尖塔,哀伤的祈祷钟声就像黑丝绸旗在空中飘舞时的哗哗声。

亚斯娜,自从那个夏天我和塞勒姆一家同住在戈里察街,已经有十个年头了。去年夏天以来,我一直没有你的消息,那时候我在米兰,你打电话到我旅馆,留下一个电话号码让我回电,可是时间实在太晚了。那时候线路无法接通,战争已经在萨拉热窝打响,你曾说战争绝不会打到萨拉热窝。

当时还不是迫在眉睫,你没有离开。而今,我听到你不想离开,你母亲病了,要出门去逃避战祸,无疑是太虚弱了,你姐姐兹登卡从来就是一个拿不定主意的人。我可以想象你会怎么做,你得照顾她们两人,这我非常肯定。

在一封你通过伦敦转来的信中,你写道:"要求你们的政府停止送给我们所谓的'人道主义'援助。我们需要水、电、鸟、树木。我们需要停止这种可怕的杀戮,现在,立刻!因为早就为时太迟。"

是不是为时已晚,亚斯娜?我听说你的家被摧毁了。这究竟意味着什么?你住在底楼是因为二楼已经倒塌?是不是屋顶向天空洞开,是不是还有一个屋顶存在?你就这样睡在黑暗中,睡在被周围山脉环绕着的寒冷中,这山像阿尔卑斯山一样高,一样冰冻积雪。这是一个以冰雪和山脉著称的小城,冬季奥林匹克运动会之前的那个夏天,我住在那里。你说萨拉热窝的屋子在冬天是寒冷的,即使那时候还没有战争,那时候尚有燃料,现在更是可想而知。在三月天,春天还是如此遥远,没有燃料可用,你必须怎样维持你的日子?

我曾和你身居斯洛文尼亚的妹妹韦罗妮卡通过话,和你远在德国的兄弟达沃尔通过话。我们点亮蜡烛,我们因担忧而心情忧郁。我梦见你,亚斯娜·卡劳拉,你没有死,我肯定,如果你死了,你会来告诉我的,这是我们之间的默契,从来都是如此。

我还没有在梦中看到你来,除了在上一个梦里,我们喝咖啡。我们一起用破损的杯子喝咖啡,我明白杯子破损是因为战争。我记得在醒来之前我拉着你,拥抱你,好像我们正在说再见,直到下一个梦,亚斯娜,我好害怕!

我害怕我没有能力救助你,我熟悉萨拉热窝的那些街道,这次战争还没结束,这次战争发生在戈里察街,我曾经住在那里,你也住在那里,住在二十六号,在小丘顶上的那座屋子里。在我的臆想中,我能够步行到达那里,我熟悉道路。我熟悉这个小城。我熟悉你的家。我还曾经坐在你的桌边,举起一杯梅子白兰地,为你的国家,也为我的国家干杯,我们用玩具般的小杯子喝咖啡。

这是真的,我绝非是编造这个故事供人消遣,一个妇女在那里,她是我朋友,把我的话带去,带给那座城市,那些街道,那些屋子。在那里我洗过地毯,擦过地,分送过小狗,还在铁托格勒街上的室外餐厅喝过咖啡。看,我是想说,我的朋友失踪了!这是那年夏天我住过的城市,那里樱桃花盛开,那个夏天我就在那里,如果你到米尔茄卡河边的美国图书馆去,有一本T.S.艾略特的诗集,其中一页被树上落下的一颗樱桃染红了,那时我正在翻开书本阅读。我采摘核桃供你自制蛋糕,那年夏天水果成熟,丰富无比,充满了和平和希望,即将来临的冬季奥运会在地平线上隐约可见。

一个妇女在那里，在一个城镇的老区，在小山顶上，在最靠近吉普赛人自治区的社区，还要往上爬很多很多台阶，在戈里察街二十六号。攀登完台阶之后，可以看到它就是转角上的右边第二家。这座屋子曾经是她外祖母的，然后属于她母亲，然后为她拥有。

美利坚合众国的总统先生，全世界各国的首脑们，你们所有的政治家们，你们所有决定国家命运的人们，你们这些权柄在手的阁下，联合国，亲爱的首相，亲爱的总统，拉多万·卡拉季奇先生，阿利雅·伊泽特贝戈维奇先生，塞鲁斯·万斯先生，戴维·欧文勋爵，各位公民同胞，全人类的所有种族，我的意思是不管你们有没有听到我，尊敬的相关人士，上帝，米洛舍维奇，教皇若望·保禄一世，克林顿，密特朗，科尔，地球上的所有国家，我的朋友，我的敌人，我认识和不认识的前辈，我的人类伙伴们，我向你们所有人发声。

她在那里，救她出来，我告诉你们，救她出来！救他们出来！他们在那座城市里，在那个国家，在那个波斯尼亚和黑塞哥维那地区，那里，被置于炼炉之中，被置于地狱的嘴里，那是耶稣受难的骷髅地，那是纳粹的达豪集中营，那是毒气室，那是有泄漏的切尔诺贝利核电站，那是大毁灭，那是火海里的楼宇，把她救出来，我要求你们！

我要求你们前去，乘一架飞机，最好是坐坦克。带着我有的这些毯子，我的美丽新家，我可爱的丝绸衣服，我温暖的长筒女袜，我的饱肚子，我装满食品的冰箱，我的超市，我的春天气候，我的电能，我的净化水，我的小型敞篷载货卡车，我的美元，我的树木，我的花朵，还有宁静完整的夜晚。

我要求你们现在就去，我要求你们给我一把剑，一把比我这支无用之笔更锋利有力的剑。我要求你们去萨拉热窝,我将带你们去戈里察街,我害怕,但我会带你们去。你们,我所有亡故的亲戚和朋友的灵魂、我的先辈、同胞、人类伙伴,我要求,我请求,我乞求你们。

以文明的名义,以人道的名义,以悲天悯人的名义,以人性尊严的名义,以人类的名义,把那个妇女带离出来,那个妇女,我的心肝姐妹,我认识这个妇女,我认识她的母亲,我还认识她的姐姐。她们在那座城市里,在那个可怕的地方,它曾经如此安宁,可以让一个妇女毫无恐惧地孤身夜行。

关于我说的话,我明白我的诉求意味着什么,我熟谙文字,我是作文字营生的,萨拉热窝不缺少文字,我是一个作家,我又是一个女人,我更是一个人!我记得,我获悉,在其他发生战争的地方,有人曾将自身置于火里焚烧,他们的诉求不亚于我,但得到的是什么?

有个我认识的女人在那里,在那个国家。有个女人,我爱她,这爱能达到一个女人爱另一个女人的极限。我在得克萨斯州的圣安东尼奥,一小时又一小时,一天又一天,一月又一月,时间在飞也似的流逝,报纸发出呼喊:"必须采取行动!"每一个人从自身做起,让一个人去帮助另一个人。

我听得到那个人的声音,我认识那个人,我爱那个人,可是我不知道该做什么,我不知该怎样去做!

14 | 会唱歌的屋子

遇见摄影家玛丽安娜·扬波尔斯基的时候,我正在摸索着怎样去成为一个艺术家,还渴望着去爱一个人。如今,在五十九岁之年,我感到非常满足和充实,我的感觉一如我的真实状态。我热爱写作,我一个人独居——如果可以把五条狗相伴称为独居——我的日子完全安逸得像是一池荡漾着轻波的春水。我没有什么奢望,除了一所屋子,还有就是,经常有一盒含盐法国牛奶硬糖。

我需要说明的是,我开始写这篇文章是在二〇〇二年,早于玛丽安娜逝世之前,但是后来,应圣安东尼奥的玛丽安娜摄影纪念展之邀,我及时地做了修订,并在二〇〇三年四月一日完稿。

一九八五年新年期间,一场暴风雪袭击了得克萨斯州南部,它来势凶猛,使整个圣安东尼奥市瘫痪,更严重的是管道受冻爆裂。因为度假,我短暂离开,等到我回到这座城市,回到我的公寓,发现我的书被水浸泡了。那时候,我买不起书架,我的书是堆在地上的。我记得,雪上加霜的是,我发现我最好的镇宅之宝,一本玛丽安娜·扬波尔斯基的书被水毁了,它就是《会唱歌的屋子》,它的纸页成了波浪形,好像有人在那上面洒了成千上万滴眼泪。

接下来,我把那天夜里剩下的所有时间都用来熨烫我的书籍,公寓里蒸汽弥漫,简直就像是一家干洗店,我像艺术史家抢救佛罗伦萨那样,断然决然地抢救我的宝物。这虽然不是最好的补救方法,但是我必须如此为之。《会唱歌的屋子》印刷的数量有限,而且已经绝版。

我经常进入这本书中,去汲取灵感,去重温那些吸引我的东西,关于玛丽安娜,关于玛丽安娜镜头下的屋子,特别是墨西哥人的屋子。对于玛丽安娜,越是朴素简陋的屋子,越是有它的华彩之处,有些东西让你看了肃然起敬而又生畏。她所记录的家绝不是《住宅与庭园》杂志光亮页面上所见的那种风格。这些照片是地面被赤脚踩得柔滑的屋子,是每样东西都明确无误靠手工制作的建筑,是乡村和落满灰尘的小镇上被人遗忘但充满魅力的家。带有阿拉伯花饰的铰链;用风干的仙人掌构成的门;深陷墙内像眼睛一样的窗子;静静的阳台,两把有花饰的椅子在斜阳中打盹;厨房的一面墙被各种瓷罐、盘碟点缀得熠熠生辉;吊在屋梁上的吊榻、帽子、童床;在烤盘上烘烤着的墨西哥玉米薄饼。

几年之后,在墨西哥城中心的一家大书店里,我终于找到一本崭新无污的《会唱歌的屋子》,取代了如波浪般起伏不平的那一本。那时候我终于有了自己的屋子,最后,又有了自己的书架。

正在我生活中的这个阶段,玛丽安娜·扬波尔斯基和她的丈夫阿杰恩·J.凡德斯拉伊斯来到圣安东尼奥。我立刻邀请他们来我家,让他们坐在我的长沙发上,给他们照相,毫不掩饰地赞美他们。我给玛丽安娜讲了我早先那本《会唱歌的屋子》的故事，我拿出新的一本请她签名。她用西班牙语写道："你的屋子很棒，你很漂亮，你的文字更好！"

每当玛丽安娜开口说话，阿杰恩总是用真挚而充满爱慕的眼光看着她，这是一个男人因为爱而变得傻乎乎的目光。而在她这一方面，玛丽安娜待他温和谦顺，即便是恼火，也只是那种对娇惯的孩子或宠坏的爱犬有的。

我为他们摄下的那张照片显示了它的拍摄地，谁会在意是在什么地方，但是，我记住的是它给人的那种感觉：两人依偎在一起，就像两座在岁月摧折下的老屋，彼此斜靠着，不管别人怎样看，他们相爱着，历尽沧桑，永不改变。

我发现这对夫妇有一个秘密，这正是我苦苦寻找的，我要问，他们怎么能够成功地保持这么多年的恩爱相处，而我的爱情从来没有长过我的吐司烤箱，成为一个艺术家的秘密是什么——当然，我的意思是一个女艺术家——还有，怎样抓住一个男人的心？

"尊重，"阿杰恩回答，"对你做的每一件事。"

"哦，是吗？"

"是的。"他说，我依稀记得这时玛丽安娜在点头。

他们起身告别，玛丽安娜邀请我造访他们在特拉尔潘的家，位于墨西哥城的南端。"很快就会。"我说，没想到我着手写的那本书会把这个"很快就会"拖延成"从来没有"。

"Hasty pront"，玛丽安娜说，这句话照字面的翻译是"尽快"，但实际上竟成了"以后再说"。

"再见，"我们互相道别，"再见，再见。"语调那样缓慢，那样肯定确信，好像我们掌控着我们自身的命运。

15 | 梅尔塞·罗多雷达

我常常记起,当我接触到一本让我神魂颠倒的书时我自己身在何处。记忆中的那一瞬间,那种贪婪阅读一本心爱书籍时的激动,就跟回忆此生最震撼灵肉的遭遇一样清晰无误,是不是每个人都是如此,或者这只是文字工作者才有的感觉。

我宁愿相信,每一个爱上一本书的人,那种感觉和坠入情网是大致相同的;我也相信,人要有亲密的知己,好作私人间的交流,好作隐密性的交流,成为精神上和感情上的支撑,这时你就会像数字8那样,意味着无穷大①。

我记起我乘坐巴士从瓦哈卡市去圣克里斯托波尔,记得在过了图斯特拉古铁雷斯之后的某个地方,在那座城市和圣克里斯托波尔之间的令人眩晕的颠簸路上,我是怎样读完了玛格丽特·杜拉斯的《情人》。

我回想起一个特别难忘的雨天夜晚,在伦敦的一个阁楼上,我因沉醉在珍妮特·温特森的《激情》里而错过了晚餐,好像它就是一份过瘾的价格昂贵的奶油夹心巧克力。

---

①数字8转90度就成了无穷大的符号∞。

同样的，我第一次读到梅尔塞·罗多雷达的长篇小说《鸽子时代》，是在加利福尼亚州伯克利的一个后院的阳光下，那是一九八八年秋季最热的一天，直到我看完这本书，抬起头来，这才意识到我坐在黄昏下的蓝色绣球花中间。

我借鉴，在借鉴中我学到了东西。

下面所写的文字，最初发表在一九九三年九月，作为格雷沃尔夫出版社的《茶花街》的序言。它写于互联网搜索引擎广泛使用之前。

在茶花街上没有茶花，也许曾经有过，也许最近或很久以前有过，但是绝不会是去年春天我在那里的时候。罗多雷达在她的一篇小说序言里写道："这条街一直激发着我去写作。"所以，我去寻找她，到巴塞罗那的街头去寻找她的生活痕迹。

一位法国批评家论及罗多雷达时说："人们觉得，这位娇小的职业女性在巴塞罗那的发声代表了世界上所有的希望，所有的自由，所有的勇气。在她的一本书里，她说出了最具普遍意义的观点，即'爱'——让我们最终还是说出这个词——是可以用文字来表达的。"他谈到的正在是《鸽子时代》，这本小说是得克萨斯州停车场的一位服务生推荐给我的。"你知道梅尔塞·罗多雷达吗？"他问，"加西亚·马尔克斯认为她是本世纪最伟大的作家之一。"一个由加西亚·马尔克斯和一位停车场服务生做出的推荐，他们两个人不可能都错。我让服务生在我的一张支票存款单上潦潦草草地写下罗多雷达的名字，一年以后我买到这本书，并在一个下午从头到尾地读完了它。当我看到末了的时候，我觉得自己就像是发现太平洋的巴尔博亚，面对汹涌壮观的波涛而惊呆了。

这位作者是谁，这位"娇小的工人阶级女性"，她在我生活中迟到了这么多年，但来的正是时候。我对罗多雷达的了解，来自我收集的各种介绍、序言、简介、书的封套——来自这里或那里的点点滴滴信息，它们有的让我知道了很多实情，但这些实情又说明不了什么。我知道她的生日是十月十日（根据一份资料年份是一九〇九年，而另一份则显示一九〇八年）。她是个独生女，和我一样，有溺爱她的父母。但与我不同的是，她是家里唯一的孩子。二十五岁那年，她出版了她的第一本小说；三十岁时，因为作品《阿洛马》，她赢得了一个颇有声望的文学奖。在西班牙内战前几年，她是位高产作家，写了多部长篇小说，并在几个重要的文学刊物上发表短篇小说。她结婚了吗？她有孩子吗？她的丈夫是希望她沿着她的文字道路继续走下去，还是说"梅尔塞，你写得够久了，早该上床了"？当她上床，她是否希望他不在那里，如此，她可以带上一本书？我不知道肯定的答案，但我想知道。

我知道，由于战争的缘故，有一段时间她到巴黎躲避战乱，后来跑到日内瓦，她的一些著作，例如《鸽子时代》，就是在日内瓦完成的，在那里，她的英文译者戴维·罗森塔尔谈到她，说她像一个幸存者那样，历尽艰难，竭力维持生活。但他到底想说什么？她得用拖把擦洗一个个洗手间，并把一张张床的铺垫物拽紧？她在打字机上为人打博士论文？她为一个小孩擦净嘴边留着的牛奶痕迹？她给无以计数的床单和枕套刺绣蓝色星星？或者像《鸽子时代》里的主角科洛梅塔那样，在面包房打工，她的手指是否因为整天不停地把丝带系成蝴蝶结而疲惫僵硬？这些，我都无从知道。

在流放于自身语言之外的二十年中，罗多雷达什么也没写，至少，她没有发表它们。我知道她曾经说过，这个时期她不能忍受对文学的念想，一提起文学就让她想要呕吐，她的头脑从来没有像在忍受饥饿时那样清晰。我回想起我自己生活在没有英语的萨拉热窝的那几个月，或生活在没有西班牙语的加利福尼亚州北部的那一年，两段时间我没有写作，因为我没有勇气在稿纸上再现我的生活。我几小时几小时地沉睡，希望日子飞掠而过。我的生活枯燥而空洞，像个荚果。一个作家会做些什么，如果一年不写作？乃至二十年？

当她再度写作的时候，年龄已经五十有余，她的杰作《鸽子时代》，是有关一个普通妇女在严酷的战争岁月求生存的故事。几年之后，罗多雷达完成了《茶花街》。那是一九六六年，罗多雷达五十八岁之际。

一九八三年春天我第一次到巴塞罗那的时候，她正濒于死亡，但那时我还不知道她的存在，直到几年后，我遇见得克萨斯州停车场的那位服务生，从他嘴里才第一次听到罗多雷拉的名字。我漫步在巴塞罗那的街上，囊中羞涩，连用餐的钱都不够。我花了一天时间去寻找著名的高迪建筑，为了省钱，我不坐巴士，全靠步行。当我看了凡是我能看到的高迪建筑的方方面面之后，便买了一张火车票，返回我居住的法国、意大利边境。我剩下的西班牙比塞塔还够买一只烤鸡，在回来的火车上，我像是一个疯女人，狼吞虎咽地消受那只烤鸡。

奥运会之前的一个春天，即一九九二年五月的一个星期日，我再度来到巴塞罗那，这次是来宣传我的书。我待在兰布拉大道的旅馆里,我的餐饮直接送到我的房间——这一次不再会没东西吃——放在一只闪亮的托盘里,连同一块折叠成梆硬三角形的亚麻布餐巾和耀眼的银餐具,那个张开手臂的服务生就像是个魔术师。

"我想去这里。"我说,指着地图上的卡斯特亚纳圣洗池,那里是茶花街起始或结尾的地方。

"哪里?"出租车驾驶员说,"但是那里什么也没有。"

"没有关系,我就是想去那个地方。"

我们的车子经过商店的橱窗,树叶茂盛的林荫大道,伸出雅致铁栏杆阳台的公寓楼,来到罗多雷达故事中的社区。但是当我们最终到达卡斯特亚纳圣洗池的时候,我意识到出租车司机的话是对的,这里什么也没有,除了一个嚣闹的交通环岛,杂乱的汽车和围栏,下面的公园正在修建中。

这是茶花街吗?丑陋得像是盒子一样的建筑物;粗糙不平的灰墙,就像是肮脏的羊毛衫。在一个角落,有一块标牌证实了这里就是"茶花园"。没有多少花园留存下来,几乎没有一个,在战争中他们把所有花园全毁了?

夹在两座平庸大楼中间的,是一幢旧式的家庭住宅,有点儿像我祖母在特佩亚克的屋子——有几株盆栽植物,一簇生命力顽强的玫瑰,但是没有茶花。我站在大门外面朝里凝视,就像一个人想要记起某件事情。我来得太晚了。

我再也不能忍受茶花街上的嚣闹,那轿车、巴士、卡车混合而成的喧响。我躲进一条小巷,辗转绕过几个街口,来到鸽子广场。

一点不像我想象的那样,这里连树木也没有,秃秃的像是个指关节,样子滑稽得就像是墨西哥城的市中心。高高的公寓大楼托起如餐巾般的小块天空。光线——呈乳白色,好像是从通风井里泻出。你觉得这里曾经有过树木?由于孩子们的吵闹和摩托车的隆响,空气在孩子们的吵闹声和电动车的引擎声中颤动;愚笨的青少年打着架,然后相互拥抱,女生在边上静观一幕幕惊心动魄的悲喜剧。

在广场的一个角落,坐落着一尊青铜雕像,是一个妇女和振翅欲飞的鸽群,一点也不显眼,就像阴郁的青铜色建筑物一样幽暗和污秽。这就是罗多雷达?或者是科洛梅塔?有人在她的下体上画了一只阳物。是谁家孩子所为?一只狗在雕像基座上留下三小堆粪便。两个儿童在奔跑,绕着雕像打转,让人头晕目眩,嘴里还像老虎似的吼叫着。我不禁想起自己早年追逐打转的快乐,在芝加哥的大公园,绕着一尊带着点铜绿的雕像——克里斯托弗·哥伦布?那时我才一丁点大。

我带着照相机,但我非常羞于拍照。我选择了一张公园长椅,边上一个祖母在一边唱歌,一边摇着童车里的婴儿。当我不想让人注意我在观察他们时,我就开始写,这样就不引人注目。为了寻找罗多雷达,我从茶花街漫步而出,来到著名的鸽子广场,这里充满小孩、摩托车、青少年,以及用我听不懂的语言唱着歌的老妇。

此刻,男孩的足球比赛就要开始,一群长着肥臀的母亲带着婴儿匆匆离去。一个长腿如马驹,带着照相机的女孩在对乌列喊叫,"乌列",但是他并不转身让她拍摄自己。在童车里的是小宝宝,凝视着我,一副自以为是的神态,直到看不见我为止。一个晒成深褐色的母亲,胖乎乎的像只桃子,在做有益的运动,和她的女孩们玩中国的跳绳游戏。足球砰的一声落到我的笔记本上,把我的笔从我手中敲落。那个男孩不自然地露齿一笑,他的门牙对他的嘴巴而言实在太大,因为我的笔,他走过来,羞涩地说了声"对不起"。

所有的人,不论大小,都在户外活动,其中也有离乡背井的或是从"再也忍受不了"的狭小公寓里逃离开来的。这里浓缩了整个巴塞罗那,各种各样年龄的人,他们或来躲避什么,或在思索什么,或拉着带有条纹履带的塑料玩具拖拉机,或在母亲看不到他们的地方相互接吻。我想起芝加哥我母亲家附近的公园,她为什么不能去那里?害怕贩毒者?我想到几个星期前洛杉矶的骚乱。巴塞罗那的市民怎样就拥有他们自己的街道,他们怎么毫无恐惧地漫步在他们的社区,他们的广场,他们的城市。

我来寻找罗多雷达,我找到了她的一部分痕迹,但远不是全部……

"究竟是什么东西让罗多雷拉那么吸引你?"一个加泰罗尼亚的记者问我。我结结巴巴地回答,就像罗多雷达笔下的一个人物,说起话来有如木匠穿针一样笨拙。

罗多雷达写的是对于事物的感受,她笔下的人物被接连发生的事件击垮了,麻木了,他们就只剩下激动的情绪和无语的诉说。想必不是因为有了语言天赋才使人去写作,而是无语的苦恼激发了写作的冲动,抑或是博学让人明白了语言的贫乏。

希望准确无误地表达那些不可名状之物,罗多雷达的这一冲动吸引了我的注意,她是一个女人,她是一个作家,她一点也不渺小,她善于倾听和表达那些人——那些不能用语言来表达,但内心充满高尚情感的人,尽管他们是默默无闻的小人物。

16 |《芒果街上的小屋》十岁了

一九九三年我写这篇文章的时候身在何处,我一点也记不得了。前一年我首次购屋,门厅的屋顶需要修理,书桌的坐椅需要换上新的坐垫,那时我正在没日没夜地写作《拉拉的褐色披肩》,像一个漂游在大海上的妇女,仅靠几颗星星指引导航。在我脑中,最具威胁性,最让我忐忑失措的,是交稿的最后期限。

对需要掌握时间的工作,我从来无法驾轻就熟,例如,烹饪,还有,特别是像写书这样的事情。谁能够预想一本书要多长时间才能呱呱落地?而《拉拉的褐色披肩》成了个屁股朝下、体型过大的难产儿,也是始料未及的。

当我把我的小说抛到一边来写这篇序言的时候,我以为我能够一劳永逸地把年轻读者最常提出的那些问题都给回答了,再也不用做什么。但是,也许年轻读者不读序言吧。问题还是被一次次反复提出。

我希望下面的文字可以让读者理解:我就是我书中的全部角色,而我又什么角色也不是。如果我让自己避开并消失,我反而能写出更具本质的真实。从这种好似魔术师胡迪尼耍弄的遁身术中,读者会获得巨大的惊异,瞧,我重又出现了,不显行迹地。

另一篇为《芒果街上的小屋》出版二十五周年而写的文章,也收在这本集子里。

《芒果街上的小屋》最初出版是在十年以前,我开始动笔写它是在一九七七年春天,在艾奥瓦城的研究院里,那年我二十二岁。

现在,我三十八岁,距那个时候,距那个地点,已经非常遥远了,但是来自读者的提问却保持不变:"这些故事是真的?""你就是埃斯佩朗莎?"

我开始写《芒果街上的小屋》时,我想我是在写一本回忆录,但到完成它的时候,我的回忆录不再是回忆录了,不再是自传体作品,而演变为很多人的共同故事,他们居住在附近,具有不同的生活形态;这些故事来自我过去和现在的生活体验,我把它们置于一个虚构的时间和社区——芒果街。

对我而言,一个故事就像贾科梅蒂的雕塑,我离它越远看得越是清楚。在艾奥瓦城,我经历了太多的变化,因为这是我第一次离家独处,生活在一个阶层和文化背景完全有别于我成长之地的社区。这使我异常焦虑、痛苦,我几乎处于失语状态,更不用说去写了。我二十岁出头时的故事必须等候时间的沉积和催酿,但是我能够讲出我早年生活之地的故事,发出我人生较早时候的声音,并把它们记录在纸上。

在意识到我和别人差异的那一刻起,我听到了我的声音。这声音非常单纯,但是,在来艾奥瓦城之前,我认为这世界就像芝加哥一样，由很多不同文化和阶层的人们组成，他们全都住在一起，虽然并不总是快乐，但还和睦共处。在研究院，我一开口说话，就会冒出一种陌生人的感觉，但这也是我的土地，当然，这并非说以前在芝加哥我从没感觉到自己的"异样"，但是很显然，远没有这样浓重和强烈，我无法清晰地表达那时发生了什么，除了知道我在班级里说话的时候感到羞愧，所以，我选择缄默。

到我能够说清楚这种羞愧感的时候，我的政治意识开始萌芽。那时我在一个研究生的研讨会上，专题是记忆和想象，我分配到的书是弗拉基米尔·纳博科夫的《说吧，记忆》，伊萨克·迪内森的《走出非洲》，还有加斯东·巴什拉的《空间的诗学》，我喜欢前两本，但是，像平常那样，我什么也不说，只是听我同学说，我实在害怕说话。第三本书，虽然让我苦思冥想，我还是没弄懂它。我想，也许我的天资不如别人，如果我闭口不语，也许其他人就不会注意我。

我记得，我们谈话往往是关于对屋子的记忆，例如阁楼、楼梯井、地窖。阁楼？难道我们在谈论同样的屋子？我们家主要住在楼上，因为声音是往下传的。楼梯井散发着派素清洁剂的刺鼻怪味，是星期六擦洗地板留下的后遗症。我们和楼下的房客共用某些区域：除了我们，没人会想到去清洁共用的地方。我们用拖把将它们擦洗干净，但是去清洁别人的污物我们心中并非没有愤懑。至于地窖，我们有地下室，但是谁愿意藏身在那种地方，地下是硕鼠的天下，每个人去那里都心存惧怕，包括煤、电表抄表员和房东。巴什拉这家伙提到他回忆中熟悉而舒适的屋子时，说什么来着？很明显，他从来不需要自己去清洁屋子，也无须像我们这样，为了屋子向房东交纳租金。

那时，我突然想到在这门课上，在我其他课上，在我接受教育的所有这些年里，从来没有讨论过像我家一样的屋子，连书本、杂志、电影里也没有。我班上同学住的是体面的屋子，生活在高尚的社区，他们可以如数家珍，可我知道些什么？

那晚我回到家里，我认识到我接受的教育是个谎言——对什么是"正常的"，什么是美国人，什么是价值观，做了虚假不实的推断。我想立刻辍学，但是我没有。我代之以情绪上的疯狂，我愤怒，当愤怒转化为行动，而没有形成暴力时，它是强大而有力量的。我问自己，我能写什么我的同学不能够写的，我不能确切知道我想要什么，但是我的感觉足以告诉我，我不想要什么。我不想如我同学那样，我不想去模仿我读过的作家，他们的声音适合他们，但不适合我。

相反，我去寻找凡能找到的"最丑陋"的主题，最没有诗意的语言，俚语行话，以及女侍或小孩谈论他们自己生活时的对白。我在尽最大的努力，去写那种在图书馆或学校闻所未闻的惊世骇俗之作，那种甚至我的教授也无法执笔写就的书。每个星期，我匆匆完成课堂里的阅读，然后走开，去对着干。这是一场无声的革命，也许，是一种过度反应，但是正是由于这段反其道而行的经历，让我找到了某种积极的东西：我自己的声音。

我是在芝加哥街头长大的，而《芒果街上的小屋》的写作基础正是芝加哥的街头语言。这是一种反学院派的声音——一个孩子的声音，一个女孩的声音，一个穷女孩的声音，一种口语化的声音，一个墨西哥美国人的声音。在反诗这样一个反叛领域里，我试图创立一种诗体，采用我能够找到的最不正规的语言，我这样做既不是出于天真，也不是由于自然而然。我是故意为之，好像正在抛掷一个燃烧瓶。

有时候，我们会本能地去感受我们的另一些东西，去识别和发现自己的另一面。在教写作的时候，我讲述那时我发现和命名我自身异质的故事。单单感觉到它是不够的，必须识别它，然后把它写出来。一旦我能够命名它，我就不再羞愧或沉默，我会理直气壮地大声说出来，我会赞颂我的独特性，作为一个妇女，作为一个劳动阶层成员，作为一个墨西哥血统美国人的独特性。那时，我认识了那些地方，那些让我远离我的邻居、同学、家庭、城镇、兄弟的地方；那时我发现我知道的东西这教室里没有别人知道，我用属于我自己的声音来谈论它，那是我坐在厨房里，穿着睡衣，在满是杯碟的餐桌上高谈阔论的声音；那时，我能够允许自己说出私密空间里的话语，然后我能用我自己的声音说我自己的话，而不是试着要用不属于我的声音讲话。于是我能够说，我能够大声喊，我能够纵情笑，从那个非我莫属的地方，从那个在宇宙历史上他者从来没进去过的地方，也永远不会属于他者的地方。

我写这些故事，用的是我的心和我的耳朵。我在写一本小说，可我没有觉得我在写小说。如果我知道自己在写小说，可能我就无法完成。我知道我想讲一个由一系列小故事组成的故事，这些小故事每一个都可以单独阅读，但也可以全部放在一起作为一个大故事来读，每个小故事都在为这个整体增色，就像项链上的珠子。这种形式是以前我没有见过的，完成这本书之后，我才发现"故事环"这种小说形式。

记得我在写《芒果街上的小屋》时，读了尼卡诺·帕拉的"反诗"，很喜欢它们对"诗歌"的反叛，正如我兴奋于卡尔·桑德堡机智的劳动阶层的声音，正如我兴奋于格温德琳·布鲁克斯的诗歌《布朗兹维尔》。我记得我试图写一些介乎小说和诗歌之间的东西，就像豪尔赫·路易斯·博尔赫斯的《梦见老虎》，这本书的故事读起来像寓言，但是却有诗歌的抒情和简洁。

一九八二年十一月我写完了这本书，在希腊，距艾奥瓦的玉米地非常遥远。从开始写这本书，我在肉体和精神上，经历了漫长的旅行，其间，在我身上发生了很多事情，我教拉丁美洲裔中学的退学学生，指导拉丁美洲裔的女学生。因为作为一个教师和辅导员，想要改变他们的生活，但又经常感到无能为力，他们的故事开始从我记忆中浮现出来。于是《芒果街上的小屋》不再是我个人的故事，而成为我们大家的故事。受了女权主义思想的影响，我编排和削弱了芒果街上的一些事件，我收集其他人的不同生活内容，意在创造一个如拼贴画般色彩斑斓的故事。我把我二十多岁接触到的人物，与来自我青少年时期和童年时代的人物融合起来。我剪辑，进行变换，改变过去以适应现在，我提出在青少年时期我不知道去问的问题。但最好的，是以一个年轻的声音去写，让我去说，让我去诠释没有名称的事物，例如，对贫穷的羞愧，身为女性的羞愧，因为不够好而感到的羞愧。弄清楚这种羞愧从何而来，为什么产生，如此，我便能把羞愧化为自豪。

研究院的训练并没有使我形成一种观念，认为诗歌和小说除了能改变作者的生活，还能改变别人的生活。学院的训练，教会我考虑一行诗该在哪里结束，或者考虑怎样运用一个最好的隐喻；我们课堂里谈论的总是"怎样"，而不是"什么"。甚至在奇卡诺社区教书的时候，我身上的两个一半还在相互争执——半个我想卷起袖子，去为社区做些事情，而另半个我想撤退到厨房，想要写作。我相信我的写作拯救不了任何人的生活,除非我自己的。

自从《芒果街上的小屋》出版以来,十年之中,我身上的这两个一半相遇了,并融合在一起。我相信这是因为我看到了亲属们为他们自己,为家庭成员购买我的书。对他们而言,把钱花在一本书上,是一种奉献。他们带着他们的母亲、父亲、兄弟、表亲,来到我的朗读会,或者把我介绍给一些人,这些人告诉我,他们的儿女在课堂里读到我的书,还带回家来与他们分享。我收到很多读者的来信,他们的年龄和肤色不尽相同,他们写道,我写出了他们的故事。我手里拿着的书,状态参差不齐,是一些读者和教育工作者交我签名的,读旧了的书,是对我的最大鼓励和奖掖。

我是埃斯佩朗莎吗?是,不是。又或者,也许。可有一件事情我确信不疑:你,我的读者,是埃斯佩朗莎。所以我应该这样问:你怎么啦?你在学校里吗?你进了大学吗?你生了那个宝宝是吗?你是个受害者?你把这告诉了别人还是将它深藏心底?你有没有被它压倒和吞噬?你进了监狱吗?有人伤害你吗?你有没有伤害过别人?玛格丽塔,胖孩,吉兹莫,安杰里卡,莱蒂西亚,玛丽亚,鲁本,何塞,达戈贝尔托,蕾弗佳,鲍比,他们都怎么啦?你会不会再回到学校,找个人照顾你的孩子,你必须完成你的学业,然后上大学,必须找两份工才能应付过来,从药物滥用治理人员那里获得帮助,从一段坏婚姻中走出,付薪水给养育你孩子的妇女,学会做一个你不感到羞愧的人,是吗?你从家里逃离出来?你加入了帮派?你有没有被解雇?有没有放弃?有没有发怒?

你是埃斯佩朗莎,你不能忘记你是谁。

17 | 我能独处，我爱工作

下面的这篇文章，是我为全国妇女艺术核心会议所做的主题演讲，该会议于一九九五年一月二十四日在得克萨斯州圣安东尼奥举行，我经常把我的一些创作穿插到演讲中。正如我以前说过的，那时，发表一个演说的想法令我诚惶诚恐；我不认为我是任何方面的权威，尤其是讲我自己。但是，演示我已经完成的诗歌或小说，能够方便我在两者之间架起一座桥梁，去贯通我的思想。

重读这篇文章，我感到甚为有趣，它使我想起得克萨斯州曾经多么像一个家，特别是当我找到我的部落——一群艺术家和艺术爱好者，他们的职业和我的志趣有颇多的交集，使得我的一个个夜晚成为充满新鲜感的联谊会。但是圣安东尼奥太讲究部落了，一旦你的部落解散或迁移，你就剩下自己了。

我四十岁，我是一个作家，用自己的笔来维持生计。我能够单独居住，我热爱工作。因为我们是在得克萨斯州圣安东尼奥，所以我觉得要加上一句：我和前任市长、现任城市住房发展部部长亨利·希斯内罗斯毫无关系。这很重要，虽然我的一个亲哥哥、一个堂兄弟、两个叔叔，还有祖父和曾祖父，都有和他相同的名字。我提及这事，是因为我想澄清我不是在那种家庭中长大的，不是在那种可能为我打开方便之门的政治关系网中长大的。而真实情况是，我是一个家具商的女儿，在我前进的路上，我得去撬开多得不得了的门，更别提将它们踢倒。（在五十九岁的年纪，几乎是在二十年之后，我重读这篇文章，我想加上一句：我必须向为数很多很多的女性致以谢意，是她们帮着我打开了那么多门，而且至今还在推动我前进。她们的名字散布在本书的各个部分。）

我的母亲是个家庭主妇，她的母亲也是家庭主妇，而母亲的母亲的母亲？再之前？有谁能记得？在我的家庭里，妇女是如此默默无闻，连自己的孙辈都不知道她们的名字，如果有谁真正谈到她们，也只不过是她和谁结婚，她生下了谁。这些妇女，这些某某和某某，她们是我的祖先。谁想像她们那样？我想，我就不会——我想成为一个《名人录》里所载的人，我想做一个不仅仅是某个人的母亲和某个人的妻子的女人。

在我二十几岁的时候，我写了我的第一本诗集和第一本小说。我刚从研究院毕业，去教中学，因为还没有胆量去申请高等学府的教学工作，尽管我在艾奥瓦的作家研讨班取得了艺术硕士学位。在学院或大学里申请一个职位可能会加重我最糟糕的恐惧——我不属于文字的世界，我不够聪明，不够好。在研究院，我经常觉得自己是一个格格不入的外来者，班上同学的阔绰和世故让我却步。因此，我怎么可能让自己心安理得地觉得自己够得上去当一个讲师？我在西语居民区找到一份工作，教从高中辍学的学生。

周末,如果不是太疲惫,我便试着写作。

我记得有人给我一份妇女年历,我剪下玛丽·卡萨特的一段箴言:"我能独处,我爱工作。"我把它用胶带粘在冰箱上,每天反反复复地诵读,就像念咒语一样。每个月,当公寓空的时候,当暖气不足的时候,当没有新爱或旧爱让我分心的时候,我就会堕入痛苦的深渊,哭上好几个小时。我无法解释所有这些悲哀缘何而来,难道这就是作家的生活?我真正想说的是我不喜欢独自居住,我讨厌见鬼的工作,我想要快乐。

二十多岁的那段时间,对任何女性来说都是困难的十年,但我觉得对我而言犹为如此。我独自一人居住,对一个白肤女性来说,这并没什么反常,但是一个墨西哥裔美国人的女儿,她离开父亲的家,既不是和丈夫在一起,又不是和孩子在一起,这就成了件稀罕之事。我宁可用诗歌来当我的借口,逃离我父母家中的喧闹。我宣称:孤独对艺术家是必不可少的。

"我们知道你想一人独住的真正原因。"我大哥嘘道。由于哥哥的火上加油,父亲生出最糟糕的疑窦——我有性方面的隐私。像所有的墨西哥父亲一样,我父亲希望我保持贞操,直到哪天一个男子跑来向我求婚,如果没人求婚,我得保持贞操,注定到死都要坚持老处女的"洁身自好"。现在我能够这样开玩笑,但在当时,接受我父亲和我大哥的谴责,可是件非常难堪的事情。他们甚至认为我还不及埃尔南·科尔特斯的墨西哥情妇玛琳琦,她帮助西班牙人征服了墨西哥人。他们说我背叛了我的文化,而我还年轻,以至对他们的话半信半疑。

父亲责备说我的大学教育毁了我,毕竟我的行为表现像那些白人女性,道德松懈,举止散漫,思想放纵——喜欢在没有家庭的支撑和保护下独自居住。你会独自生活吗？

独居，在我的家里没有人独居，甚至连男人也不会。他们留在家里直到结婚，有时候甚至结婚以后也不离开。

回忆那个时候，哭泣几乎成了我生活的一部分，我还习以为常，以为别人也都这样。夜里，在我那漏风的芝加哥公寓里，我祈求夜贼不要光顾，祈求老鼠别破墙而出。也许父亲是对的。那个我想象中我应该成为的作家在哪里呢——住在海边的屋子里，快乐地轻击着打字机？

回顾她的孤独命运

现在，她孤独地生活。
她离弃了她的兄弟们，
父亲为她准备的房间，
还有很多母亲们。
他们留下她一人
去追寻她的意愿
她的噩梦和钢琴，
她拥有一根铅管。

迷失的情侣
回家去了。
屋子里冰冷。
电视上什么也没有。
她必须写诗。

那时我正在写一本名为《我的歪门邪道》的书，一位男性朋友失望地发现它并不邪恶，但是他想看到的是男性，或者白肤女性所理解的那种邪恶。在我以艺术家为目标的求索路上，无论是男性或是白肤女性都不能对我有什么助益。起先，我没有接触到拉丁美洲的女权主义。因为我不认识能够引导我的拉丁美洲裔，"我必须自己创造自己，或者再造自己"，正如墨西哥的女权主义者罗萨里奥·卡斯特利亚诺斯如此恰如其分的言辞。直到我遇见诺玛·阿拉尔孔，那时候她只是印第安那州立大学的一位研究生，我没有意识到对我而言，要冲破那个巴士底监狱——我父亲的家，竟是那么困难。在认识诺玛之后，我的奇卡诺女权主义意识萌发了，通过分享我们的故事，我们比较各自走出父亲之家的逃亡路径，并声张拥有追求文字生涯的权利。

《我的歪门邪道》手稿中的诗歌为我赢得了一笔全国性的奖金。终于，我逃出了美国中西部——首先去欧洲，后来再去得克萨斯州——是的，只身逃亡。我必须承认，移居到得克萨斯州，是我这几年可怕的生活之一，要比去我不懂语言的外国旅行更糟。去了欧洲之后，得克萨斯州对我就是外国。当我一九八四年到达那里的时候，我想我是降落在马孔多，那个加夫列尔·加西亚·马尔克斯在《百年孤独》里描写的村庄，一个死气沉沉的丛林村落，这不可能是美国。它就像拉丁美洲那样魔幻而不真实。比如说，一个如此无可争辩的墨西哥化的城市，怎么会在出租车的招贴上叫嚷，"圣安东尼奥，地地道道的美国城市"？或者，一只鹦鹉，除了这里，还能在哪里看到它的照片刊登在报纸头版上，标题为"传证人到席"？精彩乎？还是令人毛骨悚然，这要看你的着眼点。

我期望妇女的社区接纳我，因为在我看来，它就像是美国的中西部，但我发现在圣安东尼奥，由于肤色和阶层的差异，妇女的社区是被撕裂的，加上由于它自身的孤立和隔绝，使它游离于自己所处的社区之外。我发现它像马孔多的村民一样，是一个把自身封闭于乡土观念和地方特色的闭塞社区，他们至今还在探索冰，还在求证这世界是圆的。我吃惊地发现，原来庇护和滋养着我的，是同性恋社区，特别是一些拉丁美洲裔的视觉艺术家，他们仍然是我交往最多的群体。我的理由是，他们也懂得必须再造自己，懂得要从传统意识中取其精华和弃其糟粕，即收取养分，抛弃那些会造成自毁的元素。

我有一种理论——一个人最有魅力的特质也是他的致命弱点；某些人身上令你喜欢的东西，也往往是他们最糟糕的缺陷。对社区而言也是如此。社区，如我所见，它把另一些妇女排斥在外。而另一方面，这种对圈外人的畏惧和憎恨的反向极端，是动辄开言"那太好了，宝贝"，这是一种相互吹捧的综合症，这种综合症长此以往，对谁都没有好处，只能造就平庸之材。

作为拉丁美洲裔，我不想继承某种遗产，我不想像上代母亲们那样奉献她们的一生，就像英国那位罗利爵士为女王铺在地上的斗篷，任千人踏万人踩；我不想如我母亲那样害怕独立行事和保持自毁式的愤怒。我不想继承我祖母——我父系女性前辈的嫉妒和占有欲。我不想继承我外祖母——我母系女性前辈的沉静和被动消极*。我不想以消耗我的梦想和快乐为代价，和我身边的男人卿卿我我。我不想是十二个孩子的母亲，或七个、五个，甚至一个，但是我想为一个孩子写故事，也许为五个、七个、十二个，乃至无数个孩子写。

可我很想继承我的女性先辈们的"巫术"——任性，激情，哦，激情，作为女人，所有的优秀艺术都来自于它，那种不屈不饶，那种适者生存的意识和能力，那种勇气，那种勇敢女人的力量，爱争执，有点傻气，固执。我愿意坏，如果坏意味着我必须去反对社会——教皇所统领的社会，教皇，男朋友，情人，丈夫，女朋友，教母——我倾听我自己的内心，那令人难以置信的巫婆的扫帚，将把我带到我需要去的地方。

我不想让艺术成为愤怒的代名词，愤怒是一个起步的地方，但不是终点。我并非如我作品那样明智，但是我明白，如果坚持深入地写下去，一些比我本身更博大的东西将在前面闪现，照亮我的道路，治愈我的创痛。我要捣毁我的那些个恶魔——绝望、痛苦、羞愧、恐惧——我要用它们滋养我的艺术，否则它们将会扼杀我。

那些夜晚就像是在耶稣的蒙难地，由于工作，由于作为一个作家所面临的孤独生活，我几近崩溃，我感到纳闷和动摇，为什么我不去从事有更多社交活动的工作，比如弗拉门戈舞蹈演员，或歌剧首席女主角，但是我能肯定，弗拉门戈舞蹈演员和歌剧首席女主角也会有同样的抱怨。

我确信，如果我们要成为有价值的艺术家，就必须把自己锁在房里努力工作。除此没有第二条路可走，没有捷径，没有咒语来挽救局面。去接受它，就像是给定的那样，你会哭泣、绝望，认为你快死了，不可能做到，它是个寂寞的工作，特别是在夜里，你会在自己内心失去信念。但是当你哭过了，绝望过了，你可以擦干你的眼睛，而……工作还在那里等你去做。所以你最好卷起袖子，行动起来，姑娘！只有靠你自己，没有人准备替代你去做你的工作，如果你不能一心一意沉浸在你的艺术中，那么将会耗费你更多的时间。用作家蒂莉·奥尔森的话说，"不能专心致志是最大的不幸"。

所以，在工作完成之前不要走出那间工作室，否则你很容易落入"皇帝的新衣"的笑柄之中。你的朋友可能会说："多么漂亮，多么可爱！"因为没人有勇气告诉你真相。这又是那种"那太好了，宝贝"综合症，我们不能容许自己变得平庸，即使优秀也不够。我们没有那种奢侈，在逆境中我们最好的武器就是——杰出。

在得克萨斯住了十年之后，使我苦恼的是，还有妇女在一成不变地用稻草纺制稻草，或是黄铜，或更次等的金属，她们还在做与十年前别无二致的艺术，几乎没有改变，这意味着她们没有赋予她们的艺术应有的时代特征。早先我悲悯地听到她们的凄婉故事，但十年之后，受害者依然是受害者，她们无不面露愁云，为了离去的丈夫，或是她们放不下的人。坦率地说，我不想听你们说到孩子。我们各自做了选择，我不想责备你们，因为我没有孩子。真的，没有人能够阻挡我，但是，当我需要的时候，也没有人会给我一个拥抱。

我们必须纺我们自己的稻草，而不是我们邻居的。"讲述事实，讲述你的真实故事。"作家多萝西·埃莉森曾经这样写道。在你的作品里，如果你写的东西是出于你自己的独特视角，而不是你姐姐妹妹的，只是你的，那么它们是强有力的。否则我们会冒千篇一律和陈词滥调的风险。如果我看到另一部赞美祖母的艺术作品，我会喝个倒彩。有罪过的祖母们就不值得我们去描写了吗，坦率地说，有过失的女性会比圣人更为有趣。

浪游十年之后，我找到了心目中的家，一个属于我的地方。

自从命运第一次把我带到这里，已经十年过去了。虽然现在我不受雇于人，而且能够住在任何地方，我选择了圣安东尼奥作为我的家。我终于找到了一个可以让我尽情创造自我的地方，对我而言，这是一个边陲地带，它是和我同时身为墨西哥人和美国人的内在世界相匹配的。

我四十岁了。如我所抱怨的那样，还能凑合着单独生活。实际上我酷爱我的工作，只有在工作中我是最健康最愉快的。对于我的祖母们我不甚了解，不知道她们是何许人氏，从事些什么。但是我知道，我的使命是去构建她们的生活，或者说，再造它们，视情形而定。给她们以名声，诠释她们生命中的恐惧，有过的过失和遗憾，梦想和秘密、耻辱、谎言、荣耀和力量。也许，我不认识她们反而是幸事，毕竟我不至于因此而受到束缚，我可以充分驾驭我的想象。我喜欢思考，我是在创建真实。我在倾听谁也没听到过的心声，事隔多少年后，把她们的生平记录在纸上？作为妇女，这样的写作是一种抗争，是一种拒绝被遗忘的行动，是一场抵抗被淹没、被轻视的战争。

* 当我最初写这篇散文的时候，我理所当然地认为我母亲对我外祖母的看法是正确的。现在，随着年龄增长，我认识到我的母亲不喜欢或是没有透彻了解她自己的母亲，由于认定她的软弱和被动而轻视她，而暗示自己不希望像她。她眼中看到她母亲的软弱和被动的举止，我现在把它们看作是力量和应变能力。我的外祖母菲利帕·安吉亚诺·德·科尔德罗，她为了幸存下来，不得不在身体和精神上忍受巨大的折磨。作为一个年轻的女孩，那时政府军或叛军撤退到她的村庄，为了逃避遭强奸的命运，她被

藏在黏土埚下面。她被她后来的丈夫"诱拐",她没有其他选择,她必须顺从他,并接受他作为自己的丈夫。在她的人生中,她忍受了几个孩子的死亡,不是死于婴儿期,就是死于成年。在墨西哥暴力革命期间,她抱着学步的孩子,可能还带着身孕,从墨西哥跋涉至美国。在几个美国城镇,她必须建立一个新家,为她自己和她的家人。在大萧条之前,在他们最终在芝加哥重新安置下来之前,他们有时候就住在帐篷里。在她生命的最后阶段,她学会了阅读,她有了第二视觉,能够看得比眼睛看到的更多。在我心目中她并不软弱,如今我把她看作是一个充满伟大精神力量的妇女,坚韧不拔,富有胆识,令我仰视,令我肃然起敬。

18 ｜ 家具商的女儿 *

我接受委托，为波士顿的伊莎贝拉·斯图尔特·加德纳博物馆做这场演讲，一九九五年九月十九日，我在一个能为国王举行加冕典礼的大厅里做了演讲，作为他们"观望者的眼睛"系列活动之一。屋里挤得满满的，我的紧张感也因之倍增。我还正在为完成《拉拉的褐色披肩》而冲刺，这是一部揭示我父亲生活的小说，我心想，写这篇演讲稿有助于理清我的思路。那时，我的父母双亲都还健在，原来的演讲中含有我小说的摘录，在这里我将它们删除，但是我汲取了一些演讲中的即兴评述，经过编辑，使之成为这样一个最后的文字形式。

系列活动的宗旨是，邀请当代的艺术家，对博物馆的一件收藏品进行富有独创性的演讲。因为伊莎贝拉·斯图尔特·加德纳博物馆是以馆主姓名命名的私人收藏馆，它的原主人是一位收藏家、慈善家、女继承人，她的遗嘱里有一项不容更改的决定，就是博物馆的藏品不能挪走，也不能有所改，这个系列的演讲就是旨在打破陈旧偏狭的观念，输入宜人的新风。

因此，在预先的参观中，当我漫步在博物馆展厅的时候，我在很多优美而奇异的藏品前面驻足不前，脑子里仅有的模糊概念就是我要写什么，我决定把目光聚焦在家具装饰用品方面。系列活动的管理者杰尔·梅德威道说："我们还从没有人写过家具装饰品方面的题材，太好了！"这句"太好了"推着我向前，而洛丽泰·林恩的那首《矿工的女儿》激发了我的灵感，让我想出这个演讲题目。

那还是在前数字化时代，我的演讲包括两套幻灯片，毫不夸张地说，这场演讲是我这辈子碰到的最头痛的一次，直到最后一刻，我都还在把幻灯片的顺序调来调去。我感到厌烦，感到头晕目眩。是不是我把这个原本简单的演讲搞得太复杂了？不管怎样，不像系列活动中的其他艺术家，我不是单单选择一件伊莎贝拉·斯图尔特·加德纳博物馆的藏品来开讲，而是挑选了好多件。我要确定我是更加竭尽全力的，我的演讲内容包括圣安东尼奥六位当代艺术家的作品，包括来自我家庭影集的几帧自传式照片，还包括我母亲和阿姨收藏的幻灯片——是我不得不要求我哥哥在不触怒她们的前提下去摄制的。总之，压力重重，提心吊胆，直到听见了听众的笑声，我才感觉到无穷的乐趣。

I. 当我死了，你就会明白，你父亲是多么爱你。
　　——我父亲

曾经有一个女孩，她就是我。

我希望你们不要介意，这展示的第一张照片是一个赤裸身体的小宝宝。如果你们介意，你们可以闭上眼睛。这确是我的一帧不着衣物的照片。这是我降临人世的第一张照片；直到现在，我还在那样眯着眼睛看摄影师。

当我还是个女孩的时候，每个星期，在星期日的下午，我的家人和我都会在博物馆里消磨时间。我们全家一共九口人，两个成人，七个儿童。很多人免不了要问，我们为什么总去博物馆？因为博物馆星期日免费开放。

母亲是我们的社交指导，父亲则充当司机，但是他的脚一直很痛，有时他从工作中疲惫地回到家，都不能够自己解开鞋带。他的职业是家具商，星期日他最想做的就是躺下休息，但是母亲不会开车，而且不愿意搭乘公共交通工具（从童年时代到现在，只要可能，她宁可步行，如果不能步行，她就说服父亲，他的车就是用来载家人外出的）。所以，每个周末父亲便开车载我们去芝加哥菲尔德自然历史博物馆、科学和工业博物馆、艺术学会、谢德水族馆和阿德勒天文馆，然后，他会尽责地坐在一条长凳上或外面的树下等候我们。

我特别喜欢芝加哥菲尔德自然历史博物馆，它是一座可爱的希腊神庙般的建筑，门厅里有巨大的乳齿象。我在脑中展开想象，我假设菲尔德自然历史博物馆就是我的家，芝加哥大公园就是我的私人花园，我想象我把自己装扮成一个普通市民，所有进入我家的参观者都从我身边走过，可是没有人认出我是谁。时间差不多，该离开了，该返回那个住宅林立、人口密集、真正属于我的社区，回到北坎贝尔街的那座红色小平房里，它后来成为"芒果街上的小屋"的原型。这时，我想象我是一个童话故事里的女孩，一生下来就假扮成一个家具商的女儿。

我视博物馆为家只是一个梦幻，一个我在睡前为了安静下来而对自己讲的故事。我从没把它告诉过我的父母或六个兄弟。说出来的话，会打破咒语。我怎么才能解释清楚我渴望的究竟是什么？

晚上，当父亲看电视和吃晚餐时，他把那双爆满水疱的脚浸泡在一只塑料澡盆里。那时我极想知道，父亲要忍住不哭的时候，会对自己讲什么故事呢？曾几何时，当他还是个住在墨西哥城的年轻人时，他是那样的爱打扮。但是后来他离开了家，是上世纪四十年代初期，他投奔居住在费城的叔叔帕罗特家。后来他竟在田纳西州孟菲斯城一带被警察带走，因为按他的说法，战争时期的那几年街上根本看不到年轻人。父亲被押送到最近的征募中心，等到父亲来到博爱城（费拉德尔菲亚市）的时候，征兵通知正在那里等着他。

这就是父亲讲述的，有关他不会讲英语而成为美国公民的故事；这就是他如何最终驻扎在被占领的日本和韩国，和其他同是不懂英语并远离自身历史的步兵袍泽在一起；这就是父亲怎样成为一个为美国军队提供服务的家具商，实践了他从叔叔帕罗特——家族中的真正的家具商——那里学来的一丁点技巧，为军人俱乐部制造家具。

退伍之后，父亲留在美国并和母亲结婚，不像他的奇卡诺伙伴，那些出生在美国的墨西哥人，父亲认为他比别人都要好，我想这是因为他是一个来自墨西哥城的公民。来自墨西哥城的人往往觉得他们比任何人都要优越，因为在他们眼里，墨西哥城是宇宙的中心。对父亲而言，墨西哥比美国更为文明，在美国，他的一些军中袍泽甚至不知道怎样握笔，不知道怎样书写自己的姓名。

因为父亲不能说英语,他曾经被送到一个扫盲班,对他而言,这是继学习会计专业之后的一段刻骨铭心的经历,他喜欢对我们提起他在墨西哥大学念书的往事。(父亲读了一个学期后就自行退学,因为他忙于社交,不把精力用在学习上,他那可怜的成绩让他不敢面对他严厉的父亲。于是他从家里逃离,北上美国浪游。他为没有完成他的学业而后悔终生。)

"多么野蛮的国家。"父亲会用西班牙语说。

父亲超乎寻常的自豪使他没有在日常的打击下崩溃,父亲甚至为自己是个家具商而自豪。他不是用订书机和硬板纸条来工作的。不,先生,他是一个手艺人。结果父亲去了北岸一个室内装潢公司工作,那里,凯尼尔沃思、温内特卡、森林湖的往宅大得就像是博物馆。

我是听着父亲神经质的嘀咕声长大的,每天夜晚父亲会自言自语,唠叨着他要为卡尔森太太的派对抓紧完成的皮质翼状靠背椅,为拉希特尔太太定制的躺椅,或者他答应哈德逊太太在感恩节准时交货的坐卧两用长沙发。他的那些太太们都是爱挑剔的主,但是,谢天谢地,父亲也是一丝不苟。

接下来,我和母亲看到父亲把一些剩余的昂贵家具装饰材料带回家。这些剩余物来自某个缺乏经验的室内装潢师,我们可能用它来覆盖一只跳蚤市场的脚凳,或为双人座椅做一只垫子,如果幸运,它会是为参议员珀西乃至斯图尔特·加德纳太太装饰家具的同一块织物。物尽其用还不止这些,母亲把织物碎片转变成我那些芭比娃娃的高雅行头。一块象牙色的女用披肩和很相配的头巾,一条银光闪闪的迷你裙,一件歌剧演员常披着的华美的天鹅绒斗篷。

等到我不再玩芭比娃娃的时候，父亲的手艺也如日中天，他甚至被挑选去装饰一件白宫的古董家具。我们夸耀说这是我家前辈留下的优良传统，我的祖父曾经为总统，即独裁者波菲里奥·迪亚兹演奏过钢琴。

当我步入伊莎贝拉·斯图尔特·加德纳的房子时，我在思考所有这一切。我知道我应该被那些波提切利和维米尔震撼，但是却像我父亲审视一张椅子那样，毫不留情地打量着那些家具，挑剔地查看接缝，检查面料，看那个家具商是否对花样的匹配有认识，是否注意那些体现定制、精湛工艺与骄傲品质的细节。而不是什么某人"用脚做出来"的货色。我记得父亲带回家的一些东西，有他在长沙发垫子中间找到的外国硬币，或一颗漂亮的灰色珍珠，他把它嵌在领带夹上。（别问为什么他不送回去，你会吗？）我忽发遐想，在斯图尔特·加德纳一生无数次的晚宴之后，在她的长沙发垫子中间会找到什么呢？

当我经过这些房间的时候，我想起我生命中所有和我密切相关的人，我的所有亲戚和朋友。最打动我的，是这位富有的艺术收藏家和把收藏概念扎根在我心中的母亲，她们两者的屋子有如此多的相同点。这位收藏界的泰斗，她的收藏品多是在旧货商店、宅前旧物出售及破产清理拍卖中发现的。面对这些摆满珍贵藏品的橱柜，我禁不住想起母亲那些放瓷器的柜子，里面满是各种各样的小装饰品，贵重的和不怎么贵重的紧挨在一起。

我无意对伊莎贝拉·斯图尔特·加德纳的卓越收藏表示不恭，而是想到她这些收藏的来之不易，我母亲不也是四处游走，搜遍了跳蚤市场、古董集市、古德威尔慈善二手店、救世军商店、小巷、阁楼和芝加哥的麦克斯韦尔街，才得到这些宝贝。对她而言，它们是同样的弥足珍贵，她同样不让人去碰触和改变它们的布局。

三女神石膏像站在我母亲厨房水斗上方的窗台上，这是家里的一件趣事。它们不是安东尼奥·卡诺瓦原作的精确复制品，如果你把她们转过来，你会发现仿造者的自作主张：她们都有下垂的臀部。那是父母第一次也是最后一次同游欧洲时，父亲在梵蒂冈外面购买的，它们可重了！父亲像是个苦行僧，拖着这尊三人雕像周游了六个国家。哪一天我必须把它们写进一本小说里，也好让父亲的劳动价有所值。

我还被另一个相同点所打动，那就是，伊莎贝拉·斯图尔特·加德纳在家具布置上的品味很贴合养育我的社区，由此，引出我下一个论点。

II. 贫穷不是耻辱，但那很不方便。
—— 一个墨西哥人
（我叔叔法特法斯说的墨西哥谚语，但无疑它出自另外某个睿智的墨西哥人，他像大多数睿智的墨西哥人一样，默无声息地活着。）

穷人并不想贫困。在巴西，人们整年工作，只是为了等到狂欢节的时候，能够穿得美如国王。在我的社区，人们的想法是能够住得像个国王，最好是凡尔赛宫那样的地方，或是女皇卡洛塔在查普特佩克的城堡。当你没机会找威尼斯的古董商，该去哪里添置物件，好像个国王一样生活？去芝加哥西二十六街上的萝西家具店吧。这是我看到伊莎贝拉·斯图尔特·加德纳的家时冒出的想法。（感谢我的哥哥基克斯，是他借机拍下了店里美好的样子，他告诉他们，为了庆祝即将来临的父母结婚纪念日，我们正在购买礼品。这不是真的，但故事编得不错。）

我还想到一件伴随我长大的艺术品，当我在博物馆漫步之际，我在一幅吉普赛女人的画像前停住，它是路易斯·克朗伯画的《吉普赛女人》。当时我没有意识到我为什么会驻步，直到后来回家的时候才明白，因为这幅画唤我想起我阿姨玛格丽特的屋子，以及伴随我成长的那类油画。顺便说一下，我阿姨并没有买这幅画，那是她第二任丈夫带来的，她有两个女儿，她不喜欢那个女人占据她客厅若大一个墙面，但我姨夫理查德不肯放弃。我记得在我孩提时代，这幅画令我们感到惊吓，因为无论你走到哪里，这个吉普赛人总是用眼睛盯着你。后来玛格丽特阿姨告诉我，她发现住在水塔广场的一些富人也有和这完全相同的油画，这使她的反感有所减弱。

III. 我们活得像百万富翁。
——民间艺术品销售商和指导者弗兰克·蒙蒂尼－鲁伊兹模仿丹尼·洛佩斯·洛萨诺

我的朋友弗兰克·蒙蒂尼－鲁伊兹是一个艺术家，他能在令人难以忍受的东西中，在俗丽、粗劣、丑陋中看到优雅。弗兰克的"无限神物"商店是那些非凡人士和天才出没的地方，他如是说。他是画家、策展人、雕塑家、商人，以及聚会中的开心果。

为祝贺我的四十岁生日，他送了我一盘塑料纸包着的巧克力碎片饼干。仔细看，它们其实是四世纪伊特鲁里亚人的钱币。

他曾经把家里所有的家具搬走，从朋友处借来有趣的物件，在包括洗手间在内的每个房间创造一件装置艺术,将物件排列在地板上的网格图形中。这样的布局漂亮得让人叫绝,虽然我们借出去的一些东西始终没有物归原主。

当弗兰克来到墨西哥城,他产生了灵感,要在一个公共空间做同样的网格设计。他居留在旧殖民地时代的市中心,入住在一个可以鸟瞰窗外广场的公寓里。一天夜里,他突然有了主意,他收集广场里的各种垃圾,重新排列它们,使之如同一张棋盘。"哦,好漂亮!"街上的行人说,他们不让人来动它,即使到第二天早上,也不准清道夫打扫。

完成这项行为艺术没有多久,弗兰克病倒并住院治疗,朋友们说这是由于他在墨西哥城街头拾捡玉米棒所致。但是我了解弗兰克,我认为这是源于他捡拾了比玉米棒更糟糕的东西。如果你们知道我指的是什么。

当我在博物馆观看铁制品的时候,我想起我的朋友罗兰多·布里先诺。罗兰多受圣安东尼奥市委托,为纪念该市建成三百周年,在圣安东尼奥河岸设计一座纪念碑,一六九一年,西班牙远征军曾在这里举行他们的第一场弥撒。

罗兰多还画油画,题材多是食物和争斗,有时候他的油画被画在桌布上。他是个食物纯化论者,一个甚至不喜欢把米饭和豆混合食用的人。上一次,我和他共用晚餐,曾有过一场大争论,是为了墨西哥巧克力沙司,不过那是另外一个故事。

安妮·华莱士原先住在加尔维斯顿,现在移居到圣安东尼奥。受希腊古典雕塑的影响,安妮喜欢在她的雕塑和它们可能表达某种意义的动作中营造断裂的感觉。她用牧豆树这样的得克萨斯本地木材做雕塑,她的很多作品反映了她的政治倾向,比如有关设在美墨边境的难民援助委员会的题材。我第一次参观博物馆的时候,在一个宗教法衣的展示点驻足,这是一些天主教神父举行弥撒时穿的法衣。我不禁想起我的朋友戴维·扎莫拉·卡萨斯,他是圣安东尼奥的画家、雕塑家和行为艺术家。他穿的一些服装是真正的牧师法衣,于是经常让人混淆不清他的身份,有人把他误认为是牧师,走来要求他的祝福。这本来也不是什么特别丢脸的事情,可他装得像真的似的上前祝福他们。我想,如果戴维在这里,他可能希望借一些法衣回去,好等下一次他有机会穿上。我有一张有关戴维惊人之举的幻灯片,他到科约阿坎,在弗里达·卡罗的蓝屋子前展示一条恰帕斯裙。他告诉我,保安不停地喊叫:"嗨,你不能在这里这样,不许穿那条裙子。"但是不管怎样,他还是穿了。

戴维·扎莫拉·卡萨斯不仅装饰他自己,还装饰整个居家环境。"民间艺术抗忧郁教堂"是一座被织物、雕像、原创艺术包围的建筑,这其中有他自己的一些作品。我特别喜欢他的雕塑,我有他做的一个瓜达卢佩圣母像,安置在我家后院,是用捡来的无用物品,例如骨头、带棘铁丝、铁制品等制成的。

我的朋友伊托·罗莫不仅是位画家,还是位作家,同时也是位了不起的厨师。前不久,由于制作精美的墨西哥葬礼花圈,他名声大振。由于他最近对佛教的参悟和对边境问题的兴趣,现在,他正在创作更注重精神层面的作品。

在我的博物馆巡游中,我在那些绿色的陶瓷罐前止步,我听说它们并不值钱,但是它们实在漂亮。他们说了有关伊莎贝拉·斯图尔特·加德纳的一些故事,谈到她对美的至情至爱。我想,我的朋友特里·伊巴纳兹也会爱它们。她还爱打碎它们!她能用陶瓷碎片，用古董碗碟的碎片，用你给她的任何东西，来做油画框。我们一起设计书籍封面，并做了一本儿童读物。但是她的作品，近来受到用镜片装饰的墨西哥陶瓷，还有嵌玻璃碎片防盗的墨西哥屋顶的启发。特里能利用这些废弃碎片，真是件幸运的事情，因为我总是打碎很多盆子。

在圣安东尼奥南普雷萨街上的快洗自助洗衣店里，有一幅特里的壁画，它讲述的是劳动者组织人艾玛·特纳尤卡的故事，她在三十年代帮助圣安东尼奥的山核桃剥壳者，其中大多数是墨西哥妇女。我在想，如果伊莎贝拉·斯图尔特·加德纳还活着，那该多好，她会让特里在外墙上画一幅壁画，献给所有打扫这座博物馆的人。

在这些艺术家中，有一个人的画作曾经挂在我家里，这就是我最后要提到的画家安赫尔·罗德里格兹·迪亚兹。他画了大量自画像和肖像画，我想，如果伊莎贝拉活着，可能会委托他为她画一幅肖像，特别是在看到我那幅《一个没结尾故事的主角》。这幅画挂在家里使我甚感尴尬，因为它看上去好像画的就是我。它挂在一个公共空间，我的办公地，那时候是我的客厅。你们开车经过准能看得到它。我知道邻居可能会在心里想——哦，这个女人！所以，当史密森尼学会来买它的时候，我倍感轻松，于是，它离开了我的家，置身于华盛顿特区的国家肖像画廊。

当然，我现在穿着的外套是我收藏的墨西哥古老织物之一。一开始仅仅是买了一条裙子，接下来就一发不可收拾……好吧，也许那是伊莎贝拉说的。我收集玩具、民间艺术、毯子、鸟笼……你们能想象吧。

Ⅳ. 你出生在一颗星星下面。
——我父亲

每当我的生活中有什么好事发生，我父亲会立刻提醒我说，我天生是个幸运儿，我猜想这是真的。能做一个家具商的女儿是我的幸运，他对织物的欣赏，使我耳濡目染，故而在很小的年龄就养成了对纺织品的兴趣，并且尊重别人的手艺。我还是一个自学成才的智慧女性的女儿，她对收藏的热情造就了我，使我通过房产销售、旧货店、跳蚤市场的实习，对，还有每周参观博物馆，潜移默化地有了从普通物品中挑选非凡之物的眼光。

和伊莎贝拉·斯图尔特·加德纳一样，我也是一个收藏家。在得克萨斯生活的这些年里，我身边聚集了一群朋友，他们的创造力对我是一种莫大的激励。他们每个人都教我要从容地欣赏其他人看不到的东西，要相信令你欣喜的东西和提升精神的东西。当我在博物馆这些丰富多彩的房间里漫步时，这个朋友群体也如同在和我一起漫游。在推动我以更大的气度和更惊人的词汇来重新定义美。

我想用豪尔赫·路易斯·博尔赫斯《七夜》中的一句话作为结束："美是一种肉体知觉，是我们用全身去感受的东西。它不是某种判断的结果，我们不能通过成规去领受美。我们要么感觉到美，要么感觉不到。"

(* 本章提及图片在此版本中未采用。)

19 | 性女神瓜达卢佩

艺术家阿尔玛·洛佩斯读了我下面这篇文章后,受到激励,用画笔创造了一个女权主义形象的瓜达卢佩圣母。这幅作品在阿尔伯克基展出期间,点燃了一场宗教战争,几乎每个人都发表了评论,包括新墨西哥州的大主教。也许我们需要一个当代的薇拉·凯瑟①,来用笔捕捉真相,因为报纸和抗议者把阿尔玛的作品污蔑为"比基尼圣母",而罔顾它所表达的深意——一个被她心中的女神赋予强大力量的妇女。阿尔玛和勇敢的展览馆长泰·玛丽安娜·纳恩,两人深受困扰,以至需要警察来保护。而最糟糕的是,不容她们解释自己的观点:这个展示是作为一个庆典而不是诽谤。所幸,后来,在由艾丽西娅·加斯帕尔·德阿尔瓦和阿尔玛本人编辑的《我们争议中的女士——阿尔玛·洛佩斯的"不敬的幽灵"》中,对这种歇斯底里做了详尽的解析,我觉得甚为可取。

---

①薇拉·凯瑟(1873 – 1947),美国女作家,美国文学艺术院院士。

上中学时，我惊异于白人女生在衣帽间里大摇大摆地走来走去，她们光着身子活像颗珍珠，俨然是萨莫色雷斯岛上的胜利女神，对于自己袒露的光耀胴体毫无羞愧之色。也许她们患有贪食症、厌食症之类的私隐疾病，不过，在我天真无邪的心里，她们就是坦然自信的女性。

拉丁女人总是一眼就能辨别，脱穿衣服的时候，我们会把自己隐藏起来，谨慎地面对墙壁，就我而言，我在洗手间的浴帘里穿衣服。我们还在使用大块的卫生巾，而不是卫生棉条，我们自认为在道德操守上要比班上的白人同学高。"我妈妈说，结婚之前不能用卫生棉条。"所有拉丁女孩的妈妈都这样说，是的，可我们怎么都没想到去问问我们的母亲，为什么她们结婚后还是不用卫生棉条？

女人的成年期充满神秘。我像我的那些女性祖先们一样，对自己的身体非常无知。在她们的时代，如果丈夫或医生要见她们，她们会躲隐在一块中间开个孔的床单后面。宗教和我们的文化，或者说我们的文化和宗教，共同滋生了一种模糊不清的概念，对自身的"下面"茫然无知。我是如此羞耻于自己的"下面"，直到第一次来月经，都还不知道我有另一个称之为阴道的出口，我以为月经是经由尿道或皮肤壁而来的。

所以，一点也不奇怪，当想到一个医生——一个男人！他查看你的下体，连你自己都从来不曾看过，那真是太可怕了！我怎么可能承认我的性欲，更别说享受性，那可不是罪大恶极？在端庄的幌子下面，我的文化将我锁在无知和羞耻的双重贞操带里。

我从来没看过母亲裸着身子，我也从没详尽观察过自己的身体。在私隐空间对身体进行自我探索，这是属于富人的事。在我家，私隐空间实际上是不存在的：除了面对街道的大门，只有卫生间的门有锁，任何人都要和其他八人共用一个卫生间，怎么可能在里面多待几分钟？我进大学之前，家里除了我，没人有属于自己的房间，而我那间狭窄的小房间，里面刚刚够放我的单人床和一张家庭旧物摊上买来的超大尺寸梳妆台，这梳妆台像口棺材那么长，以致房门被挡得不能全部关闭。所以，我有自己的房间，但我从来没有享受过关门的乐趣。

我甚至从没看过自己的性器官，直到后来在艾奥瓦城艾玛·高曼诊所里，一个护士示意我看。"你想看看你的子宫颈吗？它扩张着，你很可能在排卵。给你镜子，你看一看吧。"过去怎么会有人建议我看自己，或者给我一面反光镜带回家，让我闲暇时检查自己！

在去艾玛·高曼诊所之前，我仅仅去过另外一个避孕机构，那是设在城镇另一端的艾奥瓦大学医学中心。那时，我是一个二十一岁的大学毕业生，第一次离开家到这遥远的地方。来艾奥瓦之前，我害怕并羞于去找妇科医生，为自己的生育问题负责。而现在，我和数个伴侣周旋，这让我更加惧怕怀孕。可是去预约妇科检查这件事仍然会让我烦躁数周。也许，默默无闻以及和家庭的距离让我最终控制了自己的生活。记得自己曾经希望要像身边其他妇女那样天不怕地不怕，在想要的时候就有性生活，但是我实在不敢对可能会是情人的对方解释：我此生只跟一个别的男人有过性关系，而且还是避孕的。他会嘲笑我吗？我又怎么可能正视别人的脸，解释自己为什么不想看妇科医生？

一天夜晚，一个我非常喜欢的同学带我去他家里，一路上我一直都想说，我什么措施都没有采取，但是，我并没有听到我的声音，我没有在那关键的一刻喊出来:"打住，这会危及我的大好前途!"同时，我也害怕我会说出愚蠢的话——要他承担责任之类的蠢话，最后我什么也没说，让他就这样拥有了我，一点也没采取措施确保我不会怀孕，只是听任命运的安排。接下来的日子我倍受煎熬，总算幸运，母亲节那天，我的月经来了，为了庆祝未孕，我和计划生育中心有了一个预约。

当看见十几岁的女孩怀孕，我禁不住会想那可能是我。读高中时，我可能会投入爱河，那情势就像勇士投入战斗。我随时都会为了爱牺牲一切，去做任何事，甚至不顾危及自己的生命，可是，谢天谢地，没人找上我，因为我就读的是一所女子学校。我想，如果我遇见一个想要我的男孩，我会立刻以性去顺应，确信这就是爱，从过去到现在，我自个儿作了很多坠入情网的遐想。

我之所以讲这个故事，是因为我受不了对于拉丁美洲女性和我们自身身体的沉默。如果像我这样一个研究院学生都羞于和人谈及自己的身体和性，可以想象，对于一个才上初中或高中的年轻女孩，她们住在门上没锁，也许根本就没有门的卧室里，甚至没有卧室，除了来自男友或女友的错误信息，什么信息也没有，那会有多难!难怪当年轻女性发现自己的性行为时——其实她们还是孩子——非常有负罪感，她们保持缄默，同时又如此渴望被爱。她们有了性行为而没有性方面的保护，因为害羞而不敢向他人吐露她们的感觉和恐惧。

一种多么漏洞百出的文化。千万别怀孕!但是没有谁告诉你该怎样做。如果你不能控制你的生育，你就不能控制你的命运。难怪教会、国家和家庭要把你们禁锢在黑暗之中。

这就是多年以来，为什么每次我看到瓜达卢佩圣母——像我这样的棕色妇女在文化上的行为典范,我会愤愤然。卢佩,真是见鬼!一个完美的典型,如此崇高而又脱离实际,实在可笑。难道男孩必须立志去做耶稣?我从未见过半点迹象。他们在像兔子一样通奸的时候,教会不管他们,反而为我们妇女指定了命运——结婚,生孩子。要不就去做妓女。

在我的街坊中,我认识的是真真实实的妇女,既不是圣人,也不是妓女。她们是天真和易受伤害的,就像我,不顾一切地想要坠入爱河,用自己的心和灵,但是,也用"下面"。

依我之见,卢佩,除了是个自命贞洁的假正经,什么也不是!要剥夺我一辈子的快乐,休想!做母亲或者结婚对我的事业是个诅咒。但是做个坏女孩,对我来说,或许对当作家有益,这犹如一颗投向父亲与父权的燃烧弹,因为他们对我早有他们自己的计划。终于,我踏上"邪恶"之路,并写了一系列诗作,题为《我的歪门邪道》和《放荡的女人》。

探知性犹如探索写作,从某种意义上来说是强有力的,我无法去解释这一点。它就像写作,你必须跨越负罪和羞愧,然后会使得一切豁然开朗;它就像写作,可能把你带到深邃和神秘的地下岩层,随着每进入一个新的深度,我会发现一些有关自身的秘密,一些之前我没意识到自己其实知道的事情。就像是写作,一瞬之间它可以是精神上的,是以一根大头针为转轴的宇宙,让你在同一瞬间觉得万般皆空,忽而又感慨万千,满足于自己像是一条恒河,一首皮亚佐拉的探戈舞曲,一朵在风中弯曲的郁金香。我什么也不是,我物我两忘,然而我又可以是这宇宙中的一切,无论小的和大的——嫩枝、云彩、天空。这令人难以置信的能量曾经竟将我拒之门外!

现在，当我注视瓜达卢佩圣母的时候，她不再是我儿时的卢佩，不再是我祖父母在特佩亚克家里的那个，也不是罗马天主教堂里的那个，或是在我十几岁和二十多岁时我门上的那个。就像每一个对我至关重要的妇女，我必须在历史的碎石堆里寻找她，而我已经找到了她。她是性女神瓜达卢佩，她，我心目中的女神，使我正视自己的性功能、性能量，她提醒我，必须像作家及推崇荣格学派的克拉丽莎·平科洛·埃斯蒂斯那样，直言不讳地表明："从女性私处说起……说出最基本、最诚实的事实。"我也是。

在我对瓜达卢佩的研究中，追溯到她的前哥伦布时代祖先，在她被教会"去势"之前，我发现了阿兹特克人的地球母亲神图南汀，而在对图南汀的追踪中，我浏览了众多女神的神殿。我发现特拉佐尔特奥特尔，一个掌管生育和性的女神，又被称作生命之源托特齐，或臀女神特齐坦奥特尔。而那些妓女、慕男狂和其他淫荡的女人则被称为"性女神的妇女"。特拉佐尔特奥特尔是性欲的保护者，虽然她有激起你去犯罪的力量，她还能通过你在她神职人员面前的忏悔，赦免你，洗刷你的性出轨污点。而在忏悔者眼中，把特拉佐尔特奥特尔认为是食污秽者特拉伊尔夸里。也许你看到过她的尊容，即使现在，她也是旅游市场的一个卖点，那是一尊妇女塑像，在蜷伏中分娩，她的脸痛苦地扭曲着。所以，特齐坦奥特尔是母性和性的双重组合。换言之，她是个性感妈妈。

对我来说，瓜达卢佩圣母还是夸特里姑，她胸部赤裸，具有创造力和破坏力；她身穿蛇裙，戴着由人的骷髅、心脏和手串成的颈链。这时，我想到墨西哥城人类学博物馆里她那尊巨大的塑像，展出了几次，然后又被盖上，因为让人看了实在觉得恐怖。我想象出一个发怒的妇女，一个脾气如同风暴而又不失大雅的妇女，我喜欢那种样子。卢佩，聪明的坏女孩，不是沉默和被动，而是在沉默中积聚力量。

许多时候，我觉得我很像具有创造力和破坏力的女神夸特里姑，特别是我写作的日子，我既能用优美的句子构建动人的故事，但是如果我高兴，也能用万箭齐发的粗话脏话来破坏美好的氛围。我就是夸特里姑与卢佩的合体，那如方柱般的身体，我在很多印第安妇女身上看到，在我母亲身上看到，甚至在我自己身上看到——每回，当我对着镜子，看着我粗腰瘦臀的躯体时。

夸特里姑，特拉佐尔特奥特尔，图南汀，瓜达卢佩圣母，她们每一个都是套叠着的，一个套着另一个，甚至最终也套着我的影子，这正是卢佩吸引我的地方。她不是一五三一年的卢佩，那时她在当地一个卑微的男子胡安·迪埃戈面前现身，这次离奇的遭遇使胡安成为圣人；她是二十世纪九十年代的卢佩，是我们按今天的奇卡诺和墨西哥女人塑造出来的，是每个奇卡诺和墨西哥女人套叠出来的。也许，正是我身上的特拉佐尔特奥特尔-卢佩，她那异化的精神特质，成为激励我的力量，怂恿我裸着身子纵身跃入游泳池中，或者在一张桌子上把裙子扯到头顶跳舞。也许，这就是我的夸特里姑-卢佩的姿态，惹得母亲对着我呵责："难怪男人都受不了你！"谁知道？我只知道要做一个对自己这身皮囊感到心满意足的女人。

我不能把我宗教信仰上的改变，归因于去拉雷多途中的一道闪电，或是诸如此类的原因。相反，那是因为，有些经验教训日积月累，一点一滴地融入我的生活：在我三十三岁那年，忧郁缠身，令我几乎接近自杀的危境；一行禅师的著作把佛陀和卢佩带到我的心里；一九九三年，我每周为我萨拉热窝的朋友亚斯娜作和平守夜祈祷；我看了理论家格洛莉亚·安扎尔朵的一系列著作；一九八五年，和作家彻里·莫拉加及诺玛·阿拉尔孔回特佩亚克的重要旅行；在开车穿越得克萨斯州时和其他奇卡诺女人的谈话；为小说《小小神迹》进行的研究——所有这些促使我回到我已逃离的教会。

我的瓜达卢佩圣母不是上帝的母亲。其实，她就是上帝，她给了神一张脸，因为神本没有脸；她是一个本土人，因为神不分种族；她是一个女性的神，因为神是无性的。但是我还懂得了，她接近我，最终为我打开了门，必定因为她是一个像我一样的女人。

我曾经看过一部色情电影，里面的一个镜头令我触目惊心，那是影星的阴部——湿润的，洞开着，粉红而带有光泽，像兔子的耳朵。更糟糕的是，它修剃过，看上去像是孩子的，引起不了性欲。我觉得最令我惊骇的是，我发现自己的性器官和这个女人的不一样。我的性器官，像一朵暗色的兰花；具有弹性，如同一只紫罗兰色的章鱼；它看上去既不优美又不湿润，而恰恰相反。另外，我不是那种玫瑰形的小奶头，我的奶头硕大，棕色的，就像我儿时的墨西哥硬币。

当我看到瓜达卢佩圣母像的时候，我想掀起她的衣服，就像我对自己的洋娃娃那样，我要看她是否穿有内衣，是否有看上去和我一样的阴部，是否也有深色的奶头？是的，我肯定她有。她不是无性的芭比娃娃，她会生育，她有子宫。"赞颂你，你是有福的。"………你有福了，卢佩，因此，我也有福了。

20 | 住屋的颜色

一九九七年春天，我把我的小屋漆成长春花的颜色，没想到引起一场歇斯底里的爆发。当时，因为我正在全力创作长篇小说《拉拉的褐色披肩》，在结束这本书之前，我无法抽身来写这一事件。《住宅与庭园》杂志向我征稿，下面这篇文章发表在该杂志二〇〇二年四月号上。我用了一些小说中不用的素材，文本都准备就绪，可是无处投放，我把这篇文章翻开了又合上，还有我的一些调查笔记，它们是我和圣安东尼奥市历史与设计审查委员会举行听证会的记录。

在"紫色"事件爆发期间，我收到大量信件，它们来自社会的各个阶层，遍及城镇和乡村，甚至更远的地方。服刑犯人在监狱里给我写道，他们正在关切地注视我，小学生来信聪明谨慎地为我打气。我甚至接到戴维·克洛科特[①]一个曾孙的电话，他正在达拉斯进行一场同样的战斗，他对我说："别怕，桑德拉，走下去！"

谁知道颜色竟会引起这样大的骚动？因为得克萨斯的太阳把

[①]戴维·克洛科特（1786–1836），美国政治家和战斗英雄，因参与得克萨斯独立运动的阿拉莫战役而战死。

紫色晒得褪成蓝色，以前以紫色而著称的屋子，被油漆了一遍，现在略略带点墨西哥粉红。人们依然在街坊附近走来走去，他们问道："你知道不知道紫色的小屋在哪里？"

我写这篇前言的时候，我得克萨斯的屋子正在挂牌出售，我会无怨无悔地离开，怀着坚定不移的信念：我将在别处创造一个心灵的栖所。

如果宇宙是一块布，那么，人类就是一根根不同颜色的线，被错综交叉地编织在上面，抽掉一根线，这整块布就散架了。那就是我为什么相信命运，它可不是起源于欧洲的"命运"，而是美国的。划一个十字，吻一吻大拇指。进入你生活的每个人都影响你的命运，反之，你也影响他们的。

我的一个朋友去了墨西哥，她被小贩琳琅满目的商品惊呆了，以致拿不定主意。那各种各样的颜色让她感到眩晕，令她着迷、狂乱，气恼之下，她最终求助店主："你认为哪些颜色配在一起好看？""女士，"对方温和地说，好像在和小孩说话，"我来教你，所有的颜色放在一起都很配。"

颜色是一种语言，当我搬到圣安东尼奥的时候，我以为这里的每个人都懂双语，但是，当我在历史悠久的威廉国王社区油漆我维多利亚风格的屋子时，历史和设计审查委员会举起了红旗，他们要我从一个被核准的富有殖民地色彩的调色板上去做选择，其中包括萨里米黄、塞夫勒蓝、霍桑绿、拓荒节棕、普利茅斯岩灰——在我看来，全是颓丧的颜色，丑陋之极！

对某些人，我的"紫屋"是无须解释的。在圣安东尼奥的鲍尔小学，卡门·卡罗列瓦的三年级班级写信给予我支持。"依我看来，"一个小女孩用正规的西班牙文写道，"你应该让你的屋子保持紫色，因为圣安东尼奥曾经是墨西哥的。"记忆被唤醒了，一个推着小车卖冰棍的老人想了起来。"当然有紫色的屋子，就在这里，就在拉维利达。"他说，他想起了一个距我家几个街区的社区，"在我年轻的时候，这里的屋子色彩缤纷，有草莓色、柠檬色、西瓜色、石灰色……"他称呼颜色就像在列举冰淇淋存货中的各种口味。

"好有活力——它给我能量！"一个白肤金发慢跑者喊道，她一面跑一面大声表示赞同。

"为什么我们的墨西哥颜色可以用于城市的宗教节日，但是却不能用于我们自己的住房？"一个无线电播音员问他的听众。

墨西哥建筑师路易斯·巴拉甘说，天空是屋子的真正背景。我从中西部移居到这里，然而，我感到回到了家。这里的光，透明得像墨西哥的光；这里的云彩，洁白得刺眼，就像晾在晒衣绳上的床单。天空和云彩穿越边界，是用不着文件批准的。

当我住在马萨诸塞州普罗温斯顿的时候，一个当地人告诉我，屋子适宜漆上和天空相配的颜色。这是全世界遵循的原则吗？我是在芝加哥街坊长大的，那里的建筑物就像是坏天气的颜色。冻土地带的冰色，龙卷风时的青灰色，暴风雨时的灰色，不是慢悠悠转为大风雪的白色。

我给我圣安东尼奥的家油漆了我记忆中的墨西哥颜色。我要选择强烈的色彩，因为这里光是强烈的，我需要某种抚慰人心的，能把地和天糅合到一起的色彩，使之完美无瑕——稍带点蓝绿色的蓝花楹植物的紫色。在我眼里，黄昏的时候，云在燃烧，太阳在它后面徐徐下落，我的屋子在暮色中辉煌夺目，闪闪发光，看上去绚烂华丽。

也许，所有屋子皆因它的怀旧感而吸引人。当地一位建筑师声称，阿拉莫的门用的总是蓝漆。圣安东尼奥传教机构有仿造摩尔人瓷砖的精心设计。甚至那幢现在由圣安东尼奥保护协会使用的建筑，也夸耀地饰以令人愉悦的粉红色泥灰，那是奥尼尔·福特把圣安东尼奥"恢复"到可接受的时尚白色之前。毕竟，历史就是一层覆盖着一层的故事。对历史做何思考，取决于谁在讲故事，以及他们想讲什么样的故事。

对某些人，我的长春花小屋在喧嚷"贫困"，这个词意味着可以因陋就简，一些东西可用废弃的材料来构成。例如，一只旧的轮胎变成了种植盆，破败的小棚可以用轮圈来修补，用啤酒罐能做成一架玩具飞机。贫穷是发明之母，能激发人的才智。

在我小的时候，因为我们没有胶水，我母亲曾经用卡露牌玉米糖浆，在厨房里粘贴旅行海报。好了，这就是我对贫困的解读。

鲜艳的色彩，即快乐的色彩，与之相反的是沉郁的色彩；而和强烈的色彩相反的是疲软的色彩。沉郁的和疲软的色彩，用我母亲的话说，它们看上去就像是被煮过头了。西班牙语的"Chillante"，字面意思是尖叫，就是那些鲜艳的颜色，富有美感、强烈、猛然、激烈、骇人。蓝色之所以美丽是不是因为让你想起蒂凡尼，或圣母玛丽亚？是爱马仕的桔红色，还是贾里塔斯软饮料的橙色？全凭你的记忆。

墨西哥著名女作家埃莱娜·波尼亚托夫斯卡说："在墨西哥，人们把颜色混合得如此冲撞，像好斗的公鸡，所有的颜色都成了敌人，而最终赢得这场战斗的是艺术本身。因为对立双方相互吸引，最后以拥抱告终。"

边境被紧锁在北方与南方的热烈拥抱中，这是欲望和愤怒的拥抱，一种新的文化在这种结合中萌芽。我被告知我的屋子"和历史不协调"，问题"无关品味"，但和"历史背景"有关。但我的观点是：究竟是谁的历史？

墨西哥人是如此热爱颜色，每件事情都离不开颜色，包括他们自身。早在朋克摇滚乐队之前，前哥伦布时代的妇女把头发染成绿色、黄色和红色。甚至至今，在莫雷洛斯州以巫术著称的泰泰尔辛戈镇上，纳瓦尔妇女还在染绿色头发。也许，像朋克摇滚乐队一样，她们意在使自己显得更有力量。

墨西哥人对颜色有这样的信念，如果你在一年的最后一天走访市场，你会看到，在午夜未到之前，民众会匆匆赶到市场购买红色和黄色的内衣。如果来年你想要的是金钱，那么你一定得在午夜十二点穿上黄色内衣；如果你追求的是爱情，那么记住穿红色的；如果你特别贪婪，想两者都要，那你就像我一样，背着被指责的恶名，穿两套内衣去迎接新年。

颜色是一个故事，一种遗产。圣安东尼奥教士团仿造摩尔人的精致瓷砖，是因为他们很穷而买不起吗？没有人想像穷人那样生活，即使穷人也不想。穷人也喜欢像国王一样生活。这就是为什么他们要用他们仅有的财富——心灵，来油漆他们的屋子。

芒果黄，木瓜橙，精灵蓝，如此称呼颜色，当它们出自那些"无名之辈之口，他们不懂创作艺术，充其量只是手艺人，他们没有文化，充其量只知道民风民俗"，就像爱德华多·加莱亚诺以冷嘲的口吻谈及穷人时说。它们不算数，除非某个洛克菲勒或路易斯·巴拉甘看中并引入富人的屋中,给予它们地位,否则它们是毫无价值的。

最近的色彩研究证实,那些被通俗地称为"圣达菲样式"的萎靡不振的颜色,在它们的时代比我们现在看到的要明亮得多。我们以为的真实色调,实际上是在岁月和气候的淘洗下,已经褪了色的。这些色彩过去就像当代的墨西哥色彩一样强烈。西南地区的表现手法将色彩淡化了,成了柔和的冰冻果子露,也许真正的墨西哥色彩在调色板上显得太强烈——属于胆怯者的调色板。

虽然玛雅人的蓝色经历了一千四百年的太阳,可依然是那样的强烈,而我那昙花一现的屋子,它的光耀已经褪色,蜕化成青年布工作衫的柔和色彩,令那些凭想象探寻艳紫色的人大失所望。

两年之后,对于初始的诉求,聪明的城市规划主任找到大智大慧的解决办法:提交这屋子最初的油漆作业褪色后的样子,看呀,这褪了的颜色便被认为是"准确反映历史"的。

在街区,我的屋子依然是色彩最强烈的,但是,我觉得现在它看上去略显悲哀。下一次我想用墨西哥粉试试,它在我的社区是有记载的,曾经用于历史上的重要宅邸,充分展示了颜色的魅力。

命运有时候很难猜测。

当我想象天意的时候,我脑海中浮现一位印第安妇女赤裸着胸部在舒适的后院织布,后吊带式的织布机挂在一棵树上,她坐在地上由织物组成的铺盖卷上,在一根龙舌兰针的帮助下,小心地把线从它们的线团上分开,均匀地分配它们。她用她的大脚趾,把线拉成 V 字型。或者,她坐在一只矮凳上,毫不害羞地岔开双腿,棉布裙在她的胯部下面是打褶裥的。是的,我喜欢这样想她。

天意正在绘制我们生命的运动轨迹,就像月亮和太阳越过了十三重天和九重夜,编织一个纷纭复杂,比我们生命更大的图案,无法用眼睛去跟踪,但是每一根纺线都织进了明晰、意志和典范。

21 | 我怎样成为一个艺术收藏者

弗兰克·蒙蒂尼-鲁伊兹在圣安东尼奥的蓝星艺术空间董事会任职。那时和现在一样,他总是不能让他的艺术家同事理解种族和阶层的问题。所以,为了努力展开这方面的对话,弗兰克说服了我,要我在蓝星一个由他主理的称之为"紫屋"的展览上,就我的一些艺术收藏品和与之相关的物品,做一个演讲。这是紫屋经历了我上一篇文章所描写的轩然大波之后。在那段时间里,陌生人甚至会来敲我的门,要求进屋。唉,自那以后,我就把前面的大门上了锁。

我认为强调这点很为重要,我写这篇文章的时候是在圣安东尼奥,这段日子我最有在家的感觉,经过了这么些年像个提包客一样的颠沛流离,我终于让我的心灵有了一个家,我的家依然让我感到是私密的,可靠的,平安的(但好景不长)。

这里所述的故事是一九九八年十一月在蓝星所做的演讲,穿插了一些创意写作以阐明我的观点,不过只列举了一首诗。我还有一个歌剧演唱家朋友,适时地在现场放喉开唱了一首《誓言》,我希望我能把它复制在这里,但是你们可以上谷歌搜索这首歌,感受当时的气氛。

有一座屋子是我一生的梦想,拥有它,就拥有一个可以称之为是你自己的空间,让你有了退缩和安身之地,在这里,收音机和电视机没在嗡嗡作响,也没有人在屋外叩门,说:"别老待在那里!"对于我,一座屋子是一个空间,在里面我想悲伤就悲伤,我想不开灯就不开灯,可以睡到中午或更久;我可以关掉电话铃声,靠着带荷叶边的枕头看书;我可以整天穿着睡衣睡裤;只要我喜欢,我可以不出后院的篱笆之外。有一座屋子就让我有了不用打理头发,赤着脚走来走去,不拘小节的权利。我不想"和大家打成一片",这是妇女可怕的综合症。我喜欢不拘客套的礼貌,如果有人按响门铃,难道意味着我必须应门?如果有人说"喂,你好",难道我必须像个艺伎似的露齿而笑?我喜欢男人那种军人风度的点点下巴,那种无须言表的礼数。对于我,一座房子就代表这样的自由:早饭过后又回到床上,躺在浴缸里细读邮购商品目录,啃薄煎饼当晚餐,熨烫衣服时思考《纽约时报》。一座屋子关系到安全和隐私,可以让你去做其他人觉得怪异、离奇甚至错误的私事,如我这般一人独居,没有谁对我说:"你不能做那事!"这是除了写作之外,我享受到的最奢侈的放纵。

除了天才修女胡安娜·伊内斯·德拉克鲁兹,我心中没有一个拉丁妇女和女性作家的典范,即便是她,也在教会的威逼下停止了写作。不,谢谢你,为了能有一个自己的空间而进入修道院,所付代价实在是太昂贵。我们没有一点头绪,怎样去告诉亲戚,我们不能来用星期日晚餐,因为我们正在为一部小说加紧工作,不,其实是我们不想参加侄子的生日派对。"怎么啦?你怎么不去?"他们会问。我用远远离开家庭的方法,创建了一个我极为需要的个人空间,但是现在,这座屋子的名声把公众引到我的门前。我的朋友,画家特里·伊瓦拉为我画了一块美丽的标牌,上面写道:"请勿按响门铃,除非有约。请您平和、尊重、同情、明智。"它是我的保护神。我准备将我写的一首诗贴在前门上面:

我认为我是具有创造力和破坏力的夸特里姑女神

我罪该被扔石头,
最好别惹我。

我被包围,
我不能被你们强食。
你们会连骨头都不留,
敲我的门,庸俗下流,进来,
打电话,拿我的宝丽莱相机。我快疯了,
我对你说,出去,滚蛋,
回家去!

我反常,少见,
不能忍受孩子,也不能忍受你们。
我没有科迪里娅那样的满腔热诚,
没有一杯杯排列整齐的咖啡,

屋里没有食品杂货。

我嗜睡,
抽雪茄,
喝酒。我的心情不能再好
赤身裸体,跑来跑去,
我的手指甲肮脏,
我的头发散乱,
可怕之极!

抱歉,本女士今天
感觉不是很好。
很可能
葛丽泰·嘉宝,
拉上一个埃米莉.D,
像简·里斯一样愤怒,
阿比丘,我自己。
扔出一个玛丽亚·卡拉斯
关起我自己,像是一只鞋子。

全能的救世主
别后退,我警告
不要置身于外,注意,
拯救!
帮助我!亲爱的,

我是说

你。

我们全都需要一个私隐之地，在这里，哭的时候，不会有人问："你这是怎样啦？"笑了，也不用去解释为什么笑；在屁股上搔痒，也无须说："哦，对不起。"我们需要一个家来振翅高飞，来倾听自己内心的声音，我们认真聆听，然后展开反驳。

当我在家里写作的时候，屋里是绝对的安静，有时候只有局部地方亮着灯，仿佛我希望把这世界浓缩到我打字的页面上，在某种意义上，我是在这样做。有时候我的屋子显得很寂寞，但通常我很享受这种孤单，孤单也是一种享受，就像痛苦。这是社交圈试图扼杀的东西，人们会说："别悲伤。""为什么锁着门？你在里面做什么！"作为一个作家，痛苦和孤单，这两者都能让你与心对话。诗人格温德琳·布鲁克斯曾说："我爱一人独处，但我不喜欢孤独。"孤独是一种有风险的交换，我终于明白，孤独甚至能被转换成某种有用之物。比如造就一首诗，一段句子，如果我够幸运，会是满满一个页面。

对我来说，一座屋子还是宇宙间永久性和速朽性的对抗；是一个贮存我收集的所有喜爱之物——围巾、鞋子、帽子、手套，类似于一个女演员的全部行头——的地方；是一个集中我十年云游生活全部书籍和贮存盒的地方；是一个存放我从许多相识的艺术家朋友手中买来的艺术珍宝的地方。

当我父亲不久于人世的时候，我需要回到我自己家的那片宁静中去，去注视我的墙壁，就像一个渴者要想跃身于水中。我内心怀着这样一种疼痛，它使我无法去感受世界，直到我回到家中，对着墙壁凝视。芒果色衬托着粉红色，绿色衬托着黄色，一只插着洋红色康乃馨的花瓶放在一幅赭色的油画旁边，一尊木头的雕像挨着一幅蓝色的万福玛丽亚。艺术抚平了我的创痛，安慰我，让我看到世界是有序的，让我在这些天的混乱和嚣闹中看到了宁静。

我想这就是为什么艺术家总是那样过他们的生活。他们每一天精心布置和重新布置那些小小的物件，直到它们的排列成为美的极至。这也是我喜欢造访那些艺术家朋友寓所的原因。我会在一块石头前面，一张洋娃娃旁边的照片前面，一钵羽毛和贝壳前面走来走去，不住地赞叹，怀着迈进教堂时的敬畏之心。我所认识的真正的圣安东尼奥艺术家，安妮·华莱士，她的木制品和不上油漆的家具可爱而质朴；罗兰多·布里赛诺和安赫尔·罗德里格斯·迪亚兹，他们家有缤纷的色彩和美伦美奂的织物；特里·伊瓦拉，在他家里的架子和窗台上，由玩具、圣徒和盐瓶组成的微型静物充满了激情，令人惊讶不已。如果你抬起头，看到的东西让你赏心悦目，那它对你就是非常重要的，即使那东西只不过是糖缸旁边的一只茶壶。我的屋子体现的就是对这种敏感情绪的敬意和对精神层面的尊重。

我读小学的时候，每天早晨上课之前，要求我们做每日不可或缺的弥撒，这种仪式烦得我简直难以置信，然而是那幢建筑使我从无精打采的状态中摆脱出来，它是六十年代的现代建筑典范，有一面墙，从底部到顶端，贴满了三角形的彩色玻璃，每块都不一样。当弥撒的神力进行之际，我无法把目光从另一个奇迹上挪开：某块三角形的彩色玻璃使我战栗，它的蓝色好像旋转起来，在旋转中最后变成了粉红色，就像太阳落山时云彩的梢头。就这样，天蓝色旋转成了温柔的粉红色，它在我心里旋转着，搅动着，让我产生一种那时我无法理解或表达的快乐。我不知道它怎样形成，但是可以推想，那种由蓝到粉红的转换，是一种只有在祭坛才有的神圣。怎么会没有人来告诉我，一首咏叹调、一块彩色玻璃、一幅油画、一轮夕阳，它们也都可以是上帝？

"等你有了自己的屋子。"我的朋友莉泽尔说，她在希腊的屋子拥有七个阳台。莉泽尔曾在德国影业公司工作，她的屋子如同电影背景，高耸在一个希腊岛屿的山顶上，在她屋里瞭望爱琴海，可以看到壮丽的景色，激动人心。希腊人认为她像德国人，对任何事情都认真较劲。她嘀咕风把垃圾刮到她的地盘上，她拾掉从空中飘落到她七个阳台上的每样东西，哪怕是一颗橄榄。"它们弄脏了白色的涂料，你认为我疯了，等着瞧，等你有了自己的屋子，它将成为你的情人。"

她说得不错，我的屋子成为了我的至爱。当我驾车外出旅行时，会转过头来看它，心中充满难舍之情。当我回来的时候，一见到它的远影，心就会怦然而跳。任何墙上的刻痕，地板上的裂缝，卷翘的油漆，都会引起我的局促不安。装饰屋子是我的乐趣，家具要像卡洛塔女皇使用的，油画要像凡尔赛宫里陈列的。不像有些人，他们买一幅画来和一张长沙发匹配，我为家具装上和油画相配的套垫，给它们穿上宝石色调的舞会袍——象征皇室的蓝色、柠檬黄、宝石绿。就像安赫尔·罗德里格斯·迪亚兹油画中华美的丝绸和壮丽的天空。不管怎样，只要我的情人想要的，都不算太奢华。

用什么颜色来油漆如此一个美人的外表？米黄色？白色？四季青？对不起！我考虑用墨西哥粉红，考虑用希腊钴蓝，也被那种令人欢快的加勒比海木瓜色和四十年代的海蓝绿所吸引。但是最终，一帧印度屋的照片给我带来灵感，我决定为我的住所漆上恬静宜人的长春花颜色。长春花的色彩非常漂亮，我曾经在墨西哥看到过这种颜色的屋子，不过在那里人们称长春花为蓝花楹，长成树木之后，它们暴出的花朵，就像瓦斯的蓝色火焰。

一座屋子，它本身的特征就决定它自己的名称。我曾经想给我的家取名为"洼草棚屋"，但是不管我怎样苦思冥想，它还是不能被称为"棚屋"。社区和当地的流言蜚语把它称之为"紫屋"。"紫屋"，我看这个名字倒不赖，虽然它比一般意义上的紫色要雅淡一些，是一种淡紫色：犹如早晨绽开的牵牛花，犹如工作衫在得克萨斯严酷的正午阳光下褪了色的蓝，犹如白昼被黄昏消融时，悸动着的紫外线。

提到紫屋，它又使我想起另一座屋子，弗里达和迪戈的蓝屋子。虽然我赞赏弗里达的屋子，还有弗里达的绘画，还有弗里达的服饰、家具和小饰物，不过，我不赞赏那个殉道者似的弗里达；相比之下，那蓝屋子太过肃穆，我的屋子比弗里达的蓝屋更有童趣，我爱它的疯狂；说些悄悄话，大家跳跳蹦蹦地嚷嚷着："哇！哇哇……"我爱它的快乐，它的奇趣，它的创意。起初我没有意识到它是那样地激励着我，直到后来我对我的屋子做了一番认真的审视，它的一个个壁龛，一只只上面摆着石膏圣徒和陶土妓女的食橱，它的放置墨西哥小摆设的架子，它那种高雅艺术和低俗艺术并置在一起的幽默感，它那种歌剧风格的夸张和半开玩笑的放浪。

我说我家里的装饰风格，是受到特里·伊瓦拉那些热烈的静物写生画的启发，而她反过来说，是我的祭坛激发了她的灵感。

瓜达卢佩圣母和佛像挤在一起,前哥伦布时期的夸特里姑女神放在康丁法拉斯的玩偶旁边。芒果色的墙边是韦拉克鲁斯的粉红色。

"让我们想象一个文学沙龙,在三十年代的墨西哥,"弗兰克·蒙蒂尼-鲁伊兹说,"让我们想象这是某个人的家,在波弗里奥当政时期他很富有,但是在革命中又丧失了一切,幸存下来的只有几件家族相传的遗物。让我们想象,艺术家彻绸·瑞斯的客厅,德洛丽丝·戴尔里约的洗手间,埃米利亚诺·萨帕塔军营的餐厅椅。"我们笑着,开心地去创作一些小花饰,布置家具,来讲述故事;我们彼此谈及自己母亲的屋子虽然凌乱,但它们是怎样激励我们,又是怎样令我们刻刻萦系在心。"我母亲什么都珍藏!""不,我母亲才是珍藏每一件东西,我不是告诉过你我母亲,还有她那多得没法数的奶油包装盒?"

我母亲和父亲身上的某些东西也影响了我看屋子的方式。母亲瞒着来自墨西哥城爱摆绅士派头的父亲,到廉价商店搜寻好的物品。我父亲则从他的家具装饰店里,把设计师专门设计的高级织物带回家,这些优雅的面料是他为高档的北岸主顾装饰家具的多余之物。用它们,我们重新包装了从廉价商店买来的家具,让我们的生活有了新意,虽然有时候由于面料不够,无法面面俱到。父亲动手,用质地高雅的织物面料覆盖前面,背后则用其他普通的材料。可以说,他的做法超前了他所处的时代。

你可以看得出来,我一直都很穷;我过度美化我的身体和我的家。我拿我的屋子做文章,我也拿我的艺术品做文章。也许是心理学上说的"过度补偿"吧,从一些屋子和一些像我这样的人身上,我认识到了这一点。一座屋子对我来说是一个重新塑造自己的空间,好比穿上一件新衣服。

曾经，真的有过这样一个修女，她经过芝加哥我们居住的那座用赤褐砂石建成的屋子，简直不相信我住在这丑陋的三层楼公寓里，那时我正在屋子前面玩耍。那地方是个垃圾堆，一张褪了色的"喝福克斯·赫德啤酒"的广告纸，一边已经剥落开来。你能看得出这建筑曾经很壮观，壮观得足以被翻整一新。但那需要很大一笔资金，我们居住的这个社区，将因伊利诺伊大学的扩建而不复存在。从此，我纠正了一个误区，我明白有些事情无关我们自身的价值观，而是因为房东对我们的忽视；我也得以明白，即使是最糟糕的屋子，它们被一些无力拥有它的家庭租用，虽然年久失修而又肮脏恼人，但是它们有时候也可以显得骄傲无比。住户会在一只猪油罐里插上大量鲜花；在一扇窗上布满令人欢快的万圣节装饰品；虽然那扇破败的纱门悬挂着，像是脱了臼的下颌，但是满屋亮着圣诞节的彩灯。我们可能贫穷，但是有一点我敢肯定：那就是我们有我们的骄傲。

我生活在这样一种夸张的骄傲中，被逼着用清洁剂擦洗楼梯井道。可以理解，为什么在狭小的房间里，我们这些墨西哥人连关节都在散发着清洁剂的气味。"我们可能是贫穷的，但可以肯定，我们清洁无瑕。"

贫困总是背负肮脏的污名，这就是我为什么迫不及待地搬进我自己的家，那里到了晚上，墙壁上不会闪现蟑螂油亮的身体，老鼠的影子也不会在地板上穿梭。可以想象，当我在我的新家看到蟑螂，在阁楼上撞见老鼠，我是多么地吃惊。没人告诉过我，我一点都不知道会是这样。我把蟑螂、老鼠和贫困联系在一起，它们的民主在这里大行其道，这世界难道不令人惊奇？

在托雷斯塔科港，隔着桌子上的墨西哥贝壳面汤，一个圣安东尼奥的建筑师问了这样一个问题:"墨西哥裔美国人的审美趣味是什么?"他试图将私人的墨西哥住宅转化为公共建筑。墨西哥裔美国人的审美趣味是什么?我想了想,然后回答:"多多益善。"

我的朋友,已故的丹尼·洛佩斯·洛萨诺曾经是店铺"瓜达卢佩之屋"的主人,他用这种"多多益善"的审美情趣激励了整个艺术家社区。谈到时尚,多多益善不仅是丹尼的装饰方法,而且是他的生活方式,是那些出身贫寒,需在一个新高度重塑自己的人的生活方式。但是,多多益善不单是一个多的问题,而是可以比较的多,换句话说,可以形成对照。就像我母亲的瓷器橱柜,里面不仅安置了珍贵的英国茶杯,还放了瓷器小飞象。一座屋子像是一个多层蛋糕,像是挖掘了九次的特洛伊古城,是你一生所有得到或收到的东西。

有时候,我会因为我收集的东西之多而深受困扰。在一次旅行,离开长久之后回到家里,我眼中看到的竟会是一片杂乱无序的景象。于是,我立刻发誓不再购买收藏品,我开始把东西卖出去,或者把它们打包藏起来。我又用更多之前我藏起来的小装饰品来取代它们。多多益善,"太好了"!

我没有要成为一个艺术收藏家的想法。我的艺术品数量甚至超出了我的墙面容纳能力。但是一个人怎么能够停止对快乐的追求,尤其这快乐唾手可得?在圣安东尼奥,艺术品非常便宜,甚至只是一幅带框海报的几分之一。特别是,如果你有眼光,像丹尼·洛佩斯·洛萨诺那样,能看到别人看不到的——一束用铝箔做的玫瑰,祖母时代古意盈然的念珠,一架用百威淡啤酒罐做的小飞机。

艺术存在于穷人家的屋子里,在对色彩和生命的最本质的感悟中,在用废旧之物创造而成的艺术作品中,在轮胎制成的花盆中,在带缺口的被虔诚的吻弄污了的圣马丁德波莱士的雕像中。我们不需要变成洛克菲勒才能看到它,或者,也许我们需要一个洛克菲勒,一个有权势的白人,来举起它,让我们大家从我们生活的尘埃中惊奇地抬头仰望,并说:"多美啊!太好了……"那是你的艺术。

有很长一段时间,我买不起任何收藏品,我也失业不起。但是,一九八二年我赢得了一项奖,我能够用奖金来旅行。我夏天住在普罗温斯敦,写我的《芒果街上的小屋》。那年的整个夏天,好像每家商店都有艺术展示,其中有一个有特色的木雕系列。我对它们看了又看,我认真地看。它们让我想起一些我熟悉的事情。在这位艺术家的生平事略中,谈到她和墨西哥艺术家一起从事研究,从这一点我找到了共鸣。我特别被一件名叫"月亮上的女人"的木雕作品所打动,它标价七十五美元,要七十五美元!我身上有七十五美元。"我应该买吗?"记得当时我问我的室友和最好的朋友丹尼丝·马蒂斯,"买。"丹尼丝说。这是我第一次购买艺术品,现在,我仍然爱着这"月亮上的女人",一如我第一次看到她时。因为她体积小,她跟着我一起旅行,去了我居住过的大多数城市。

并不是所有我买的东西都很匹配。我曾经和一个诗人朋友到圣安东尼奥的一个画廊去,她说服我购买某件我后来放弃的东西。因为我已经学会相信自己对爱的直觉,不论是对一幅画或是对一个人。你不能因为别人怎样说而去爱一样东西。如果你爱上一件你看到的东西,它会吸引你回去,那么,跟着这种直觉。这就是那时特里·伊瓦拉卖给我第一幅静物时的情景。她不急于出手她的艺术品，记得我问她，她的叫价是多少，她想了一会儿，画笔举在半空，然后说："二百五十美元。"她没有意识到我在做心算。"二百五十美元！你收定金吗？"真幸运，她收了定金。

从那以后，我遇见了很多艺术家，他们大多数成为我的朋友，他们全都收取定金，有时候他们手头拮据，以致无力支付房租，我甚至在他们动手创作之前就买下他们的作品。有时候买一件艺术品意味着用一种适当的方式借钱给他们，因为如果你借钱给他们，你可能再不会看到有还钱的时候，但是一件艺术品是他们能够给予你的最好的东西，来帮助他们走出困境。很多时候，这也意味着我怎样和他人分享我的成功，我赢得了一项奖金，我在这里消费，用在本地的艺术家身上，使他们能够继续住在圣安东尼奥，为艺术创作购买更多的原材料，制作更多的艺术品，去买墨西哥玉米卷作早餐，去维持他们的生活，所以我就一直这样做下去，就是这么简单。

我感恩身边有这些艺术家朋友，是他们提升了我的生活品质。丹尼·洛佩斯·洛萨诺经常说："我们活得像是百万富翁。"他说得对，我们确实活得像是百万富翁，即使这时我们口袋里掏不出五个美元。那就是为什么有时丹尼会用最精细的瓷器，用莱丽卡水晶，用亚麻桌布和餐巾，用从对街空地花树上偷摘的枝丫来装饰桌子。即使我们正在吃教堂布施的炸鸡，我们活得像是百万富翁！

我觉得难以理解的是，在这里，在这个画廊里，一件艺术装饰品，它在一片狼藉的客厅里，和在我试图使之精致完美的客厅里竟是同样的。富人喜欢让人看上去他们像穷人，而穷人却希望活得像是国王。

我在弗兰克的无限神物购买及用法国面料重新装饰的二手家

具，使我想起附近陈列室里仿造的玛丽·安托瓦内特的卧榻，还有我阿姨们的卧榻，她们用剩余的面料重包椅面，再覆盖一层塑料，防止孩子们的肆意糟蹋。

意识到自己的贫穷，让我对和我同样贫穷的艺术家深为理解，他们贫穷，但受过教育，所以有更高的品味，在我看来，高过那些富人。富人拥有的仅仅是财富，但是，他们缺乏想象力。

我的艺术家朋友是贫穷的，但是他们不乏才能和教养。因此，他们注定会活得像百万富翁，享有追求生活的快乐和痛苦，那就是热情。他们勉强糊口，几乎没有健康保险，没有固定的薪水，但他们做自己喜欢做的事情，他们投身于能够为他们带来巨大精神满足的事情，他们服务于诸多委员会，他们为社区的集市做义工，他们为有意义的活动捐赠艺术品，他们的慷慨几乎到了发傻的程度。

那天晚上，为庆祝紫屋胜利，在阿卡普尔科汽车旅馆举行派对，我听着贾妮斯·德拉腊动人的清唱，我意识到我们的生活确实非常丰富多彩，它被赋予了美，赋予了精神内涵。"我们活得像百万富翁！"丹尼会这样说。不，丹尼，我们过着最美好的生活，艺术家的生活。

22 | 给父亲的亡灵节祭品

这个故事虽然于一九九七年十月二十六日首次发表在《洛杉矶时报》上,又于同年十一月二日重刊于《圣安东尼奥快报》,但它的写作不是因为约稿,而是出于自身的意愿。与此同时,我在家里为我父亲设立了一个祭坛,因为这是父亲逝世后第一个亡灵节。以后,当母亲的时候到了,我会为她写一篇祭文并设立一个祭坛。写这篇故事和设立祭坛出于同样的目的:滋养我的心田,澄清一些理念,以及顺应变化。其时,我的心灵濒临枯竭。

"Mi'ja(米哈),是我,醒了之后打电话给我。"这是一条我朋友何塞·拉拉留在我电话录音里的信息。当我听到"mi'ja"这个词时,一阵疼痛挤压着我的心。父亲是唯一这样称呼我的人,因为父亲刚刚亡故,这个词不由得使我悲从中来,我的心中满是苦楚。

"Mi'ja",来自西班牙语"mi hija",字面意思是"我的女儿",

然而翻译成"女儿"或"我的女儿",似乎都显僵硬而笨拙。因为完全失去了"mi'ja"这个词的亲密和温暖。可能译为"我心中的女儿"会更好一些。不过,也许"我爱你"是更为贴切的翻译。

由于父亲的过世,把我和我的另一个自我,以及另一种语言联系起来的纽带被割断了。西班牙语把我和我的祖先捆绑在一起,特别是我的父亲,他生在墨西哥,因为服役于第二次世界大战而成为美国公民。我母亲是墨西哥裔美国人,她跟着父亲学会了西班牙语,我也是这样。从此,用这种语言所说的每一个词,都永远和他有着扯不断的关联。难道每个人都能有一种个人化的语言?也许所有的语言都是个人化的,也许都不是。

我父亲讲的西班牙语带有一时一地的独特性,它消逝了,而那个时代的男人也消逝了,或正在消逝——拿着锤子和鹤嘴锄的堂吉诃德。当我说西班牙语的时候,我好像又听到了我父亲的声音。好像他还活在这种语言里,而我成了他的化身。我说过时的习语,那是他所在的世界的一个组成。"Te echo un tele-fonazo. Quiúbole. Cómprate tus chuchulucos. ¿Ya llenaste el costalito? Que duermas con los angelitos panzones. (你挂电话吧。喂,去买你的糖果。小袋袋装满了吗?快鼓起小天使的肚子去睡觉。)"

父亲的西班牙语封存了一些东西,就像一只被密封在琥珀里的蜘蛛。虽然那一时那一地被冻结了,再也触摸不到,但我可以把琥珀举到眼前来看,让整个世界变得更加金光灿烂。墨西哥西班牙语中固有的一种宇宙观是,事物无论大小,都是神圣和有生命的。原有的本土语言可能消亡,但是本土的世界观不会,这种感知力被化入我书写的英语之中。

作为一个作家,我继续分析和思考文字对我的强有力的影响。

一直以来，让我着迷的是，我们这些生活在多元文化和多重地区的人们，难逃童年时代所讲语言的魅力。在一个你深爱的人去世之后，你的知觉会变得过分敏感，也许那就是为什么我会在一个房间里闻到我父亲的古龙香水味，而其他人闻不到，为什么曾经想当然的词，突然有了新的含意。

当我希望和孩子、情人，或一只小小的宠物讲话时，我用西班牙语，一种充满爱和如此熟悉的语言。这种亲近的感觉，只有我母亲家里煎玉米粉薄烙饼的香味能够和它媲美；或者当我拥抱我的兄弟时，他们的那种头发气味，有点像阿尔贝托 VO5 香波。提起这些，几乎让我想要不顾一切，哭泣起来。

生于我们之前的我们祖先的语言，牵涉到我们身上的一个核心问题，即我们是谁？并引导着我们的终生事业。我们有些人迷失了方向，和这种最基本的智慧和力量割断关系。有时候，我们的父母和祖父母会遭受现实社会的很大伤害，因为讲本土语言而被人诟病。于是他们想，可以通过只教我们讲英语，来避免那种仇视。如此，我们这些人活得像是一群俘虏，失去了我们的文化，没有根基，永远像个徘徊不定的幽灵，心中还扎了根芒刺。

我父亲生病的时候，我看着他在我眼前一点一点地消融，癌细胞每一天都在侵蚀他的身体，改变他的面容，好像他正在从内部开始破裂粉碎，逐渐变成一个糖骷髅，一种亡灵节置于祭坛上的供品。我是个浅睡者，我的任务是守夜，父亲在夜里总要醒上好几次，因为胆汁上涌而喘不过气来。我会赶快拿起一个腰子形状的碗贴在他嘴唇下面，等着他呕吐完毕。他身体的疲惫和衰竭让人难以置信。当他结束，我用一块冷水毛巾为他洗脸。"Ya estoy cansado de vivir.(我活得好累。)"父亲喘着气说。"Sí, yosé.(是，我知道。)"但是,人体的凋零需要时间。从那时候起我就不停地说服自己,生病就是要让人学会放下,活着的人要让行将离去的人走,而垂死者希望尽快撒手人间,去他们必须去的地方。

每当人们谈论死亡,总是强调这是一个不可避免的损失,没有人提到随之而来的另一种精神慰藉。当你失去了你的至爱,你突然有了一个心灵上的伙伴作为你的依傍,另一方面,这也是一种始终伴随着你的能量,只要你呼叫他们的名字,它就会出现。我知道我父亲在守护着我,比他生前所能做的更彻底周全。他活着的时候,我必须打长途电话,了解他在做什么,怎么样了,如果他不在看他那没完没了的浪漫电影肥皂剧,他会和我通话。可现在,我要见他很简单,只要在心里轻轻召唤:爸爸。立刻,我感觉到他在我的身边出现,使我安静下来。

我知道,这样说有点矫揉造作,像是虚假不实的新世纪怪论,但是它确实是旧时代的传统,如此古老,如此奇妙,饱含着何等的智慧,使我们不得不去重新学习,因为错误的教育误导我们,把它定位为"迷信"。因为我自己母亲的愤世嫉俗,我必须去重新找回我祖先的灵性。所以,隔了一代之后,它又回到我的身上,我学习,但是我不会忘记我的某些记忆,不会忘记我的细胞里,我的基因里,我的掌心里,都流着和我祖先一样的血液,它们有着共同的构成。这些东西也可以在我读到的文献里找到,有关瓦哈卡伟大的预言家玛丽亚·萨拜娜·加西亚。

有时候,一个词能够被翻译成不止一种意思,看世界也是如此,是的,甚至是一种接受不同意见的方法,包容其他你可能认为并不美好的事物。例如"urraca"这个西班牙语单词,它的意思不单是"美洲黑羽椋鸟",而是看黑鸟的两种方法,一种是看到它们"歌唱般地鸣叫",另一种是"喋喋不休地聒噪"。又如"tocayo",意思是"和你同名的人",因此,可以引申为"你的朋友"。又如表达美丽意思的西班牙词"estrenar",它的解释是"第一次穿新衣服",而在英语里没有词汇表达这种穿新衣时的激动和骄傲。

西班牙语为我提供了一种审视自己和观察世界的新方法。对于我们这些生活在大千世界里的人,我们在宇宙天地间的职责是,在这个混乱的转型过渡期里,帮助别人看到他们眼力所看不到的东西。作为具有二元文化背景的公民,我们的工作是帮助别人去树立远见,实现梦想,以多种渠道帮助我们所有人认清自身的困境,去创造性地排除困难——否则我们全都会因麻木而消亡。

当你看到一具骨架的时候,它对你是意味着什么?解剖学?膜拜撒旦?重金属音乐?万圣节?或者,也许它代表——死神,你是我的一部分,我认识你,我的生命里含有你,我甚至把拇指放在鼻子上鄙视你。在今天的亡灵节,我对我的祖先表示敬意,追忆那些已故和先我远去的人们。

我想到了阿马里洛那两个勇敢的妇女,她们因为讲西班牙语而失去了工作。我对她们雇主内心的恐惧感到惊奇。她是认为她们在议论她?她不理解说另一种语言是另一种理解世界的方式,是一个人在家里和别人谈话的方式,是对你的倾听者说话的方式。她们是在说:"我认识你,我以你为荣,你是我的姐妹,我的兄弟,我的母亲,我的父亲,我的家人。"如果她学过西班牙语,或任何其他语言,她会承认:"我爱你们,尊重你们,我爱用你们喜欢的语言交谈。"

在这个亡灵节,我供上了祭品,向我父亲的一生表示敬意,向所有从世界各地来到一个新国家的移民致敬,他们怀着巨大的希望和恐惧来到一个新的国家,用他们的母语将自己和心爱的祖国紧紧拉靠在一起。在我看来,现在,我父亲就在那些最为生气盎然的东西里,用它们的美丽、温柔和爱,在对我说话,或想要对我说话。在我厨房桌子上的一碗橙;为了庆祝亡灵节,插在罐里带有浓郁香味的万寿菊;播放着的阿古斯丁·拉腊的波列罗舞曲《法洛里托》的旋律;夜空中布满的水汪汪的星星。"Mi'ja",它们在呼唤我,我的心中溢满了欢乐。

23 | 给我一丁点你的爱

我不是一个能自如应付约稿最后期限的作家,它让我头痛,但现实就是如此。我很钦佩那些新闻记者,在世界发生各种事件之际,他们能不失时机地拿出一个故事,表达他们鲜明而独特的观点。比如,埃莱娜·波尼亚托夫斯卡,斯塔兹·特克尔,爱德华多·加莱亚诺,阿尔玛·吉列尔莫普列托,加夫列尔·加西亚·马尔克斯。但是,我不属他们那类,有时人们跑来问我:"为什么你不写有关……"我无法解释我的写作过程,我只知道当有了一个主题,我能做的就是努力,但是我无法给出保证。"这就像捕鱼,"我解释,"我能够早起,修补渔网,准备好船上的器具,把船划到一个多鱼的水域,但是我不能保证我能抓到鱼。我只不过是个渔夫,不是鱼的造物者。这是一个等待的问题。"所以,当这个故事挣扎在我的鱼钩上时,我惊喜地收绕钓线,心存感激看到它发表在一九九八年二月二十二日的《洛杉矶时报》上。

去年我父亲逝世的时候,我的心也部分随他而去。我的父亲,那个极易感伤的傻瓜,爱我兄弟和我爱到超越极点,是那种洛可可式狂热,精致细腻完全像阿拉伯花纹,甜美如螺旋形糖果,又像他爱唱的那首浪漫的墨西哥波列罗舞曲一般,又可爱,又傻气。"只要给我一丁点你的爱,只要给我一丁点你的爱,仅此而已……""我那个时代的音乐",父亲会骄傲地说,这时,我几乎能够闻到栀子花和特雷斯·弗洛尔斯发油的气味。

在父亲去世前,凡安慰那些居丧的家属,纯属真诚,我会脱口而出:"Lo siento.(我很难过。)"但是由于父亲的死,我进入了博爱的大家庭,我和所有逝者及他们幸存的家人心心相连。我说"lo siento",意思不再仅仅是"我很难过",同时也是"我感觉得到"。

Lo siento,因为他的死,我对生活的感受更为强烈。

我父亲,诞生在以鹰蛇为标志的墨西哥国旗下,死时,作为一个参加过二战的美国老兵,身上覆盖着星条旗。像大多数移民一样,他极度爱国,努力工作,更忠于家庭。然而,我却常常觉得父亲活得不值,认为他不属于"历史",也不是那些政客在高谈阔论中所界定的"美国人"。

在这个节假期,我特别思念父亲。一九九七年圣诞节的前一天,四十五名手无寸铁的玛雅平民,在恰帕斯州安哥提耳的一个小教堂做祷告时被杀,其中有二十一名妇女,十四名儿童。墨西哥总统大为震惊,信誓旦旦地承诺要将责任者绳之以法。墨西哥人民不是傻子,每个人都知道谁该负责,但是,又难以让墨西哥总统引咎辞职。

我知道恰帕斯的惨案和我身处的美国有关联,我知道屠杀意在把当地土著从他们的土地上赶走。因为虽然这里的人民贫穷,但土地却肥沃富饶,政府对此很清楚。而墨西哥的债务造成了我们的高标准生活,军事力量的参与是镇定美国投资者的必然之举,这种论调重复了一遍又一遍,最后有了这样的结局。

我从我圣安东尼奥的家里,反反复复地思考这所有一切,就像一个挠不到痒的痒症患者那样焦躁不安。对于这一系列事件,作为一个作家,我的责任何在?作为一个来自混和种族的妇女,作为一个在几个国家住过的美国公民,作为一个墨西哥人的女儿,我该怎么办?父亲,告诉我,帮助我,为什么你不?你听到吗?我感觉得到,我在寻找答案。在圣诞节,我心中的呼号仍在继续,犹如钟声回荡。

在父亲家里,因为我父亲就是一个这样的人,他不断地招呼:"喂,我的朋友!"所以我们的圣诞晚餐是个全球性的盛宴,它只和历史、友谊、尽量享用美食有关,至于种族的差异,被置于一边。我们的节日就是这样一种独特的多元文化组合,也许只有像芝加哥这样的城市才会有:品种丰富的美味食品,来自我们自身的家庭、姻亲、不同族裔的邻居,以及父亲家具装饰店里各种文化背景的雇员。

这一天,在我们家举行了一个独特的圣诞晚餐,其中包括一流的玉米粉蒸肉,这道印第安人的美味佳肴让我们回到被征服前的墨西哥。对我们这个家庭,二十五打是必须有的,有最受欢迎的红粉蒸肉、鲜绿粉蒸肉,还有专门给孩子们吃的,放在罐子里的粉红色甜粉蒸肉和葡萄干。有时候它们是母亲在炉上自制的,母亲总喜欢说:"这是最后一年,我再也不做了。"但更常有的是,她事先向某些不厌烦做这类事情的人预定,最近是找的一位女士,她是位粉蒸肉的烹饪高手,在北大道上用一辆手推式货车经销商品,摊位就设在名叫"屠夫希门尼斯"的店铺前面。

父亲每年大显身手的是他最拿手的鳕鱼——原汁原味的西班牙炖鳕鱼,只见父亲从容若定地站在灶边,就像一个电视烹饪节目里的大厨:"去拿一只碗来给我,给我一条围裙,你们谁去拿些土豆来,先把它们洗干净,快给我那把刀和砧板,洋葱在哪儿?"

每年这个时候,我们简直被宠坏了,我们期待着,并得到一个放着自制半圆形小酥饼和波兰香肠的圣诞节托盘,有时候是我嫂嫂家——塔哥恩斯基斯家族——的馈赠物;有时候来自父亲的波兰女裁缝,她几乎一句英语都不会说。我们还有牙买加肉饼,这可算作达里尔的遗产,他是父亲的家具表面整修师,但是去世已久。最后,我们的圣诞晚餐还有富丽堂皇的意大利风采,来自我们老泰勒街社区的费拉拉面包店。想象一下,如果一尊蛋糕看上去竟像梵蒂冈,该有多么辉煌壮观。自从我三年级起,我们就吃费拉拉面包店的酥油点心。

但这不是诺曼·洛克威尔画笔下的正式家宴。我们饿了就吃,或是嘴馋了就吃。当我们饥饿的时候,或者毫不夸张,对"眼前"的食物充满渴望的时候,我们便大快朵颐。砂锅在炉灶上一整天地冒着热气,微波炉随时会嘟嘟作响。一般是从一盘作为甜点的奶油甜馅玉米饼开始享用,这时也许你旁边有人正要结束早餐,那是中间夹着玉米粉蒸猪肉的法国条形面包,是一种介入法国元素的跨国创新。

我们的餐桌上体现了历史,倒霉皇帝马西米连诺的法国面包,美洲阿兹特克人的玉米粉蒸肉,我们安达卢西亚人食谱中的鳕鱼,我们在社区进进出出,我们是芝加哥相互对立的社区的褐色通道。最后展现的是异族联姻和父亲雇员们的历史,他们爱我父亲,带来一盘他们自制的佳肴和我们家分享,虽然我们的国家没有什么东西可以分享。

四十五名平民在安哥提耳被杀的时候,我父亲已经过世。我读报纸,这伤亡的人数在我心中挥之不去。在我们国家,有一半以上的墨西哥裔孩子从高中退学,那可是一半以上的数目!而我们的政治家优先考虑的是建造更大的监狱。我所居住的州,被判死刑的人数高于世界上任何地区。阿拉莫高地,是我们城市富有的白人街区,从一年级开始就把西班牙语定为第二语言,然而其他地方,立法者推翻对讲西班牙语儿童的双语教育。在离开我家两小时路程的地方,美国军队在那里建立军营,名义上是对付盗贼和毒枭,但是,我不傻,我知道他们意在防范何人。我感觉得到。

在节假日中,我参加了一个拉丁裔领导人会议,我不知道对这样一个聚会,我能期待什么,但我知道,对安哥提耳发生的惨案,我不想沉默着避开。至少,拉丁美洲人的社区要坚定地表态,这四十五个人是我们的家人。

"就像是一个家族。"一个亚利桑那州政治家对我解释,"不过在理解上,对你可能是父亲,但对我,是个远房表亲。"

要求我们的领导者站出来,这太过分吗?

"你太急躁。"一个拉丁美洲裔女性对我说,我甚感吃惊的是我居然没有反驳。狂野的卡拉 OK 音乐开始响起,一个奇卡诺电影制片人开始说教:"该玩的时候玩,该愤怒的时候愤怒。"他在那里滔滔不绝,我不得不把泪水往肚子里咽。那永无止境的一刻终于过去,最终他用这句话来结束:"你知道你该做什么,不是吗?"

我心中忽有所悟,我确实知道我必须做些什么。

我要讲一个故事。

当我的兄弟们和我上大学的时候,母亲认识到投资房产才是解脱我们经济困境的有效途径,她的计划是谨慎的:在附近购买一幢须修缮的廉价房子,这有望给我们带来收益。在搜寻了数月之后,母亲终于找到一幢我们买得起的破旧建筑,在一条大街上,带有一个可作父亲家具装饰店的店面,上面还有两间可供出租的公寓,用以支付屋子的抵押贷款。终于,我母亲成了一个体面的女房东。

不多久,住在三楼的那家租户就开始拖欠房租,这并不是什么昂贵的公寓,才一百美元,不过得在每月第一天支付,他们总是短缺五或十美元,交房租的时候承诺说,在下次发薪水的日子把余额补上,他们并不食言。每个月都是如此:承诺房租不足数的那几个美元到下个周五支付。

母亲很讨厌被人看作处境优越。"他们该是认为我们有钱什么的吧?我们不也是两袋空空?"她要父亲去催讨,而父亲其实是个和事佬。母亲说:"你去告诉那家人,我受够了!"

于是父亲去了,只片刻工夫就回来。"我把事情搞定了。"父亲宣称。

"已经解决?怎么可能?你怎么搞定的?"

"我减低了房租。"

母亲要想大发雷霆,可是被父亲的一句话止住了。"可记得十美元对我们是一笔大钱的日子?"

母亲沉默了,似乎想起了什么令她感动的往事。有谁会想到父亲有这样的天赋才能?他并不是一个天生的聪明人。但是他始终激励着我,以至现在我能用以前从没意识到的方法去创新。

我不想言过其实地描述父亲,他不是甘地;他过着一种让不同于他的人看着感到恐怖的生活，他从不阅读报纸，而且他天真到相信历史就像电视里讲的那样。正如母亲时时提醒我的，他根本不是一个完美的丈夫，但是他善良，在某些方面是不同凡响的。他是一位了不起的父亲。

也许我看过了领导者的错误领导，也许这新年伊始需要一些令人惊异的不中听的理念，奇离而富有才情的，就像我父亲那样，他的慷慨教会我去放宽我的胸怀。

也许是到了削减房租的时候。

"给我一丁点你的爱……"从那个时候直到现在，每逢新年这首歌就会在我脑中回荡，我的父亲一直不停地唱。我感觉得到。

宇宙间的各路神明，你们都在我们心中，和我们同在。至少给我们一丁点你们的爱，给我们一丁点你们的爱，仅此而已……

24 | 爱德华多·加莱亚诺

我受邀为爱德华多·加莱亚诺再版的《爱情与战争的日日夜夜》写一篇序言。我要介绍的加莱亚诺是谁？加莱亚诺享誉美洲内外，两次被放逐，先是从他的祖国乌拉圭被驱逐，然后因为他政治性的写作，被阿根廷驱逐，他写《日日夜夜》的时候，作为难民居住在西班牙。委内瑞拉总统乌戈·查韦斯送了一本加莱亚诺的著作《拉丁美洲被切开的血管》给贝拉克·奥巴马总统，想必意在让美国站在另一个美洲的角度来看历史，并对那些以前不知道加莱亚诺的人振聋发聩。苦苦思索了这项任务之后，最终，我觉得介绍这位作家的最好办法就是写一些小短文，这是加莱亚诺本人喜爱的形式，是他给了我灵感。就在写这篇介绍的一九九九年，蓝南基金会颁发给加莱亚诺自由文化奖，表彰他"对推动人权的自由想象、自由探索、自由表达所做的非凡而具有胆识的工作"。

当这本书即将问世之际，加莱亚诺于二〇一五年四月十三日去世。

我曾经和一个我引以为师的人相处,虽然没有接触过多少次,而且总是非常短暂。在波士顿我们分享一个舞台,它是一座老剧院,与林肯遇刺的地方相似,那里没有麦克风,就是有也恐怕是坏了的。我必须大声喊叫才能让人听到,所以我读稿子的时候好像带着愤怒,这是唯一的办法。潜意识里,我总觉得爱德华多·加莱亚诺就坐在听众席上听着我,这个想法几乎使我全身血液凝固。

一九九一年春天,我在阿尔伯克基教书的时候,有人问我是否能担任你那天的陪同。你想去阿科马,需要一个驾车人;你不驾车,而我不喜欢驾车,但是如果你要求我驾车送你回乌拉圭蒙得维的亚的家,我会说,好的。阿科马是建在平顶山上的神秘城市,只须直线西去。可怜的爱德华多!整个旅途我喋喋不休,简直像只猴子。你想必是筋疲力尽了,我知道,听的疲劳远胜于讲的疲劳。

我相信,一个人遇见某些人,某些事或某些书籍,都是必然的缘分,它们会在你人生的某个时刻准时出现。你的来临如诗人乔伊·哈尔约所称,是由"巧合圣人"送来的,也是这圣人在一九八七年首次将你的著作《火的记忆》引向我,那也是我想死并死过的一年,但是,神圣的上帝拯救了我。

前一次的相遇,是在一个售书签名活动中,只是时间极为短暂。队列蜿蜒,缓慢前行,就像格兰德河在懒懒地流动。当你终于进入我的视野,我明白了为什么会这么慢。你和每个人说话,真的是每一个人。不是喋喋不休的唠叨,而是真诚的对话。在你的名字旁边,你画了小小的图案:一只猪和一朵雏菊。你拥抱他们,有时候甚至用吻来致意。

回溯到那时,我犯了一个把书和作者混淆起来的错误,只有天真无知的人会这样。当我今年再次遇见你的时候,我很高兴可以向你报告说我变聪明了。

这本书是我们最高潜能的总和,而我们这些作家,唉,简直就是一堆草稿。

这次我们花了一整天时间,像玩寻宝游戏似的在城里周游,购买各种你受托带回蒙得维的亚家中去的物品。其中你想要的一件东西把我给逗笑了——可伸缩的皮纳塔彩罐,能把它压扁了方便携带,然后又能拉开往里塞进东西。你很肯定,如果用心寻觅,我们定能找到。我不忍心告诉你,这种东西是没有的,除非在诗人和发明家的脑袋里。

当我读你的作品，我发觉，我最大的感触就是无法弄清楚自己是在读哪一类书。是历史？如果是，对我而言它就是最好的那种，充满随意性的闲谈和精彩的故事。你的书读来像寓言、童话、神话、诗歌、日记、杂录，但显然，不是平淡乏味的历史写作。于是我明白了，你是一个杂技演员，爱德华多，你是一个讲故事的人。

你有一张购物清单，我们去了一家我最喜爱的老店。在那里你什么也没买，你看着我购买每一件东西。我们又在一家超市驻足，给你买了几罐胡椒带回家去。还买了些邦迪创可贴，你注意到有荧光的便利贴，我们也买了一些。我们赶来赶去，为你的孩子寻找他们想要的激光唱片，为你的代理人寻找龙舌兰酒。又去找了一个裁缝为你的牛仔裤镶好边。我们在一家名叫"Taqueria No Que No"的墨西哥餐厅吃玉米卷饼早餐。

这是你自己承认的，你称自己为年代史编者，但是这没有说出具体做了什么，对于像我这样的作家，你给了什么。我们交流写作如何超负荷的心得，听到其他人说构想一个句子、一个短段是如何艰难费力，得反复写上三四十遍，对我是一种巨大的安慰。听你说写每本书都觉得更难了，这让我勇气倍增，因为你在不断挑战自己，每完成一本书你的标准就随之提高。

接着我们在卡兰萨肉类市场停下,为了购买兼有墨西哥和美国西南风味的烧烤。铁路从街上横穿而过,让你觉得有趣。"多么诗意的公正。"你说。萨帕塔主义者炸毁铁路让墨西哥总统卡兰萨头疼,而现在,这里,横穿马路的铁路又在折磨他的子孙。

当我注视你的时候,我在想你是怎样做到的,在经历了所有这一切之后,依然保持做人的尊严?经历了如此多的离别和如此多的磨难之后,留下的还有什么?这么多的痛,这么多的惊恐?我不是一个流亡作家,我从没遭遇过什么放逐,也许,除了一两个酒吧。

我无法想象身陷流亡境地。

我在找,可是没能在你写的书里找到你,你是在跳一段萨利·兰德的扇子舞。只有在《爱情和战争的日日夜夜》这本书里,我发现了你。只有在这里,在其他人的脸上,梦里,其他梦想者的故事里,其他说故事人说出来的故事里,我们得以瞥见你从中映射出的影子。

你写道："我知道，经受了痛苦和暴力的考验——一种罕见的壮举——而幸存下来，依然保持敏感和柔性的人，实在是寥寥无几。"

爱德华多，你不谈论自己。你谈论我的屋子，我的狗，我正在写的书，有时候，由于非常偶然的契机，你提到你自己，但只是推想。在我们外出溜达的时候你说："没想到这里有这么多的树和山。圣安东尼奥是个令人赏心悦目的地方，它看上去就像一个很适合散步的美丽城镇。""哦，你喜欢散步吗？""我一直在走路，"你这样说，"走过几个街区，又几个街区。"我试着想象，你步行穿越蒙得维的亚的街道，经过布宜诺斯艾利斯，经过西班牙的卡里拉德拉科斯塔，你在那里写了这本书。

我想象你走过了每一座城市，在那里你曾经过着离乡背井的生活，我想象你像此刻与我这样，在酒吧里喝着吃着，好不尽兴。和你共享啤酒和菜肴，让我略知了你是怎样一个人，我目睹了你坐火车和巴士，服务生在杯中为你斟酒，一个妇女递给你找回的零钱，人们和你说话，但并不知道你是谁。人们喜欢和你交谈，因为你喜欢倾听，你是一个作家，你更是一个见证者。

你曾经对我说，一个作家只有经历了死才能写生。你没在讲自己,但是我想到了你,想到了《爱情和战争的日日夜夜》里记载的,你十九岁时的死亡。你的尸体已经被放到了陈尸所,直到有人,也许又是"巧合圣人",注意到你还有呼吸。因为经历了这次的死亡,以及后来接踵不断的死亡和复活,你开始用生命写作,那是战胜死亡的一种方法。

你的记忆力令我吃惊,你对细节洞察入微,你引述诗歌就像对历史一样如数家珍。在乘车去阿科马的途中,当你仔细询问我的一个短篇小说时,我看到皱纹在你脸上犁出纵横交叉的沟渠。"你写'我相信爱情从来就是永恒的,即使这永恒只有五分钟。'这句话意思是?"我做了解释。"啊,"你说,"就那样吗?"沉默片刻。然后你又说:"你像个男人那样在爱。"

爱,复苏了活死人,你不这么认为?对其他人,爱是笑声。对作家,它是笔,我们的救星。对一些人它是针,我想,或是瓶子,或者,也许是罕有的灵丹妙药:诗歌。我不知道对那些缄默的人来说它是什么,我只能凭想象。对于我,那就是像你这样的作家,提醒我为什么要写。

"那么爱究竟是什么,爱德华多?"

"爱?巴西诗人费尼希邬斯·迪摩赖斯说得最好:'它不是无限的,但当它持续的时候,它是无限的。'"

我让你把它写下来给我,你写了,还加上了你那带有猪图案的签名。

我们走进一家摆满皮纳塔彩罐的商店,足足有几百只之多,被做成超级英雄和其他卡通形象,还有士兵、吉娃娃犬,但是没有可伸缩的。不过至少你我都这么认为:这些皮纳塔真的好难看,老式的是最好的,造型像一颗星。

你教导我要忠于词的本意,像诗人那样去体现词的美,要小心谨慎地去写,就像它事关一条人命,或是许多条人命都取决于它。

这就是我要的,要相信一个人可以通过写作去改变世界。

去改变世界。

我不相信,爱德华多,你像你声称的那样,是个无神论者,你相信"巧合圣人",相信爱的力量,相信"巫术":不信教者认为这种宗教是迷信,而虔诚信徒将其视作灵性。简而言之,你相信人道和仁慈。

第一次访问阿尔伯克基,你在读你作品的英语译本,你百思不得其解。特别是其中一段短文,没有准确表达原来的西班牙语,令你难以释怀。"我们必须修改它。"你央求道。

你让我和你一起坐在阿尔伯克基机场里工作。你如此执意要做,双眉紧锁,直到我们弄完这段短文,修改了再修改,修改了再修改。

听了你的演讲,我们几天转侧不眠,我们中有的人想要像你一样写作,有的人想成为你这样的人,我们的痴迷实在有点可笑。在我们当中,有电视制作人、新闻记者、大学教授、出纳员、女同性恋律师、牙医、歌剧演唱家、学生、作家、退休教师、护士、男同性恋画家、异性恋建筑师。我们爱上了你的文字,爱上了你说它们时深沉浑厚的语调,爱上了你讲英语和讲西班牙语的方式。

倾慕是一种爱的激发剂。

在《爱情和战争的日日夜夜》里,你写道:"我懂得来自内心的恐惧是如何运作的,以及流放并不总是那么容易。我庆幸自己在如此多的悲哀和死亡结束之际，仍然对人间的奇迹保持那份惊喜，对丑恶行径不无愤慨；我庆幸自己仍然相信诗人的告诫，他对我说，藐视任何不能让你开怀大笑的事物。"

一张桌子上坐满了圣安东尼奥的艺术家和诗人，在爱德华多的朗读会结束之后，他们拥到自由酒吧，希望再睹他的风采。一位一文不名的画家像从帽子里变出兔子似的为你献上礼物。那是晚上他赶回家去亲自为你做的。

是一只可伸缩的皮纳塔彩罐！

你快乐极了，笑得像个孩子，那样心满意足，那样满怀感激。

你写道："我想我知道一些精彩的故事要告诉别人，我发现，或者说认定了，我必须把它们化成文字。我经常有所动摇，比如认为和政治行动主义或政治冒险相比，这种孤独的职业是微不足道的。我已经写了而且发表了很多文字，但是我还没有勇气朝内心深处挖掘下去，打开它，彻底解剖自己。写作是危险的，那感觉就像要你去循规蹈矩地做爱。"

爱德华多，我喜欢你的书，是因为你下笔时像一位女性。

25 ｜ 无限神物

　　关于弗兰克·蒙蒂尼-鲁伊兹，有着如此多故事，有些是他自己虚构的，有些是我们有幸亲眼目睹的，有些成了圣安东尼奥人人皆知的传闻。在他身上，集合着各种各样的特质，他懂点艺术，有点古怪，颇有天赋，又有点乡土气，有时浑然是个恶棍，也有兼具所有秉性的时候。当他的雕刻收藏和故事以《高级粉红——得克萨斯州和墨西哥的童话》展现其魅力时，他请求把我几年前为他写的一首诗也收录其中，不过我问他，我是否还可以为这本书写篇导言。我很感激，弗兰克，还有他之前的丹尼·洛佩斯·洛萨诺，都是圣安东尼奥艺术氛围的一个组成部分，这种艺术氛围终于让我有了家的感觉。在上世纪九十年代，他们的艺术事件是革命性的聚会，具有极大的包容性，推倒了圣安东尼奥在阶层、肤色、性别上存在数代之久的隔离墙。到二〇〇四年九月十一日我完成这篇导言的时候，聚会显然已经结束了。

爱情、金钱、健康和享受它们的时间。
——用油漆写在南得克萨斯州圣安东尼奥无限神物商店一侧的墨西哥格言

我首次见到蒙蒂尼-鲁伊兹是在杰纳苏街他住宅的厨房里。那时，他过着一个成功律师的优越生活。当他的头从厨房门口伸进来做自我介绍的时候，我的手浸在满是肥皂泡沫的水里，正忙不迭地洗涤盘子。他家的一个暂住客人邀请我们过来举行一个即兴派对，我记得那时我们有多恐慌，忙着打扫，想赶在弗兰克从市外旅行回来之前恢复屋子的原貌。

我后来发现，其实我们大可不必担心，弗兰克的屋里总是聚合着陌生人。他从不锁门，经常，一些俊美的少年在他屋里倒头就睡，更常有的是，这些美少年在他家顺手牵羊。他的生活就像是一部意大利电影：部分是费里尼风格的，部分是帕索里尼风格的。我在九十年代十年间度过的那段生活，是蒙蒂尼世界的一部分。

走进弗兰克的生活，就像跌入了爱丽丝童话里的兔子洞。他在杰纳苏街上的住宅是出了名的聚会场所，纤小的富家老妇可能会身穿金丝衣裙在那里露脸，着异性服装的六尺汉也在那里进出，甚至还有一窝鸡随地走来走去。

而弗兰克最显著的成绩要数无限神物商店这一绝活，这是一家墨西哥珍奇店，里面摆满民间医药和高雅艺术。这是城里唯一一个工薪阶层可以和百万富翁在一起交流对谈的地方。由文身帅哥陪同购物的休斯敦富婆，南边女同性恋酒吧来的波特罗画风的大个头辣妹，身穿精工品牌服装的墨西哥侨民，因疲于奔命而一身臭汗的墨西哥非法移民，社区的天主教神父，每个人在这里都受到欢迎。在某种意义上，这个铺子就像弗兰克的一个派对，是雅俗贵贱的共存，或者可以说是"rascuache"。（原意为丑陋低俗之物，来自艺术批评家托马斯·伊瓦拉 - 弗劳斯托的非凡想象力，他创造了这个短语来命名那些一下子变得时髦和魅力无穷的平凡之物，比如外面包着施华洛世奇水晶的瓜达卢佩圣母石膏像。）

是一个前辈开创了这种醉人的群体生活，激励了我们全体并使我们相互熟悉了解。他就是经营"瓜达卢佩民间艺术之屋"的丹尼·洛佩斯·洛萨诺。他唤起整整一代奇卡诺艺术家去重新审视圣安东尼奥的"高雅、优美和低俗"，并把它们转化成魅人的美感。在南阿拉莫街他店里的聚会，以及在他家里的派对，成了我们的沙龙。如果有谁称得上是我们的母亲，那就是丹尼，我们只属于瓜达卢佩之屋。

一九九二年，在丹尼死于喉癌的时候，这高擎的火炬就传递到其他人手里。弗兰克以他位于南弗洛里斯街的无限神物商店参与进来，其他艺术家相继加入，他们住在楼上或隔壁，所以，当举行一项艺术活动时，会包含几个开放的艺术工作室和它们之间的空间。什么事情都有可能发生，它们也确实经常发生。人行道上的表演者多得溢到马路上；以后院野餐为特色的筵席，简直胜过蒙特苏马皇帝的盛宴。还有一种即兴而来的艺术作品，如潘乔·维拉的小胡子被画到妇女脸上，墨西哥女画家弗里达的眉毛被移到了男人的额头。

我们中有些人互相不再搭讪，可是那一段时间，我们不仅交谈，我们还一起唱咏叹调。但不管怎样，有一点可以肯定，只要激励了我们中的一个，就是激励了我们全体。于是兴起了佛教艺术、亡灵节祭坛、玛丽亚·卡拉斯模仿夜,还有歌手帕基塔·拉德尔巴里奥。哦,宝贝,那还用我告诉你吗?

弗兰克教我们玩,在自由酒吧里,这"自由"不仅仅是一个名字,它还是一种生活方式。我们可能会为了同一个男孩而相争:"你可以在我后面去要他。"一点辣味酱都会引发一场争吵——是罐装成品好,还是自制的好。但是,我们终究是戴着同一副玫瑰色眼镜去看世界,那叫作墨西哥人的乡愁。

弗兰克教我们从粉红色的杯形蛋糕里,从盛有颜色水的塑料香槟酒杯里,从用前哥伦布时期工艺品装饰的墨西哥甜面包里去寻找美感。我还保留着在无限神物店里买到的艳后玛丽·安托瓦内特客厅里的家具,里面长满了蛀虫,用马鬃作填充物,椅子很不舒服,是不能用来坐的。

我们是流亡艺术家,在逃亡中寻找一条去柏林或是布宜诺斯艾利斯的捷径,我们努力用自己手上的不管什么东西,去创造震撼人心的美。可惜那些时光已成过往,在无限神物的最后一个派对上,一个醉酒的女人说得实在贴切:"一个错误收场了。"

26 | 笔墨官司

我的朋友们是非常有竞争心的：我为艺术家弗兰克·蒙蒂尼－鲁伊兹的书《高级粉红——得克萨斯州和墨西哥的童话》撰写了导言之后，罗兰多·布里赛诺也要我为他即将出版的画册《蒙特苏马的桌子》写点什么，这书的特色是展现他食物题材的绘画。我不是一个善于写指定东西的作家，但是我说我会尽力而为。这是一项颇费心思的工作，当朋友要你写他们，意味着你要为他创作一幅肖像，我警告罗兰多："这可能不是一幅漂亮的肖像。"

《蒙特苏马的桌子——罗兰多·布里赛诺笔下的墨西哥人及奇卡诺人的餐桌风貌》一书，二〇一〇年由得克萨斯农工大学出版社出版。

那是阿斯特丽德·哈达德在瓜达卢佩剧场演唱的晚上，她出场时的装束令人惊艳，一副子弹带完完整整地环围着她穿有紧身胸衣的胸部，加上造型纸做的金字塔和仙人掌，饰有金片的裙子，一只手枪套和发空枪的手枪，还开玩笑说用它打动了边境两边的观众。好吧，总之她做了最值得的事情，不辞长途跋涉的劳顿，来到圣安东尼奥，想起来，这虽然是数年前的事，但我们还时不时会谈起那个夜晚。

阿斯特丽德·哈达德是墨西哥裔黎巴嫩表演艺术家，她生于墨西哥城。我们两人曾经鼻尖顶着鼻尖照过一张相，由于她的黎巴嫩背景及我的阿兹特克人和阿拉伯人特征，我们简直就是一对双胞胎，我一点不瞎说。

阿斯特丽德的演出结束后，我们邀请她到城里唯一一家二十四小时营业的墨蒂雅餐厅，它的环境和服务为我们脸上增光。一盘盘墨西哥甜点和糖果，简直可以照亮一座城市的亮丽灯光，抬头可见的五彩缤纷的旗帜，拨人心弦的音乐，一间一年四季都在过圣诞节的大厅，所有这一切，就像阿斯特丽德那样千姿百态。

在这个闪烁着灯光的圣诞厅，他们安置好我们的聚会座位。是长桌，比"最后的晚餐"中的还要长，运气好的人坐在中央阿斯特丽德的两旁；来得早的人不愿像犹大那样，坐在桌子端头，那里便成了无人区；我们只好傻傻地在端头落坐。

至此，你要知道，这是在阿斯特丽德享有盛名之时，也许你没听说过她，但是凡住在墨西哥或看墨西哥电视的人，一下子就能认出她来。她起初在咖啡馆和酒吧里唱她的政治和女权曲目，很聚人气。我第一次目睹她的风采，就是在那种场合，在一部流行肥皂剧里。我希望能告诉你这部肥皂剧的名字，但是，说实话我也说不出来。就这样，当她在电视里现身时，几乎每个人都会脱口说出阿斯特丽德·哈达德这个名字，从墨西哥的知识界到站在红绿灯路口为人洗车窗的穷人。

我不知道为什么每个人都想和一位名人共进晚餐,因为你不大有机会和主宾交谈。即使你和她谈话,只会更糟,由于演出时的引吭高歌,演出之后她极度疲劳,那天夜里,身体上的某些状况使她几近崩溃。"我的喉咙坏了。"阿斯特丽德说着把手伸进手提包,掏出她自己的药品,是一瓶蒸馏酒,她发誓,不带着它就决不出外旅行。我再次想告诉你它的名字,但是你知道我是什么样的人,除非我把它记下来,否则会忘得精光。

终于到了上餐的时刻,服务生碰上这么一大群人,坐在这么长的餐桌上,于是忙得不可开交,再加上这样一个女人,说像又不像埃及艳后,或是吸血鬼女王,在那里喝着自带的蒸溜酒,怎么样,只管去想象吧。

然后,轮到我们谦恭地像追星族那样向她表示敬意,她演唱中的两首歌"一只袜子"和"玛拉"给我们留下深刻的印象,此时此刻,沉醉中的我们巴不得屈膝去吻她那带有马刺的红色高跟鞋。更别说她是如此一个敏捷有识、多思博学的女性,绝非墨西哥电视里的那些乏味明星。

话说回来,我们是在墨西哥商品交易市场的墨蒂雅餐厅,是吗?也许刚过午夜十二点,对我来说,夜才开始,但是对困乏的乡村般的圣安东尼奥来说,已是夜半。我们之所以选择这里,是因为它是难得能找到的一个通宵开放的场所,也因为它提供酒类。虽然白天这里游客如云,午夜之后,当地人会挤进来喝上一碗牛杂汤以解宿醉,或是守灵过后喝上一杯墨西哥热巧克力,要不就是狂欢了一晚,来这里狼吞虎咽一大碗漂着玉米脆饼的浓汤,我是说大碗,比脑袋还要大。

之后，我们在一起合了张影，其中有作家兼艺术家伊藤·罗莫，视觉艺术家罗兰多·布里赛诺和我，除了阿斯特丽德和她的乐队，我不认识旁边其他人，但是桌边挤满一大堆食客，他们流连忘返。我记得伊藤决定点一道辣酱玉米馅饼，这时候，争吵开始了。

记忆中那天夜里的谈话，或多或少是这样的：

罗兰多：（以一种怀疑的口气，好像即将咬到一口猫屎）你点玉米馅饼……辣酱！现在？我决不会点辣酱，决不！我打赌，它们是用罐装辣酱加工而成的。你别想让我来吃这种东西，就是过了一百万年也不可能！在我家里，我们是吃着我母亲自制的辣酱长大的。（这"自制"两字，伴随着演员杰基·格利森式的手势和斜眼一瞥。）

伊藤：有那么一点儿。（这时他开始笑起来，用他伊藤所特有的笑声。他拱着肩膀，活像个吸血鬼。他爆发的那阵咯咯声，就像是汩汩的喷泉在溢流。）你这人真会说谎，罗兰多！你母亲肯定是从多纳马丽亚连锁餐厅搞来的罐装辣酱。谁的母亲都这样，从这里一直到托雷翁。

罗兰多：我母亲做辣酱是一步步从零开始，决不用罐头加工而成，我简直不相信你家里人会吃罐装辣酱！

伊藤：哦，算了吧，你想说你母亲把辣椒晒干，碾碎它们，花上好几天，白手起家做成辣酱？简直在开玩笑！你以为我们是谁，会相信你的故事？

罗兰多：我母亲从来没有想过用罐装辣酱来加工。你胡说些什么！

伊藤：罗兰多，你怎么敢说这样的话——她从不用罐装辣酱加工。

罗兰多：她当然从不！

就如此这般争吵着，以致到最后都没有缓和，甚至在玉米卷饼上来之前，他们还在相互怒斥，自那以后，他们彼此再没有心平气和地交谈过，虽然这同一个夜晚还出现另一派景象：甜食来了，阿斯特丽德放喉高唱了一首歌。每一个人，包括厨房帮手在内，都鼓掌喝彩，欢乐的洪流在圣诞厅里翻腾。

但那是很久以前的事情，精确地说，是十年之前。最近，我毛遂自荐地来到罗兰多家里举行辣酱晚餐。这是因为我有了新鲜的辣酱，是我教父从墨西哥城带来的，放在他们车内的冷藏箱里，它是深色的，湿漉漉的，好像阿兹特克人祭祀时供奉的新鲜动物内脏；此外，还因为所有人都知道我不会烹饪。

这是一顿不同凡响的晚餐，有几道特别棒的菜。在一个高雅的枝形吊灯下面，罗兰多祖母留下来的，具有百年历史的瓷器和金婚纪念日使用过的餐具，在桌上闪闪发光。

但是，当主菜送上桌的时候，看到的竟是绿色辣酱——这是罗兰多最后决定上的菜——而不是从墨西哥城一路旅行到这里的红辣酱。

"哇！"我惊异得叫出声来。"你花了多少时间做这道辣酱？"我问。

"哦，这很容易，"他说，用手在空中划动，"我用罐装辣酱做的。"

虽然我承认对话是重新修改过的，但故事却是真的。有目击者支持我的说法，然而，罗兰多坚持说我的记录纯属虚构。但是，亲爱的读者，那又是另一场笔墨官司。

27 | 塞维利亚之恋

我的小说《拉拉的褐色披肩》在欧洲巡回之后,我刚回美国,就接到《纽约时报经典旅游》杂志的邀稿。我可以去任何我想去的地方,但是我疲惫不支,唯一想去的旅游之地就是舒适的睡床。幸运的是,我在日记里做了记录,我还保存着名片,把糖纸和餐厅纸巾粘在笔记本里,用照相机摄下街头的涂鸦,把那些曾经攫住我眼睛和耳朵的图像都存进了我的"钮扣罐子",加之向我旅行伙伴询问过若干问题,我得以在事后用下面的文字重建我的记忆。它们包括大量购物小贴士,可能已经过时,可是浓烈的情绪依然在流淌。这篇文章最初发表于二〇〇三年十一月十六日。

自从被征服之后,墨西哥就依恋上了西班牙。这就是我为什么从来就不相信我那些墨西哥亲戚的吹嘘,说我们的西班牙先人,一位华尔兹舞作曲者,曾为墨西哥总统演奏。我以为,这只不过是个虚构的故事而已。直到我叔叔恩里克·阿特亚加站出来,拿出我高祖路易斯·贡萨加在圣艾斯特万教堂的洗礼证书，这个教堂就在塞维利亚的一个老城区。

我从我们的家族前辈身上继承了一些东西，那些来了又走的跋涉者，他们永远思念着身后留下的一切。也许，我父亲的乡愁是因为他年轻时代失去的墨西哥城，我高祖的乡愁是因为他记忆中的安达卢西亚。而我，潜身于边境，寻找着想象中的祖国。因为在旅行中，我的内心充满渴望，想要找到一个能够解释和回答这个问题的地方："你从哪里来？"接下来的问题是："你是谁？"这难道不是推动所有作家写作的动力？难道这仅仅是对我们住在边境的人而言？

所以，当新书巡回进行之际，我偕同利利亚娜·巴伦苏埃拉——我著作的西班牙语译者——从得克萨斯飞往西班牙，在回家之前，我们去塞维利亚过了一个周末假期。

那是个特别的周末，一场足球联赛使镇上所有酒店的客房爆满。我们在内尔维翁区找到住宿之地，但不是我们梦想中的古雅膳宿公寓。内尔维翁这个躁动的商业购物区，其中一个体育场，还有来往车辆漫无止境的嗡嗡声，我们没有什么好抱怨的，我们的酒店是欧式的，还算安静。

去老城区，可以乘坐出租车，片刻便到，也可以作一个长时间的热身步行。我们决定步行，我们希望被误作是本地人，不要露出墨西哥裔得克萨斯人和来自得克萨斯的墨西哥人的外国身份。塞维利亚令我们如此迷醉，我们就像两个被哥伦布从新大陆带回来的印第安俘虏。即便是摆着普通商品的橱窗，也让我们神魂颠倒——门锁和紧紧绕成一团的麻线，各式婴儿服和奶油蛋糕一样精致，火腿挂成一排像列队的士兵，散乱堆放的硬皮面包卷令人眼馋。到处是叫不出名称的公寓大楼，上面赫然可见谜一样的涂鸦：

"当你忘记我是多么爱你时，读我"

"面包加土豆"

"人人发文件"

"这是什么意思？"我问利利亚娜。

"有关移民的。"利利亚娜用平淡的口气回答。

当街道变成狭窄的小巷时，意味着我们已进入到老城区，车辆驶来，我们必须站到人行道上，让它们通过。墙上贴满了有关斗牛、语言学校、学生公寓和弗拉门戈舞表演的广告。我们怎么会选在午睡时间远足？我们觉得饥肠辘辘，这里的天气就像得克萨斯一样，能把一匹马热得瘫下，而时间才只是五月。

世界是如此安静，静得能够听到茶匙碰在玻璃杯上发出的叮当声。在某个地方，也许在那排铁栅和天竺葵后面，有人在洗盘子。我想象我上几代的祖母们也生活在类似的屋里，有时孩子在楼上佯装睡着，有时丈夫在黑暗的房间里打鼾。为了避热，他们放下古怪的遮光窗帘，看上去像黄麻编成的小地毯，毫无疑问，塞万提斯的时代也是如此。我想知道，能上哪里买一些带回得克萨斯，带回家去。

在一座贵族豪宅——美丽的彼拉多宫前面，一个小贩在向游客兜售用锥形纸卷装的糖杏仁，这就是父亲无比热望，必会在发薪日到西尔斯买一点回家的糖杏仁。我想问，嗜好也能遗传吗？作为对父亲的纪念，我买了糖杏仁，也许，这同时是对其他热望糖杏仁的祖辈们的纪念。

火辣辣的骄阳炙烤着我们的头顶，我们热得有些心烦意乱。

但是由于我们的孜孜不倦，也许是天意吧，我们在无意中邂逅了一座教堂，简朴、低矮而坚实，就像一座堡垒。原来竟是我们祖先留下来的圣埃斯特万教堂！不过，它关着门，今天是星期六。我们在想些什么？我们忘了入乡随俗，还以为是在美国！我站在它哥特式的大门前面，利利亚娜为我拍了张照，我感叹不已，声称回家前定来重访。

沿着马路走了几个街区，适在其时，一个西班牙风味小餐馆开启了它的金属卷帘门，把我们从又饥又累的困境中解救出来。博德加餐厅的酒保对我们像是他失散多年的亲人，他向我们介绍他的瓜达卢佩圣母，说塞维利亚有不下五十种圣女形象——其中有圣女罗西奥、圣女德拉玛卡莲拉、圣女雷梅迪奥斯。而这里，她的肖像成了墙面特色，一如美国餐厅里的明星照。

因为我们不知道该点什么，我们请酒保推荐，他给我们上了博德加餐厅的特色餐：西班牙火腿三明治，是用山羊乳干酪及称之为"梅尔瓦"的熏马鲛鱼、凤尾鱼和蚌肉，夹在浇有橄榄油的硬皮面包里的。我们在桌上放了一点六五欧元，其中一点五欧元是它的固定卖价。我们站着，干掉了一杯冰啤酒，这是最便宜但也是最棒的一顿餐饮。

如果是在家里，我们这样"像马一样站着吃东西"，我母亲一定会抱怨。但是在塞维利亚，除上了年纪的人外，酒吧里的每个人都这样站着吃。我们在一长列火腿下面用餐，它们就像皮纳塔彩罐，摇摇晃晃地悬挂在我们头顶，颇有些诙谐感。一对年轻夫妇站在我们旁边，喂着推车里一个吵闹的刚刚学步的小孩。"也许餐前小吃就是这样发明出来的。"利利亚娜说，"一些家庭主妇会说：'我受够了！做饭实在太热，我们去外面吃！'"

出了博德加餐厅，利利亚娜和我发现了紫花苜蓿广场，一个小型街区广场，没有什么可看的景观，倒是有一些很不错的商店。"为什么叫它'紫花苜蓿广场'？"我问。"哦，我想，这里曾经卖过喂动物的紫花苜蓿。"一个当地人耸耸肩说，不过是子虚乌有的故事而已，我心想。

埃斯梅拉达是一家同时只能容纳两三个顾客的精品小店，但是其中有只展示珠宝饰品的百宝箱，风格特别，带着浓厚的摩尔文化色彩，它们看上去就像玛雅人佩戴的古董饰品，在普拉多博物馆的肖像油画里可以看到。

马路对面是梅奥鞋店，专卖跳弗拉门戈舞的舞鞋，品种繁多，各式俱全。诱惑我解囊购买，虽然我跳起舞来笨拙得像个傻瓜。

在隔壁那家名叫安吉拉·贝拉尔的店铺里，我们终于找到把自己变成一个标准玛雅人所需的装束。弗拉门戈舞的舞服——连衣裙，丝绸制的玫瑰，发梳，耳环，精致的带有手编穗絮的披肩和披纱。在这里，店员会称呼你"美女"，用很专业的技能，帮你挑选颜色和花式，让你的面貌焕然一新。

隐藏在广场后面的是一家名叫"指南针"的音像商店，是唯一专卖弗拉门戈舞音乐制品的店铺。卡塔玛组合的最新专辑，忸怩作态的玛蒂里奥，传奇的肯奇塔·皮克尔，他们全在这里。店主见多识广，对我们颇有助益。只是当我们问到在什么地方可以欣赏纯正的弗拉门戈时，他像我们遇见的所有塞维利亚人一样，回答含糊不清。他想了一下，推荐我们去坎坦特太阳咖啡厅。

自恺撒时代以来，塞维利亚就是一个交岔路口。在其他地方，各种文化可能相互冲突，但是在这里，它们会交缠在一起。坎坦特太阳咖啡厅在城里最老的一家餐前小吃店"林康奇洛"附近，里面有个体型健美的瑞典舞者表演一些短小、悦目、时新的节目，她是受政府资助，前来学习弗拉门戈舞的学生，而吉他伴奏的是荷兰人。在这个酒吧，我们发现一种流行的夏季饮料，用葡萄酒、少量橙汁和汽水混合而成，再加很多冰。我想，它在得克萨斯州肯定会畅销。

哦，就这样，我们打着呵欠，叫了辆出租车。正当出租车飞也似的经过一条小路，来到一个小广场的时候，弗拉门戈舞曲的旋律突然牵动我们。"你的母亲，姑娘，你的母亲，不想让我见你……她甚至不许你上屋顶，让你把衣服挂起晾干……"一首由罗梅罗·普埃布拉音乐组合演绎的流行歌曲闯入耳鼓。"停车！"出租车在引擎的尖叫声中停下，我们急忙钻出车外，兴奋地发现，我们置身的广场正在举行一场舞蹈学校的露天音乐会。人潮如涌，只见小小的广场成了一片飞舞的小圆点。正好，我们想起来，把在紫花苜蓿广场买的披巾和耳环穿戴上。

舞者是嚼着口香糖的小女孩和十几岁的姑娘，可是她们的妈妈却把她们视为女皇，着实是花了很大工夫为她们穿衣打扮，整理头发。你猜她们用的是什么发乳？她们是怎样打出如此完美的发髻？我们在那些木折椅中找到可以落坐的座位。这虽然不像我们适才看过的表演那么专业，但魅力十足，充满激情，充满唯有她们家人才能感受到的骄傲。

到了午夜，孩子们倒在父母的膝盖上，或靠着父母的肩膀打盹，晚会还在继续，就在一辆出租车载着我们急驰而去的时候，电吉他发出更为震耳的声音。毕竟，这是星期六的夜晚。

无论是在墨西哥城，还是得克萨斯州的圣安东尼奥，或者这里——塞维利亚，星期日是上教堂和举行家宴的日子。我们就像所有外来者一样，走马观花地赶场子，我们去参观著名的吉拉尔达大教堂，里面挤满了游客，如同一只蜂箱。我无法忍受，不得不逃出来。后来，我做有关塞维利亚的功课，才知道这里是哥伦布的长眠之地，他的遗骸从他最早的下葬之地哈瓦那迁移到这里的。后来，我也十分懊恼，我竟不知道，这里也是他所有档案文件的存放之地。在一四九三年的圣枝主日，他带着他的战利品——金银财宝、植物、动物、两个在旅行中顽强存活下来的印第安俘虏——从他扩展的新世界返回塞维利亚。好吧，我为什么非要告诉你？你知道后面的故事，我就是后面的故事！

利利亚娜和我乘坐一辆舒适宜人的四轮马车，去穿越玛丽亚·路易萨公园，我知道，这有点儿乡下气，但是，在炎热又枯燥乏味的午睡时段，这是唯一的明智之举。饱览闹市风采之后，我们开始寻找书市，唯一所获，就是发现我们依然不脱美国人的思维，不知道星期日这里的商家都关门。我们决定步行去特里亚纳，它是弗拉门戈的诞生地，就在瓜达尔基维尔河对岸，我们要去寻找真正的音乐。

但是在特里亚纳，也犹如是个地球停转之日，只有糕饼铺开门。我们买了蛋卷冰淇淋和以微型弗拉门戈舞者作点缀的食品，慢慢从特里亚纳的街头往下走去，蓦地，被一家储藏柜出租店贴着的标签逗乐："亲爱的顾客，我们恳请你们，千万不要把鱼留在这些柜子里——管理人员。"

也是在特里亚纳，我们有意无意地听到一些真切而令人不耐的歌声。从一个没有开门营业的酒吧——安迪瓜·塔书纳·卡韦酒吧，传出掌声，还有男人和女人们尖声尖气的歌声，如黑丝般向上旋动。金属卷帘门半关着，为的是挡住外面的太阳。我们只看得到一个孩子一只肉嘟嘟的手,搁在地面清凉的瓷砖上。

谁在乎我们的脚在痛?谁在乎我们在炽热的阳光里斜靠着一座楼?确实如此,这真是恶作剧,我们听到的是从扩音器传出来的演唱,那歌声令人毛骨悚然,我们大失所望,直到那孩子挪开手,从金属卷帘下伸出一个鬈毛脑袋,由下至上地窥视我们,我们拔腿就跑,像一群受了惊吓的鸽子。

星期一是我购物游击战的最后一天,我们栖身的内尔维翁街区是一个非常便捷的地方,街头布满商店,人人都着迷于圆点花饰的布料。我这次出门旅行,没带手提袋,甚至钱包,因为西班牙漂亮的皮货比比皆是。英格列斯百货公司什么都有——软帮鞋,当然还有西班牙帆布登山鞋。在音像商店,我找到了罗梅罗·普埃布拉音乐组合的专辑,其中有一首非常流行上口的"你的妈妈,姑娘,你的妈妈",还有西班牙嘻哈歌手马拉·罗德里格斯的歌曲。

在一个货筐前,是我和一些见多识广的老年妇女,我们在耳边打开一把把扇子,那种像弹簧折刀轻轻一弹就开的肯定质量好。得克萨斯和塞维利亚一样,扇子不仅是实用礼品,而且是日常生活的必需品。

在最后一天,我又去了紫花苜蓿广场,想要再次探访圣埃斯特万教堂。我在大门上敲了又敲,终于有人前来应门。"我从海外来……"但是今晚要举行一个丧礼,他们正忙着,改日再来吧!然后大门重重地关上,我感觉自己就像《绿野仙踪》里的桃乐茜,满身泥泞,捧着礼物站在门前,不知所措。后来,另有一人再度开门,大概是出于同情,让我进去。

圣埃斯特万教堂就像一个洞穴,面积不大,幽暗,阴冷;它的气味如同所有的教堂一样,像是蜡烛和眼泪的混合。一座含泪欲涌的圣母像置于祭坛前面。"那是这座教堂的赞助人吗？""不，这是无奈圣女。那才是教堂的赞助人，"他说，用手指着主祭坛旁边壁龛里一座金碧辉煌的圣女像，"光明圣女。"

真好，光明圣女！一百五十年前，我的祖先们就在这里祈祷，把蜡烛点亮。我离开之前也点燃了一支蜡烛，不过我心中早已是一片光明。

我走回紫花苜蓿广场，再一次品尝博特加餐厅特有的三明治——哦，对了，我要了两份！我还打算去巷尾那家颇吸引我的"巷尾之屋"，它的橱窗在展示又轻又薄的弗拉门戈舞裙。我去过两次，但总关着门。这不禁让我想起我的家乡圣安东尼奥，那里的店铺想什么时候开门就什么时候开门，逢到下雨也会关门歇业。这一次很幸运，我轻轻一推，门就开了。

"橱窗里那件衣服，就是那件铜色、带浅蓝色圆点的，卖多少钱？"

"七百欧元。"

比起我在英格列斯百货公司看到的现成弗拉门戈舞裙，这价格是两倍还多。唉，虽然我的模样像安达卢西亚人，但我的体型像纯粹的墨西哥人，能用七百欧元定做一件服装，倒也不赖，我在心里说服自己。

"我想要一件，和橱窗里那件相同。"

"哦，但是恐怕今天不成，"那店员说，"量尺寸的女士现在不在这里，你得明天再来。"

"明天？但是我明天就要离开这里，明年之前不会再来。"

"好吧，那就明年再来。"

我无精打采地走出商店，如同一个干渴的妇女被拒绝给水，我在门外的橱窗边徘徊不去,左看右看那件我意中的舞裙,心中若有所失:"你的妈妈,姑娘,你的妈妈,她不想让我见你……"

于是我带着燃烧的热望离开了塞维利亚。我念想着那件铜色的带有天蓝色小圆点的弗拉门戈舞裙,念想着哥伦布发现新大陆的档案资料,念想着真正的弗拉门戈音乐,念想着夹有凤尾鱼、金枪鱼和羊奶酪的三明治。在我的心里,也许怀着和我高祖父路易斯·贡萨加相同的遗憾,也许还怀着同样的心愿:"我将马上回来,妈妈。如果天遂人愿。"

28 | 白花

出于感激,我想送一件礼物给一个我敬仰的女性。但是我不知道,一个人是否可以送礼物给她的精神治疗师。我可以做些什么?那是一种我不熟悉的文化,就像去一个国家旅行却对它的语言一窍不通。早在二〇〇五年我写这篇文章的时候,我就不再去她那儿了,因为我已经搬离。但是我经常想到她,她是我的老师,这十多年来,她一直是我的精神导师。她教我怎样解析自己的梦,还教我怎样积极向上。如果换到以前的时代,她可能会是玛雅人的一个顶级女祭司,或者是希腊古都特尔斐的一个圣人。我想,我这样比喻定会引她发笑,但是,当时她在我眼里就是这样的,现在也是如此。

每个周四,我会在最堵车的时段,驱车去圣安东尼奥最拥挤的地区,不管我动身有多早,我抵达时,总是晚于我和这位妇女约定的时间,我那时称她为"无耻的女巫"。她不这样称呼自己,她的名片上印着"荣格派精神治疗师"。

在构思九年的小说即将完成的最后数月，我找到了她。那时我像刚蜕了皮的蛇一样焦躁易怒，像吸血鬼一样害怕光天化日，或是像被水淹了的蓝色龙兰舌，远离家人和朋友使我害怕、伤心。我觉得自己渐渐和社会疏远，就像一只拔去锚的小船，被暗流从岸边推离。

我以前也这样病过，当我置身忧郁的深潭，无助之中，我所知道做的，就是寻找一个女巫。我四处打听，某个同样陷于沮丧困境的人，给了我这个名字。

我们第一次见面时，我觉得我的女巫看上去确有女巫的样子，聪明机灵，就像一只白色的小猫头鹰，又像电视剧里的祖母，亲切而随和。我的治疗师仅仅是听，因为听我的故事而接受我的付款。一开始，我以为我必须讲得有声有色，但这样一对一地讲故事，对方却什么也不说，我还有一点儿奇怪和不习惯。这让我产生一种内疚，觉得自己就像占着舞台聚光灯不肯离开的自恋者；也觉得自己很无礼，因为没有开口问她："那么你呢？你过得好吗？"

在我们没见面的时候，我会想到她。当我做了一个特别美好的梦，我会非常高兴地跑去讲述给她听，犹如一个小学生交出手中的苹果。我对这个倾听我生活中一个个最新故事插曲的女人充满好奇，我想问她很多事情，很多很多，但是我想这有违规则。

我很想问，例如："你赞同我吗？还是觉得我太傻？"即便她不赞同，又怎么样？不过她的赞同与否，对我来说，很重要。

我会问，我告诉她的故事是否精彩——是否值得重复，值得记住。那是我定义一个好故事的依据。

年复一年，她整天、整星期地听我的故事，有没有感到厌烦？

一个人在一天结束之时，满脑子全是故事，怎么可能保持健康？人是否应该卸下自己身上的负荷，就像一条洗完澡的狗，抖掉毛上的水珠？

你今天吃什么东西当早餐？你相信来世？或者相信前生？你的丈夫读书报给你听吗？对你永葆热情，至死不渝？你见过鬼魂？你有过一个幸福的童年？在你记忆中，生孩子的时候，什么事让你感到最了不起？你养了一条狗吗？你快乐吗？生活教会了你什么？你熄灯之前，你的丈夫可在听你讲述人生故事？

在我孩提时代，有一个我认识的女孩，她的名字叫萨莉，后来是她一点一点激发了我的灵感，让我在《芒果街上的小屋》中塑造了一个和她同名的人物。她是我整个初中和高中时期的同学，但是直到大半时间过了，我们才开始相互交谈。我想这仅仅是因为我们回家同路，还有就是，那天她和她最好的朋友闹翻了。

她的家在我家前面半个街区，在一家杂货店的楼上。她邀请我上去，于是我得以走进她家公寓的一间间宽大的房间。她家的屋子属于老式的芝加哥风格，有木地板和很高的天花板，还有高大的窗子。我觉得很有气派，但我看得出来，萨莉不这样认为。

然后，让我吃惊的是，她向我提出某些我想不到的事情："能让我看看你的睡衣吗？"这真是个奇怪的要求，但是，因为渴望和她成为朋友，我二话没说，立刻带着她去我家。

我们的二层小矮屋颇为整洁，而且展现了我们最好的精神状况。它不奢华，但我看得出，萨莉认为我家是富有的。也许是我家优美高雅的家具使她产生了错觉。毕竟，我父亲是个家具商。我们的墙上挂有艺术品，一只我叔叔弗兰基在日本工作期满后带回来的丝绸老虎，一组被我母亲涂了色的艺伎画。多亏了以前的屋主，我们的大多数房间贴了墙纸，有的还铺有地毯。萨莉似乎没有注意到湿漉漉地冒着汗的墙壁和通风加热器，也没有注意到我们没有门的卧室。

我领着萨莉走进权作我卧室的小房间，从双人床上拽下床罩和枕头，让她看被我折叠得整整齐齐的睡衣。我不知道我的睡衣是否会让她失望，或是和她的想象相符。她没吭声，我也一句话没说。但是我猜想，她以为她会看到镶边的丝绸和鹳羽，不是我这种花卉图案的法兰绒。

这么多年过去，我觉得我终于明白了。我想问一下我的治疗师："我能看看你的睡衣吗？"就好像这是一种简单的方式，去了解她到底是什么样的人。

在我为我的作品举行朗读会期间，每次朗读后我应读者要求为他们买的书签名。我明白我的读者已经等候多时，他们等着想要告诉我一些事情，那时，我常觉得自己就像是个治疗师。所以我尽我所能，专心致志地听，甚至用眼光来触摸和感受，因为，倾听远比讲述要难。

一个夜晚，我在芝加哥墨西哥艺术国家博物馆朗读之后，排队要见作者的队列特别长，而且走得很慢。我能够感觉到自己的疲惫。

"今天晚上，你消耗了太多的能量，不是吗？"

我抬头，看见一个妇女，我简直可以把她看作是我的姐妹。是一个带着蒙娜丽莎神秘微笑的妇女，她说："我认识你。"

"你是一个女巫，对吗？"我脱口而出。我看得出来她是个好女巫。光明正大。她笑了，我们彼此记住了，一如动物认出自己的同类。

"好,那么,"我说,"我怎样才能再充电?"

她这样告诉我:"今天夜里当你回到自己屋里,找一个安静的空间。我要你闭上眼睛,想象一朵白花,什么种类的花都行,但必须是白色的。把它想象成一个蓓蕾,此刻,你想象你看到它在慢慢地,一点一点地打开,一点一点地绽放。想象它开足了,沉甸甸的。然后,你吹掉所有的花瓣,除了茎,什么也别留下。

"那代表今天所有你遇到的和谈过话的人。

"现在,我要你想象另一个白花蕾,再看它绽开。看它绽开,绽开,绽开,绽开。它是美丽的,欣赏它,闻它,享受它,这朵花为你而绽放。"

上个月,我成为我治疗师的病人业已三年,我在电话留言里收到一则不寻常的信息。我的治疗师因为家庭急事,取消了我们当时的一次会面。她说她会来找我。最终,她在消失一个月之后重又现身,她用坦诚和沉静的声音告诉我,她丈夫死了。

那时,我想安慰我的故事倾听者,这回轮到她来告诉我一个故事,而我来做个倾听者。我终于觉得我可能对她会有一些帮助,我想,交换一下位置,让我对她给予我的那么多恩惠做些回报。但是我感到羞于启齿,我找不出合适的话语来表达回旋在我心里的声音。后来我带着一束白色的兰花去看她,它们明丽得像是一轮满月。

日本人说,人在居丧的时候,需要一只黑猫。因为他们认为黑猫能化解人的悲痛。也许这是真的,但是,根据经验,我知道白花懂得怎样倾听。

因为那时我无法说出我的感受,此刻我必须说,你是我的白花,我把这束白花献给你,为了洗濯你的悲痛,舒解你,抚慰你。这篇文章是为你而写的。

29 | 卡布奇诺先生

当我不得不去和其他作家会面时，总会有一种羞涩的感觉，想必，很多作者都会有类似的体验。我们属于性格内向的群体，当彼此聚集到一起，一下子就变得那样困倦不安！没人会不知道你是一个作家，满屋子都是。

所以，在二〇〇五年的那不勒斯文学奖颁奖仪式中，我进入这样一种不舒服的境地，我们聚集在那里，就像一些笑容可掬的美丽女皇，暗地估量着彼此的身价。也许并非如此，也许那仅仅是我记忆中的印象。我记得，我由衷地希望其他人能获得这个奖项（这听上去像是说谎，但确实是我真实的想法）。我遇见的大多数作家都很诚恳热忱，但是其中有一个作家有利刃一般咄咄逼人的思想，而且有一种甚为有趣的好胜心。甚至直到现在，当我看到他的名字时，都会禁不住笑出声来。

只有理夏德·卡普斯辛斯基，鹤立鸡群，倍受众人的尊敬，我真希望在见到他之前就拜读了他的作品，而不是之后，我失去一个向他提问的机会……问他什么呢？我该问他："一个作家是不是一定得生活在一个永恒的边境，这样他才能看得清事物？"

作家理夏德·卡普斯辛斯基于二〇〇七年一月二十三日逝世,享年七十四岁。《纽约时报》在该年二月二日发表了一篇感人的颂辞,对这位用感性语言来写作的新闻工作者表示至深的敬意,正如《纽约时报》的评断,他的语言"不是媒体惯用的信息化语言"。

在某种意义上说,他是一个边境穿越者,他在各种文学体裁中穿越漫游,就像他轻快随意地在不同的国家穿梭。他这个在洲际奔波采写故事的波兰人,见证了战争,见证了人类因贫穷造成的苦难。我的伙伴和我有幸遇见卡普斯辛斯基先生,尽管很短暂,但是就在那一瞬,已足以使我们明白他是怎样一个人。他从不提及他在世界上享有的盛誉,他是《纽约客》《纽约时报》《格兰塔》的定期撰稿人,他的几本书——《和希罗多德一起漫游》《伊朗国王》《皇帝》——已经被翻译成多达十八种以上的文字。可他从来不提这些,直到他死了以后,我们才开始知道他写的这些作品。

二〇〇五年我们在意大利那不勒斯相遇,那年他赢得了那不勒斯文学奖,令人惊异万分的是,他所获的奖项是诗歌类别。我们聚集在酒店的大堂里,等着那不勒斯文学奖办公室的一位代表到场,从这第一次见面,卡普斯辛斯基就使我们为之倾倒。

他是一个上了年纪的老者,身体结实得像个职业拳击手,银白色的头发笔挺地竖起,如同毛刷。在我印象中,他和其他应邀前来的作家——一群黑鸟——形成鲜明的对照,因为他穿着和他头发相称的淡色衣服。我们彼此用西班牙语交谈,因为卡普斯辛斯基先生不说英语。他谈到他在墨西哥和拉丁美洲的生活，引人注目的是他听人讲话时的神态，当你说话的时候，他看着你，他的注意力从不离开你，就像我遇见的大多数名人一样。他是如此受人欢迎，所有在场的作家都敬重他，到了一周的末尾，不论什么时候，只要他攀上公共汽车，就会有一阵由衷的欢呼声响起。如果投票选举"好好先生"，我肯定卡普斯辛斯基先生准能赢得这一殊荣。

我们的欢迎委员会终于来人了，是一位纤弱女子，像珊瑚虫那样弱不禁风的小个子，在我看来简直就是个孩子，当然，现在这种感觉已经屡见不鲜，因为我确实是老了。那天我们要去访问几个书店和社区中心，因为在那不勒斯有很多人在读我们的书并为它们投票。我们在想是步行，还是叫辆出租车先到广场，然后再搭乘公共汽车？

"并不远，"那位陪同人员向我们保证，"只有几个街区。"

我们明白了她的意思，根据经验，我十分清楚，在意大利，"几个街区"意味着几公里的路程。不幸，虽然是在清晨，但是仍不失为一个酷热的秋日，我们还得步行爬坡。更糟糕的是，卡普斯辛斯基先生很正式地穿着西装，打着领带。他赞成步行。

在我眼前的那不勒斯街道，看上去就像歌剧里的背景。我们穿过一个大门，瞅见里面有一个庭院，周边阳台上挂着洗涤过的衣物——这是家庭主妇引以为傲的"旗帜"。转过一个窄小的角落，一个广场突然出现在我们面前，我们走过一些文具店，里面摆满既普通又迷人的商品——作文练习簿、钢笔、沙漏——一个作家的天堂，我们走到更远的巴洛克纪念碑和始终笑脸迎客的报亭。我们绕开小餐馆的户外餐桌，那里，有着一副多纳泰纳·范思哲腔调的人们在抽着烟,轻轻摆动着又长又密的银灰头发。我们很快乐,因为我们彼此谈论了很多话题,所以我们一点都没有抱怨。但是,走了一会儿,卡普斯辛斯基先生开始用手帕轻擦他的脸,问道:"还有多少街区?"

我们的小陪同此刻像是恐怖电影里派遣而来的什么人,十足一副死神的面孔,圆睁着一双埃及艳后克里欧佩特拉的眼睛,穿着迷你裙。她不断地哄骗我们向前,应允道:"不远了,前面就到。"

我们经过一个门廊,一个身穿黑衣的老年妇女坐在那里,默默卖她篮子里的圣像。我从我的手提包里拿出瓜达卢佩圣卡送她,她拿着吻了又吻,用意大利语一遍又一遍地为我祝福。

每过一个街口,卡普斯辛斯基先生就更加脸红耳赤,偶尔他还会站住对一个故事表明他的看法,尽可能地歇一口气。我的同伴和我都落在后面陪着他,至此,其余的人都远远走在前面。

卡普斯辛斯基先生终于受不了了:"我想,她还会说,前面就到!简直让人愤怒!""是的,太过分了。"我们赞同。我们和他在接下来经过的一个室外咖啡店里坐下,点了卡布奇诺咖啡,我们装得也很心烦意乱,虽然并不是这样。

我们的女主人过了好大一会儿,才意识到我们以掉队作反抗,这让她花掉了些时间。她回身寻找我们,那时,卡普斯辛斯基先生已稍事休息,也喝了些东西,故而平静了许多。

"但是,我们差不多要到那里了。"她说。都这会儿了,她说的话倒是不假。巴士正在附近的广场隆隆作响地等着,就在看得见的地方。但是卡普斯辛斯基先生作为一个老者,艰难地步行了太多的街区,他的怨气是无可非议的,只是他发泄的对象错了,并不是那年轻的女主人骗了他,而是他自己日趋龙钟的身体。

于是我想到去照顾卡普斯辛斯基先生，他使我想起我的祖父，想起我的父亲，想起所有我认识的老者，他们对自己身体上的衰弱不适深感烦恼，却又把责任归咎于你："你看，你看，你让我做了些什么？"

我想，我之所以称他为卡布奇诺先生，是因为从那时起，我就在脑中，把他和我们一起享用卡布奇诺咖啡时的短暂反抗联系在一起了。

卡普斯辛斯基先生对他的昵称开怀而笑，那个星期结束，当我们挥手道别时，他答应送我他的诗集，他确实送了我。是波兰语的，我转送给我的波兰眼科医生。他抱歉并遗憾这本书还没有被译成我能看懂的英语。他从没提到他如诗歌一样紧凑的非凡文体，后来，在他的优美散文里，我发现并爱上了他那种超越新闻写作的才能，他创造了一种新的文体：具有文学魅力的报告文学——诗化而又精准。

今年年初，我心中一直想着他，就请朋友代我买了一本墨西哥年历打算寄给他。然而那时他已不在人世，当天晚些时候我会在报纸上获悉他的死讯。

"我该买哪一种墨西哥年历？"那天早晨，朋友在电话里问我。

"给他买传统的那种。"我告诉他，"要适合一位长者，一位了不起的绅士。"

几天之后，当我几乎忘记它的时候，卡布奇诺先生的年历寄到了，面上，一个阿兹特克勇士把手中的箭射向太阳。

30 | 私生女

二〇〇六年春,圣安东尼奥艺术博物馆举办了一个称之为"肖像画:两千年拉美油画"的展览,其中展出了一幅酋长女儿的肖像画,一位跨越新旧世界的妇女,身穿巴洛克风格的绣花外衣,是出自本土的束腰外衣饰以西班牙风格的花边。她衣着如她本人,浑然是异族通婚的产物。

当我应邀参观这个展览的时候,是这个妇女令我驻足观望,徘徊不去;也是她,在我搜寻演讲主题时,时时出现在我的脑中,那是为颇有声望的罗马夏季艺术节准备的演讲,我将在古罗马广场宣读我的讲稿。我不知道我能写些什么,但是不管怎样,我知道该从这幅油画着手。

一同被邀请的都是神一般的人物:霍塞·萨拉马戈和多丽丝·莱辛,主题是"自然的/人工的"。这样写自然吗?硬塞给你一个主题,让你去照着写一篇符合它的东西,这难道不是人工的吗?足足好几个星期,我在烦乱中醒了又睡。不知萨拉马戈和莱辛是否也像我一样日子难熬?

我们处于战争之中,我想说些有助和解,有助为地球、为我的听众带来和平和安宁的话语。我不知道我能讲些什么故事才是有效力的。我只是一个人,对接手的任务感到力不从心,我总有这样的感觉。我只是一个作家,不过是作为受邀的作家。

在我下笔之前,我总有一种感觉,我需要寻求谦卑,我需要呼唤我父亲的在天之灵来帮助我,我需要找到有血有肉、有心有灵的故事,一个我感觉存在于我内心深处的故事,那是一个什么样的故事?我一点头绪都没有。

像往常一样,每当我感到茫然的时候,我总是小睡一会儿。

当我醒来的时候,我这样问我自己:什么样的故事我们不会说?什么时候才是说的时候?它是一个"自然"的故事吗——来源于真实?还是"人工"的,是因为没有人告诉我们真相而只能用臆想去填补漏洞的故事?所谓故事我已经领教够了,但是,不至于此,也许正如我每每怀疑的,最好的故事,往往是那些令我们难以启齿的。

我是和天使角力的雅各。"我不让你走,除非你赐福于我。"一天又一天,一个星期又一个星期,我被困于一场和死亡天使的搏斗,当我终于讲完我的故事,我已腰酸背痛。她祝福了我。

所以,我何必忧心忡忡,一副大难当头的样子?

"在你和你兄弟诞生之前,"我母亲对我说,"在你父亲遇到我之前,他在墨西哥城已经有了一个私生的孩子,和服侍你祖母的女仆,是个女儿。"

我记得那是一九九五年,但是我记不清是在什么季节。是在芝加哥长老会的圣路加医院，那是我出生和我父亲做心脏手术的地方。当我们在医院休息室等候的时候，我母亲对我，她唯一的女儿，敞开了她的心扉。

"有时候，我们去墨西哥城做客，这个女人和她女儿会帮我们洗衣服，你常和那个女孩玩，但你太小，你不会有印象。"

那时我没有告诉我母亲，其实我记得。这个女孩——我的同父异母姐姐——的脸，像一只振翅飞翔的白鸽，飞越了四十年的漫长岁月，回到我的身边。

虽然我父亲做完心脏手术存活下来，在人世又陪伴我们度过两个冬天，但他从没对我提起他的另一个女儿，我也从不在他面前提她。

有些问题是女儿不能问父亲的。

当我写《拉拉的褐色披肩》时，我经常想到我的这个姐姐，父亲死了之后，我犹豫着是否将这个家庭秘密作为素材，来加工成故事。我必须对我父亲的在天之灵承诺，到了最后，结局将是美好的。小说早在几年前就完成了，但是她依然萦绕在我心间。

不知怎的，《拉拉的褐色披肩》出版之后，我以为我们全家会被迫坐下来交谈，最终像个真正的家庭，一个人在讲，另一个人在听。我想象我的六个兄弟和我，有一段像浪漫电视剧的美好时光，音乐响起，泪光闪动，但是到最后，我们都会拥抱成一团。

然而这一切并没有发生，我们从没谈到什么要紧事，我们谈论涂着面包屑的猪排，谈论芝加哥白袜队，谈论狗的皮疹，声音大得争先恐后，没有人在听。

因为我没有提到这个妇女，甚至，一想到她我就有要哭出来的感觉。那我该去找谁来帮助我，谁能告诉我有关她的事情？

就像是出于天意，到了下一周我打电话给芝加哥的母亲，猜想谁从墨西哥来到她家做客？朱奇先生正坐在母亲厨房的桌边，就好像冥冥中的定数。朱奇先生是我小说中一个来自现实生活的人物，早在很久以前，他就是父亲的密友，从他们在墨西哥城的青年时代开始，延续到父亲历经二次大战从美国军队服役回来之后。

朱奇先生谈到我的同父异母姐姐的第一句话是："我想你是弄错了。"

他继续道："我记得你父亲有辆四一年的黄色别克大轿车，带有活动敞篷；他还有上等的西装，是裁缝库列尔先生为他定做的；还有那些价格不菲的鞋，意大利皮的。这些花费很大。他喜欢穿着得体，漂亮的西装，漂亮的皮鞋，气宇不凡。一九四八年和一九四九年间，我先认识你叔叔利特尔，这就是我怎么会认识你父亲的，是通过利特尔。利特尔和我那时还在踩自行车，我们眼看着你父亲开着他的四一年别克车跑东跑西。那是多帅的一辆车！他喜欢那些宽肩膀西装。我记得的就是他的四一年别克车，但是，一个女儿？没有，我想你是搞错了。

"一辆四一年的别克，虽然漂亮，但也使他饱尝车辆故障之苦。"

朱奇先生是一位讲故事的大师，应该从容不迫的时候，他会娓娓动听地细细道来。当他发现你饶有兴趣倾听的时候，他会放慢故事的节奏，直至几乎停顿。然后驾驭故事向前，就像一个舞者踏着轻快步子朝着舞台脚灯飞奔，最终在一个脚尖激烈旋转之前停了下来。

"这是在那个名叫西尔维亚的女孩还是我女朋友的时候，我们只不过是两个孩子。她大概十四岁，让我想想，也许我是十六岁左右。目前，当我在墨西哥城的时候，由西尔维亚照看我在贾契坦的房子。我让她住在那里,无须支付房租,因为现在她老了,我对她甚感歉意。哦,我的妻子很嫉妒!她认为我和这个女人还会有什么事。你瞧,她只不过是我很久以前的女朋友。那时我们只是孩子,孩子而已。但是因为她做了对不起我的事,我和她分手了。我说:'西尔维亚,如果你我分手,我想,这对你是有益的……'"

"但是,这和我父亲又有什么关系?"我问。

"哦,那个啊。不,我觉得你误解了。"

和我母亲面谈过我那神秘的姐姐之后,她说:"还能有什么新鲜事?"

自从我们在医院第一次进行这样的谈话,到现在已有十年了。我羞于说起的是,我害怕母亲的坏脾气。当她去墨西哥时,她对她婆婆把一个洗衣妇留在身边,而无视她这个名正言顺的妻子甚为气恼。但这次,在她告诉我她所知道的一切之后——其实这些我都知道——她说:"都已经过去了,那和我没有任何关系。还有什么新鲜事?"她的声音平静得就像是在谈论天气。

我母亲不喜欢缄默,她喜欢用这样的话来搪塞:"还能有什么新鲜事?"或者她会详细报告她晚餐吃了什么,或者她在食品杂货店买了什么。用这种方法充塞缄默,如同用一个钢丝球去堵老鼠洞。母亲罗列一大堆食品,仅仅为说话而说话,也就是这么回事。用片言只语去填补空白,这样,真实的故事就躲躲藏藏地徘徊在黑暗中,不会出来惊吓我们。

我对母亲感到疑惑，我对我自己，对我的好奇心感到奇怪，我有股想要刨根问底的冲动。

几天之后朱奇回我电话："我和你母亲谈到这个女孩，她说她不相信这会是真的。"

我惊异于我母亲如此冷静地对他撒谎，我问："她生气了吗？"

"没有，但是她这样说：'如果他有一个女儿，她可能生在韩国，因为那是他在战争中的驻地。'"

然后他掷出一个燃烧弹；"我设法找到你的叔叔奥尔德，奥尔德说他一点儿都不知道你父亲有私生女的事情，但是……"

说到这里他停住，许是为了加强这话的效果。

"但是他自己承认他有个私生女！是一个他在墨西哥电视里看到的女孩，她是一个新闻广播员。"

在挂断电话之前，他给了我一个忠告："瞧，你真该问的人是你的姑姑巴比·多利，她和你父亲一直很亲近。"

但是，当我鼓起勇气打电话给父亲最宠爱的妹妹时，他们告诉我她在墨西哥。怎么会这样，当她住在墨西哥时，总是来访美国；现在她住在芝加哥，你倒无法找到她，因为她身在墨西哥城！

也许，我热衷刨根问底的解药就是不要去想到她，像母亲那样："那是他遇到我之前的事，和我没有任何关系。"

在我确信能够找到我大哥的时候，我拨电话给他，他是医生，难得在家。他告诉我一个故事，但不是我要寻找的那个。

"你知道我们的蒂亚·埃斯梅拉达在墨西哥的故事，不是吗？她多漂亮，她是她那些漂亮姐妹中最亮丽的，对吗？她是个黑寡妇。"

"你到底想说什么？"

"她杀死了她所有的丈夫。"

"什么！可她是怎么杀的？"

"这我不知道，"他说，"也许用毒药。"

"但是这和我们的同父异母姐姐，这和我们家的秘密有什么关系？"

"哦，你说这。"他的语调依然平淡，"我已经知道了。爸爸在车里告诉我的，他告诉我的时候已经染病在身了。"

"那你说了什么？"

"我又能说什么？我简直要昏倒！"

"这个女孩曾经常和我们一起玩，"我说，"可还记得？"

"不记得，没印象了。"

"但是是你，是你想出玩那个看看她有没有穿内衣的游戏。"

"你怎么净记这些事情？"他说。

"你怎么会忘了？"

我想，是否有那种我想象中的可能，我那丢失了的姐姐会突然现身，告诉我她的人生故事，那种没有我们父亲留在她身边的生活。如果她躲在墨西哥,可能她永远不会去学习读和写,可能她让自己像她母亲一样过着洗衣妇的生活。如果她有孩子,也许他们会北移到边境,然后过境。也许这种穿越是安全的、平静无事的,或者,也许是危险的、致命的或者更糟的。

"对妇女来说,境遇总是差一些,不是吗?"

如果她的孩子跨越边境来到这一边,我知道在这里他们的生活将会多么艰难。特别是"九一一"之后,政客们想要围绕着这个国家建造一座墙。

我想到最近移民争取权利的游行,其中一个人扛着的标语是:如果你遣返我,谁来建造这座墙?

二哥和我交换的电子邮件主题名为"失踪的姐姐",像是来自福尔摩斯探案集的神秘故事。

二哥写道:"她可能和我们有血缘关系,但是对我来说,她又是个陌生人,不管怎样,我就是这样想的,我已经有很多我熟悉的亲戚,多得我几乎没时间应付了。你想从这件事里得到什么呢?"

"我不知道,"我立刻写了回信,"我是一个作家,思考是我的职责,我得面对过去而生活。"我没有告诉他,我之所以如此烦恼,是因为我是父亲的最爱,是他的女王。为什么父亲把他所有的爱都慷慨施于我,而不给她一点点?

我的二哥写道:"你为什么不去问巴比·多利姑姑,她爱谈以前的旧事。"

"如果我能够找到她，"我回信说，"但是她是个靠不住的见证者，你知道她总是为父亲打掩护。"

二哥建议我去问父亲的朋友，但他们大多数已不在人世，越过最后的边境去另一个地方了，在那里，就像新墨西哥州诗人利瓦伊·罗梅罗说的："也许他们身居乐土非常快乐，因为他们不打电话也不写信。"

父亲的密友们，即使那些可能还活着的，又怎么去找到他们？他们都是些漂泊者，在边境两边工作，做点家具装饰业，还有这里买进那里卖出的一点点小生意。谁知道他们到底在那里做什么。他们从来不回家，他们的妻小藏身在边境另一边的某处。当然，他们寄钱回家，他们有些人每个星期日上教堂。

他们是一群无用之人，吹牛的侃爷，除了故事之外什么也没有，一群胡说八道者。是费里尼导演的电影《流浪儿》里的那类人物，只是一群妈妈的大男孩，穿着西装的婴儿。

每个人都警告我，不要再追问有关洗衣妇女儿的故事，因为那再也不是什么虚构的小说。

现在，它是不能声张的家丑。

"你想在爸爸身上泼脏水。"

当我打电话的时候，四弟在家里。他和我们的双胞胎弟弟打理父亲留下来的家具装饰店。这天是星期六,我四弟的妻子外出,他正在家里照料孩子。

"你是想要泼脏水。"他坚持。

"不,我只是想知道你是怎样想的。"

"我认为每个人都有秘密。"

"我就没有,"我说,"我的生活是一本打开的书。"话刚出口,我倒是怀疑它是否是真的。

四弟承认知道。父亲家具装饰行业里的一个好朋友库柯告诉过他。

"还记得库柯吗?"他问,"他是唯一穿着西装工作的家具商,就像生意人那样。他是个头发梳得油亮油亮的胖子,穿着白衬衫,打着领带,做着用锤子敲打椅子的活。爸爸病后,我经常和他在一起厮混,听他讲故事,有关战争的故事,有关亲戚的故事。他曾经告诉我奥兰利亚姑姑在嫁给帕科姨夫的兄弟前曾和帕科姨夫有过一段放纵的生活。"

"你在说谎!"

"那是他说的,他是个好讲故事的人,我告诉过你的。"

我四弟又说:"不过,妈妈不喜欢他,说他会带坏人。妈妈总是怀疑爸爸和他的一个女裁缝有染。唉,那女裁缝没什么让人看得上眼的,不过,我不清楚。我想,这么说吧,我自己在生活中也经历过一些事情,但是你知道,我和我妻子、孩子过得很好。一旦成为一个父亲,就不一样了。"

"问题就在这里,"我说,"你有一个你爱得发疯的女儿。你想想她。"

"等等,我不是很确定库柯已经死了,我得问那个卖泡沫塑料的家伙。他会知道。你应该试着找到巴比·多利姑姑。"

他答应再回电给我,但是他没有。

二哥说父亲总是逃避自己的问题,我想了一下,觉得这是真的。洗衣妇怀孕的时候,父亲逃到了韩国。而母亲在芝加哥怀着她第一胎孩子的时候,父亲跑回他墨西哥城的家里,但是遭到了自己父亲的斥责。祖父提醒他:"我们不是狗。"于是父亲夹起尾巴回到芝加哥母亲身边,和她结了婚。

驾车时,等红灯时,我对自己痴迷于此想了很多理由。或许这与被抛弃有关。这是因为我在写《拉拉的褐色披肩》时,被情人抛弃,不是一次,而是两次。这是因为我知道,世界上最糟的事情不是有人由于死而离开你,毕竟,那不是他们的错。但是,当有人出于自己的意志而背离了你,你爱的人还活着,还在这个地球上,但是却选择了与你毫不相干,那才是最糟糕的。

缺点不在有孩子,而是你抛弃了他。

对我,抛弃比死更糟。

你猜祖父为什么不坚持让父亲去履行对那个洗衣妇的责任?

因为她是印第安人?墨西哥以它的印第安历史为荣,但是当今的情形又是另一码事。印第安人从事的是最糟糕的职业,他们处于社会阶梯的最低层。你只须看墨西哥电视就知道,那些影星都像好莱坞的白人。即使在浪漫电视里,印第安人的角色也得由混血儿来担任。我不知道有没有扮演印第安人的印第安人演员。如果影片里有一个印第安人,也只不过是仆人这样的小角色,或者一个嘲弄印第安人的斯泰平·费奇特①式的角色。在墨西哥,最大的侮辱就是称你为"一个印第安人"。

那个洗衣妇的女儿,我父亲的私生女儿,他对她来说究竟算是怎样一种父亲?就像电视浪漫情景剧,她的母亲是因为我父亲身穿得体的西装,开着黄色敞篷车而爱上了他?或者仅仅是因为父亲得益于和她接近的优势?他一定没费太多工夫,我父亲一向魅力十足。

我想知道,当那个洗衣妇看着我母亲和她孩子,看着我们,看着我在玩,而她自己的女儿,一个长着一张稍黑点,但酷似我父亲那张脸的女儿,却必须工作,这时,她是什么感受。

我们经常被弄得筋疲力尽,往返于芝加哥和墨西哥,车子没有安全带,身上没有信用卡,不停歇地在路上奔驰,用博洛尼亚三明治当晚餐。

有时候我父亲会困倦到把车开到车道之外,急得一辆卡车按

---

①斯泰平·费奇特(1902–1985),著名美国黑人喜剧演员,以闪烁其词、献媚奉承的仆人角色著称。

响喇叭,这时候母亲被惊醒,大喝一声:"阿尔弗雷多!你差点送了我们的命!"然后我们在路边停下,让父亲和我们一起打一个盹。

他无法抗拒婴儿,在超市里,他从他们的母亲手里接过他们,为的是能有机会抱一抱。在停车标志前停下时,他会向孩子们按车喇叭、挥手。"当心!"我们警告他,"有人会认为你反常。"他不介意。他是个非常爱孩子的人,还是个青年士兵时就这样。在韩国,他留下很多抱着学步儿童和拥着街头孩子的照片,每只手臂拥着三到四个孩子。父亲永远热爱孩子,他抚养了我们七个。

孩子高于一切,高于任何人,高于每一个人,包括他的妻子。我父亲喜爱孩子,我心里明白,同是这样一个人,他怎么可能抛下自己的一个女儿?

我应该在父亲还活着的时候问他这个问题。他躺在手术台上做了心脏搭桥之后,差不多还活了两年。

我的家庭所经历的那些故事没人敢言说。

我的祖母在和我祖父结婚之前曾和别人有过一个孩子;我领军饷的叔叔逃跑了;我在费城的堂兄出于嫉妒,射杀了他的妻子,以致终生面壁监狱,为他的坏脾气忏悔;我的曾外祖母,尽管其貌不扬,结婚五次,因此我这个后裔怀疑她擅长床上功夫。

我们不谈论这些事情,甚至只要我一提起它们,父亲就会生气。

所以,我怎样开口去问?

我要是问了就好了。

五弟说他知道,是因为看了《拉拉的褐色披肩》。他是个地质学者,他的妻子出生于墨西哥城,所以他们回去过很多次。因为他们目睹了什么是贫穷,于是每次回去都会访问一个孤儿院,带去礼物,捐赠一点点钱。他是唯一表态说不反对我们去寻找姐姐的哥哥。

"但是我们怎样去找她?"他问,"雇一个私家侦探?"

"我不知道,"我说,"我不知道。"

姐姐,也许是你母亲瞄准了一个机会。

我不是责怪她。

也许她是爱上了他,因为他能说会道,因为他的宽肩膀西装、漂亮车子,和上好皮鞋。也许他是唯一朝她看的男士。

或者,也许他只是利用她。他只是个演员,一如那些人,他们诱我落入情网,让我多年以来误以为自己身处恋爱之中。

每一次,我都因为一件西装、一根领带而坠入爱河,或是一辆车,一个体面的职业。而一个好社区的公寓更具有吸引力,它不像我寄居的社区,犹如一张长满溃疡的嘴巴。

也许她认为他会来拯救她,像浪漫剧里的故事,把她从屋顶阁楼接到一个属于自己的家里。

我要见你,从我旅行到墨西哥、波斯尼亚或意大利时遇到的每一个妇女身上,我确实看到了你。从那些最最可怜凄惨的人身上,我看到了你。在萨拉热窝的那个春日,一个凄厉而令人难忘的画面:一个一脸恐惧的罗马妇女,被冷落在路边,在卖她几近凋零的丁香花,它们在热气的炙烤下趋于干枯。在特波茨兰市场,一个印度人恳求我再多买一袋巧克力,虽然我已经买了一袋:"挑个喜欢的,今天我生意不好,挑个喜欢的吧。"罗马的波兰难民在玛兹尼广场的路边编结帽子,她把要出卖的商品摊放在一张小牌桌上。秘鲁的奶妈害怕和我交谈,她们思念家乡但又不敢诉说,在贾尼科洛铺满卵石细砾的停车场里晒她们得到的一些小钱。在那佛纳广场,亚洲妇女手臂上挂着一条条丝绸围巾,像观音菩萨似的,每个人都绝望地喊出越来越低的价格,只是想能有人来买。在旧金山的联合广场,无家可归的妇女说:"谢谢你,整整一天里,你是第一个这样注视我的眼睛,把我当人看的人。"

不管走到哪里,在每一个地方,我都看到了你。

在我的电话答录机里,六弟留言:"收到了你的信息,请回电。"

美国人口普查表寄来了,我发现自己被最基本的问题给搞糊涂了。

"我们是什么?"我对伴侣雷喊道,他正在书房里工作,"我应该在'我们是什么'这栏里填什么?"

我们不同意被分为"西班牙裔",这个侮辱性的称呼让我想到美国的总统,他们从来没想到问问,我们怎样称呼自己。一个名称意味着什么?所有的东西都包含在内。如果无关紧要,为什么不称之为"非法入境的墨西哥劳工"?

"亲爱的,我应该怎样填'我们是什么'?"

一番交谈后,雷和我决定在"其他"栏打钩。

可是,人口普查表要求详细说明,还列出了具体的人种类别。

我们觉得该是"本土的",因为我们不知道怎样简单地说明它。

但是勾了"本土的"以后,下一个问题甚至更困扰我们:什么部落?

"雷,我们是什么部落?"我朝隔壁房间喊道。

"什么?"

"他们想知道我们属于哪个部落,我应该怎么回答?"

做了一些讨论之后,我们取得一致,写上了"混血"。

六弟打电话来,他说:"我什么也不知道。"

然后,电话里一阵咔嗒咔嗒的故障声打断了我们,好像父亲不喜欢我们讨论他的过失。

七弟,我最小的兄弟,携他的妻子和孩子来圣安东尼奥做客。因为他们是来观光的,我们想坐坐停在阿拉莫广场边上的马车,这时我们正在吃圣代冰淇淋,我们犹豫着。但驾车者说:"当然,你们可以带着冰淇淋上车。"所以我们就爬上去了。

我享受着我的焦糖圣代冰淇淋和乘坐马车的乐趣,这时,驾车人——一位来自达拉斯周边地区的大个子乡村妇女——开始唠叨她的家世,说什么她有十六分之一的彻罗基血统和四分之一她自己也说不清楚的血统,她没完没了地说着。她的皮肤是煮沸的牛奶的颜色。

不知什么原因,她声称自己是印第安人让我甚为恼火,这么多美国人说自己是印第安人,但是我没有看到他们自愿去帮助印第安保留地的同根兄弟。

可能因为那只吊在马尾下面收集马粪的帆布袋,也可能是她讲的故事令我倒胃,我的焦糖圣代冰淇淋开始带上马粪的味道。

受够了之后,我终于大声说:"对了,我们也是印第安人!"

她从马车前面的座位上转过身,说:"哦?"一种自以为什么都懂的口气,然后,像美国人口普查表那样发问:"什么部落?"

"什么部落?哦,我不知道。"我说,"墨西哥革命时期,我们家逃离了墨西哥。但是,最重要的是你必须看我们的脸。"

七弟媳的脸像牛奶加得很少的咖啡,七弟和我的肤色是牛奶咖啡色,他们孩子的肤色是卡布奇诺色。我哥哥、他的妻子和孩子,还有我,我们看上去像墨西哥人、阿拉伯人、犹太人、摩尔人、西西里岛人、美国印第安人、东印度群岛人、土耳其人、希腊人、巴勒斯坦人、吉普赛人、巴基斯坦人、伊拉克人、伊朗人、阿富汗人。我们是什么,看起来就像什么。

但是见鬼,谁知道那是什么。

当我告诉姑姑我为什么打电话给她时,她像一只鹦鹉似的尖叫起来,她对那女人和她女儿两人都以"那小妞"相称。在她的故事里,所有的人物被称作"那小妞、那讨厌鬼、那小偷、那不要脸的"。我都弄不清她在说母亲还是她女儿,还是大的女儿,还是和那母亲同居的男人,或者,是我同父异母姐姐与之私奔的男人。

"你等一下,姑姑,是谁偷了什么钱?"

"她抢劫我。"姑姑继续说,她没回答我,"我可以对天起誓,她不是你父亲的女儿。那女人怀孕的时候他在韩国,他怎么可能是父亲?"

然后她继续说:"卢斯这小妞……"

卢斯!我的记忆被那母亲的名字给点燃。

"她是个脚带畸形的仆人……"

滑稽,我怎么不记得她的脚是畸形的。可是,现在我想起,她走到浸衣服的锡盆边劳作时,步子是有点儿像跳波尔卡舞似的不稳。

"……是个好洗衣妇,非常出色,但是她不洗自己的身体。

一个像你父亲这样雅致的男人，怎样可能对这样一个肮脏发臭的女人产生兴趣？"

我姑姑称这个洗衣妇"肮脏"和"发臭"，但我看到的是，她因为繁重的劳动而满脸风尘，疲惫不堪。我想，如果你必须跛着脚蹒跚而行，洗涤衣物，并冒着夏季的酷热，拖着这些重荷攀上屋顶，用一台绞拧机弄干，你也一定会全身发臭。

"她有两个女孩，大的叫特里萨，当然，是和另一个男人所生。年幼的女孩，她的名字我记不起来。因为她们就是那种女人，她们会跟任何人好。

"是的，她有一个朋友和她在阁楼上同居，但是生下小的那个女孩之后，那个不要脸的丢下她们走了。你的祖母便找她来打工，你祖母只是想行善，你认为她如果知道那些小道传闻，还会要她？"

"但是我记得这个女孩，她的样子活像我父亲，只是黑一点。"

"你在说什么！她一点也不像你父亲！她和我们去了阿卡普尔科，你有她的照片。"

我感到吃惊，在《拉拉的褐色披肩》里，我虚构的正是这个情节。我想，我用它们组成了我小说的几个部分，但是后来有人告诉我这些，还有其他事情，是真正发生过的。那些我以为是想象出来的事情，居然是真的？……但是，也许她的大女儿是我父亲的女儿。毕竟，我父亲偶尔会回家度假。

姑姑继续讲述她的故事，还谈到年幼些的那个女孩。"有人把你父亲作为猎物放在她脑中，那个女孩想要从我们手中得到钱。那是在你们全都回芝加哥以后，她未能如意，就来抢劫我们。因为她母亲的缘故，我没报警。但是，让我找找我们在阿卡普尔科的照片,还有你父亲从韩国写来的信。我会看,我们会让事情搞个水落石出。"

难道这只是一个好故事,而不是个真实的故事?如果它是真的,会不会过于丑陋而不能写进小说?那里面的偷盗、控告、勒索、偏执让它污秽不堪,就像一个阶层、种族对另一个阶层、种族所抱的偏见。

然后,姑姑开始揭开另一个家庭秘密,一件她认为我不知道的轶事,其实我知道,但是我想听她怎样讲述。那是有关"祖父"作为陆军上校驻扎在坦皮科海港的时候,他在那里有一个情妇,是他一生的挚爱……但是,这是我对这个故事的诠释,不是姑姑的。

"妈妈把我们送来这里住了两年,让我们盯着点他。一天利特尔和我发现某人和父亲在营房里谈话。我们一路用棍子追逐她,把她赶回家门,这样她就只好不再来找我父亲。那件事以后,父亲简直气疯了,把我们送回了墨西哥城。"

姑姑咯咯地笑了起来,为她的胜利而感到骄傲,虽然这是半个多世纪以前发生的事情。

我想问她父亲的事,她不认为她也应该揍他一顿吗?但是我没有提出我的想法,因为她似乎对自己甚为满意。

刨根问底,我发现的是别人的肮脏,每个人都告诉我一些我不知道的事情,或告诉我一些他们不知道我已知道的事情。

我想知道,是不是所有的故事都像这样?自然事件远比我们每个人编织的故事复杂。在我们的人工故事里,我们总俨然像个英雄,处于宇宙的中心。

姑姑告诉我说:"在你父亲的最后时刻,我去医院探望,告诉他:'你不是那个女孩的父亲。卢斯怀孕的时候,你在韩国,这日期不吻合。所以,事情明摆着!'"

然后,好像知道我是什么感觉,姑姑又对我说:"你没有什么可以感到内疚的。"

"然后呢?"

"你什么意思?"

"当你告诉他的时候,他说了什么?"

"什么也没说。那是故事的结尾,他还能说什么?"

然后,轮到我沉默不语。

31 | 一个被称为"白日梦者"的女孩

那份五年级的成绩报告单，是我在数十年游牧式的流浪生涯中，唯一留存下来的儿童时代的成绩单，它见证了我的羞愧和悲哀。写在上面的分数平凡无奇，但至少可以让我以一个成功作家的身份，来讲述一个精彩的故事。因为我在对年轻的听众做演讲时，经常拿它当视觉上的辅助。他们中有很多是五年级学生，手里捏着自己觉得黯淡无光的成绩单。我还有其他学校的评定报告，时而看到它们夹杂在母亲鞋盒里的档案中，证明了我以后的学业进步。但是在我写下面这篇文章的时候，这份可怕的五年级成绩单，令我想到的全是我儿童时代对上学的恐惧。我记得那时我在忧恐交加中醒来，经常嘟哝着："妈，今天我不想去上学。""那，就不去。"她说，也不问一声"为什么"，或者说"你得去"。天知道她为什么对我如此宽容。也许，她根据直觉知道我不快乐。从三年级到六年级，我一直感到恐惧。这种记忆是如此强烈，即使是现在，每次我去小学演讲时，我都几乎被这种恐惧压倒。谢天谢地，一旦我开始演讲，它就消失了。

这个演讲，最初是二〇〇七年十月在圣安东尼奥闹市区的公共图书馆里，对一个初中和高中学生的听众群体所做的。事由是第二届圣安东尼奥拉丁美洲麦克阿瑟奖获奖者重聚。我们的第一次麦克阿瑟聚会是在十年之前，这次，我和农场劳动组织委员会的主席、擅长口述故事的贝尔德马·维拉斯奎兹，还有书商中的表演大师鲁宾·马丁内斯共同承担这个项目。当鲁宾·马丁内斯把一张百元新票发给那个能记住图书馆主任名字的学生时，我们惊异地张大了嘴。我着实从鲁宾身上学到了怎样给人留下不可磨灭的印象。

　　五年级的时候，我的老师，莫斯特圣灵高中的修女玛丽·雷吉娜·伊曼卡拉塔提出要见我母亲。这可是一件大事，它意味着我做了什么可怕的事情。但是，我一点都不记得，我犯了什么弥天大错。

　　"又怎么样啦？"母亲深感厌烦地说。晚餐将会被拖延，她得步行去我的学校，然后再步行回家，而我必须和她同去。我的两个哥哥被吩咐照看其他四个年幼的弟弟。上一次双胞胎哥哥这么做时，结果进了警察局，他们才五岁。父亲疲惫地下班回家，忍着饥饿和脚上的抽痛。母亲则陷于一种可怕的情绪之中，不管是谁，只要走近她，就会遭她抢白。都怪我，把世界扔进混沌之中。

　　莫斯特圣灵高中的修女玛丽·雷吉娜·伊曼卡拉塔抱怨说："你女儿是个爱做白日梦的女孩。"

　　我能说什么？这是真的。当老师叫我的时候，我往往不知所云，很少在上课的状态中。而且，班里有四十七个吵闹的孩子，来自不同的年级,仅有一个疲惫不堪的老师来应付,那也是真的。一天之中,总有那么几个瞬间我会走火入魔,在一个白日梦里渐行渐远:我凝视窗外的一朵云彩,或者一片珊瑚色的天竹葵花瓣,要么,我的目光定定落到坐在前面的男孩萨尔瓦多身上,他皱巴巴的衬衫和肮脏的领子让我禁不住要想,他妈妈为什么不对他多关心一点。

那时候,我不断地想,我想到萨尔瓦多很多事情,我想象他生活在有一群小弟弟的家庭里,也许这些小弟弟使他妈妈忙得不可开交,以至送他上学前,都顾不上为他换上一件干净的、熨烫过的衬衫。我想象萨尔瓦多很早就起了床,帮她妈妈照顾这些婴儿弟弟。我能肯定,我知道萨尔瓦多住在哪里,在西大道近弗卢努瓦街一带,那是一个比我们这里更糟的芝加哥社区,靠近我蒂莫阿姨的家,她好比是住在一只鞋子里的女人,有一大群孩子让她顾此失彼,不知如何是好。

我想象着萨尔瓦多翻身下床,穿上打皱的衬衫,帮他妈妈用一只锡杯里的玉米片喂他的婴儿弟弟们,用水梳自己的头发,匆匆地往学校奔。恰好就在这当口,老师叫我了。我不太记得五年级其他什么事了,除了那句"白日梦者"。这是一个比棍棒和石头更能伤害人的词,它伤到的不仅仅是骨头。

在那个学年的剩余日子里,我羞于抬起我的头,直到后来,借着神的保佑,在接踵而来的冬天,我们家的水管冻坏,我们不得不搬到另一个街区,我也转入另一所学校,那里有宽容、富有同情心的老师和修女,他们发现我是一个艺术家和作家。但是在我被人注意和挖掘之前,我隐藏自己,暗地里画,暗地里写,在课堂上我从不主动回答问题,因为在我的假想中,如果我去思考,答案肯定是错的。

说来有趣,在我生活中,我经历了一次又一次搬家,而这份可怕的五年级成绩单却留存下来,它提醒我,让我记住我以前是怎样一个人。我只要看到上面的C和D如同繁星,就会记起别人是怎样看我,我又曾经是怎样看我自己的。太可惜,我的艺术课没有成绩,否则我会得一个A。太可惜,我每个星期去公共图书馆借阅的七八本书,一个学分都没让我拿到。我怎么会知道,要让莫斯特圣灵高中的玛丽·雷吉娜·伊曼卡拉塔修女注意到这件事至关重要?

在我人生的第四十个年头,我获得了麦克阿瑟奖金,所谓授于天才的奖励,就好比是为你人生的故事而颁发的奥斯卡奖(我就是这样向母亲解释的,起初她不理解)。我最终意识到的是:我始终是一个白日梦者,对于一个作家,这可是一种福分。如果"白日梦者"不是等同于"思考者""预言家""直觉"那它还能是什么呢?所有这些,都是和"女孩"同义的优美词汇。

32 | 芒果街，我自己的小屋

为了写这篇纪念我的第一本书——《芒果街上的小屋》——出版二十五周年的文章，我明白我需要找出一张摄于当时的照片。如果我久久凝视那张照片，我的人生故事会慢慢泛上心来。但是照片里的那个女人是谁？她不是我，我也不是她。好像我是在写其他某个人，于是我产生一个想法，在叙述故事时采用第一人称和第三人称交替的方式。我还想理顺一些传记性的事实，例如，我住过的详细地址。我奇怪在这篇文章里怎么会写到我母亲，但是，她怎么可能不出现？我二〇〇八年五月二十六日结束这篇文章，距她跨越去另一个世界不到一年。她的灵魂还没走远。

这张照片里的年轻女人是我，其时我正在写《芒果街上的小屋》。她在她的办公室里，这其实是一间房间，有家庭住在这个公寓里时，它可能会是一个孩子的卧室。它没有门，仅比那间人进得去的储藏室稍宽一些。但是，房间光线明亮，位于楼下门厅门的上方，所以她能够听到邻居进进出出。她摆出姿势，好像刚从埋头工作中抬起头来休息片刻，但是在现实生活中，她从不在这个办公室写作。她在厨房里写，那里是这公寓里唯一有暖气的地方。

这是在芝加哥，一九八〇年，在贫困潦倒的巴克镇街区，那时，有钱人还没有注意到这个地区。这个年轻的妇女住在北宝琳娜街一八一四号，在二楼的前端。纳尔逊·艾格林曾经在这些街上徘徊。索尔·贝娄的跑马场就在迪韦勋街，走过去就到。这个街区充满啤酒和尿，还有香肠和豆类的臭味。

这个年轻女人让各种各样的东西充塞在她的"办公室"里，那是她从麦克斯韦尔街的跳蚤市场拖回来的，过时的打字机、字母积木、书架、文竹，来自日本的陶瓷小塑像、柳条篮、鸟笼、手绘照片。她喜欢注视这些东西，有这样一些空间让她去注视和思考，对她至关重要。当她蜗居在家里时，她注视的那些东西仿佛会指责她，使她感到悲哀和沮丧。它们说："洗洗我。"它们说："懒惰。"它们说："你应该。"但是，她办公室里的这些东西是那么神奇，让她情不自禁地要去把玩它们。它们给她的生活带来光明，这是一个可以让她沉静下来倾听自己内心声音的地方。白日时分，她喜欢在这里独处。

作为一个女孩，她梦想有一个安静的家，一座只属于自己的屋子，如同别的女人梦想她们的婚礼。她无意收集花边和亚麻织物来做她的嫁妆，这个年轻女人，她从肮脏的密尔沃基大道上的旧货店购买旧物，用来布置她未来会拥有的屋子，比如褪了色的被子，有裂缝的花瓶，缺了口的茶托，柔情款款的灯具。

这个年轻女人从研究院毕业后返回芝加哥，搬回北基勒街一七五四号她父亲家里,依然住在她女孩时代的那个房间,里面有一张双人床和带花的墙纸。那时她二十三岁半,现在她鼓起勇气对父亲说,她想再次独自居住,一如读大学的时候。他注视她,红着眼睛,就像公鸡将要发动攻击时的眼神,但是她并不感到惊奇,那眼神她见过,知道他是无恶意的。她是他最宠爱的人,同意她的要求只是个时间问题。

这个女儿声称她在学院里学到过,一个作家需要在安静、隐居和长期独处的环境中进行思考。那父亲认为,她是毁于接受了太多的大学教育,毁于与太多的外国佬交上朋友。在某种意义上他是对的,在另一种意义上她是对的。当她用她父亲的语言思考,她知道作为儿女在结婚前不能离开父母的家;当她用英语思考,她明白,从她十八岁开始,她就应该依靠自己。

有一段时间,父亲和女儿达成了停火协议,她同意搬到一幢大楼的地下室里,那是她六个兄弟中最大的哥哥和妻子居住的大楼,在西荷马街四八三二号。但是几个月之后,当楼上的哥哥真的煞有介事地要来管教她的时候,她跨上自行车,跑遍了她读高中时的生活地区,直到物色到一套在二楼的公寓,墙面刚漆过,窗上贴着封口胶带。然后她敲响楼下店面的门,说服房东接纳她为新房客。

她父亲不明白她为什么要住进一座有百年历史的老屋子,它的窗子又高又大,不保暖。她知道她的公寓是清洁的,但是走廊被踩得破旧不堪,那模样简直骇人,虽然她和楼上那个妇女定期轮流用拖把擦洗它。走廊需要油漆,但是她们对此无能为力。当父亲来看她,在攀楼梯时总会厌烦地喃喃自语。进了房间,他察看她的书安顿在牛奶板条箱里,察看放置在她睡房地板上的蒲团。

睡房没有门,他轻声嘀咕起来:"嬉皮士。"就像看见男孩们在街区无所事事地闲逛时,他会说:"毒品。"当看见厨房里的小型取暖器,他摇头叹气,说:"为什么我辛苦工作,买下一个带有暖气炉的屋子,而她反而越过越糟,住在这样的地方?"

当她独自一人的时候,她尽情品味她的公寓,那高悬在头顶上方的天花板,那接纳蓝天的窗子,那新铺的地毯和白得像打印纸一样的墙壁,那间人能进得去的放着空架子的储藏室,那间没有门的睡房,那间置有打字机的工作室,更有那前室的窗子——通过它们,她能够看到街景、成片的屋顶、成行的树木,还有肯尼迪高速公路上令人头晕目眩的来往车辆。

在她的公寓楼和隔壁建筑物的砖墙中间,是一个地势低洼的花园,被收拾得整整齐齐,出入这个花园的总是那么一家人,他们说话的声音如同弹奏吉他,带着南方口音。当黄昏来临,他们会带着一只关在笼子里的宠物猴出现,坐在一条绿色的长凳上,他们谈话,发出笑声。她从自己卧室的窗帘后面窥视他们,心想,他们从哪里抓来的这只猴子。

她的父亲每个星期都打电话来说:"我的女儿,你什么时候回家?"她母亲又会对她的所作所为说些什么呢?她将双手放在臀部,吹嘘说:"她有我的遗传因子。"当父亲在屋里的时候,母亲只是耸耸肩说:"我有什么办法?"母亲不反对,她知道过着一种充满悔恨的日子是怎么回事,她不想自己的女儿也过这种生活。她总是支持女儿的计划,直到女儿进大学。母亲把他们芝加哥家里的墙壁涂上花的颜色;她在她的花园里种土豆和玫瑰花;她在儿子的爵士鼓上练习独奏;和电视音乐秀"灵魂列车"的舞者一同随着爵士乐跳舞;用卡露牌黑玉米糖浆把旅游海报粘贴在厨房墙上；每周带着她的一群孩子去图书馆，去公共中心，去博物馆；在西服翻领上戴一枚徽章，上书："养活人民，而不是五角大楼。"她上学只上到九年级，就是这个母亲，用肘轻轻推着女儿说："真幸运，你读完了学业。"

父亲希望他女儿成为电视气象预报员，或者结婚生子。她不想做什么电视气象女孩，也不想结婚和生孩子，现在还不想。也许以后吧，但是在她的有生之年，她有那么多其他必须要做的事情：旅行，学习跳探戈舞，出版一本书，住到另一个城市，赢得全国艺术基金会奖，看北极光，一鸣惊人地做点什么。

她凝视公寓的天花板和墙壁，一如她在以前生活成长的公寓里那样，她从泥灰的裂缝构想出图案，又从这些图案想出故事来。夜里，她把一只廉价的金属台灯夹在厨房的桌子上，在灯的光环下面，她拿着纸和笔坐着，装出坦然自若的样子。她试着过作家的生活。

她自己也不清楚，她这种要活得像个作家的想法从何而来。她还没有读过弗吉尼亚·伍尔夫。她不知道罗萨里奥·卡斯特利亚诺斯或索尔·胡安娜·伊内斯·德拉克鲁兹。格洛莉亚·安扎尔朵和彻里·莫拉加正披荆斩棘从某个地方走向世界，但是她不了解她们，她什么也不知道。当她写作的时候她编造故事。

当那个是我的年轻女人被摄下这张照片时，我还在称自己为诗人，虽然早在上初中时我就已经开始写作小说。在艾奥瓦诗歌研讨班的时候，我的兴趣又转回到小说上来了。至于诗歌，当我在艾奥瓦学习诗歌的时候，它对我只是个不实际的用纸牌搭成的屋子，一座概念的尖塔，而我，唯能做的是通过小说去传递自己的想法。

照片里那个是我的女人正在写她的一个系列短篇,我一点一点地写,也穿插写点诗歌。我已想好了一个题目——《芒果街上的小屋》。已经写了五十页,但是我没有考虑把它作为一本长篇小说,它仅仅是一只装纽扣的罐子,像是不相称的绣花枕头套和我从古德威尔二手店货盒里找到的有交织字母的餐巾。我写这些东西,并考虑把它们作为"小故事",虽然我觉得它们彼此间是有关联的。那时我还没听说过"故事环"这个名称。我还没读过埃尔米罗·阿布雷乌·戈麦斯的《卡纳克》,埃莱娜·波尼亚托夫斯卡的《利卢斯·基卡斯》,格温德琳·布鲁克斯的《母亲的手》。那些都是我以后要去读的,当我有了更多的时间和独处的空间去阅读的时候。

这个曾经是我的女人,在艾奥瓦的一个周末,写了《芒果街上的小屋》的头三个故事。但是因为我不在小说研讨班,它们不会被计入我的艺术硕士论文之内,我没有去争辩;我的论文指导老师使我想起我的父亲。在不用为学分而写诗的时候,我附带着写这些小故事,以寻找安慰。我和同学一起分享它们,比如诗人乔伊·哈乔,她在诗歌研讨班里也是颇有坎坷;还有小说作者丹尼斯·马西斯,一个伊利诺伊州小镇上的本地人,他的平装本藏书室,藏着世界各地的好书。

在那个时候,在二十世纪七十年代,小而又小的短篇小说是一种文学时尚。丹尼斯向我介绍日本诺贝尔文学奖得主川端康成的"巴掌大"的迷你故事。我们煎鸡蛋作晚餐,大声朗读加西亚·马尔克斯和海因里希·伯尔的小说。我们两人都很偏爱有探索和创新精神的作家——那年月,除了格蕾斯·佩蕾,所有的人都像我们一样,是些叛逆者。丹尼斯后来以编辑为终生志业,当我们两人无论谁感到失落的时候，他是伙伴，是电话那头的声音。

照片中的这个年轻女人，正在仿效豪尔赫·路易斯·博尔赫斯的《梦见老虎》，写自己的书。前者是她上高中时读到的作家，他的故事短小精致，就像汉斯·克里斯汀·安徒生或奥维德笔下所现，或者像是百科全书的条目。她意在让她写的故事，打破各种各样的界线：体裁和体裁之间的，写和说之间的，高雅文学和儿童歌谣之间的，纽约和想象中的马孔多村之间的，美国和墨西哥之间的。真的，她希望她欣赏的作家尊重她的工作，她也希望通常不阅读书籍的人喜爱这些故事。她不想写一本让读者看不懂的书，不想让读者因为看不懂而感到羞愧。

她认为故事旨在宣扬美，美近在咫尺，让人礼赞，就像掠过头顶上空的一片云彩。她认为，为生活艰苦奔波的人们适宜看这些美丽的小故事，因为他们没有太多时间，又经常处于疲劳状态。她想写的一本书是，可以任意翻开它，不管翻到哪一页，故事就在眼底，对读者来说无须去知道此前是什么，或者后面怎么样了。

她在进行探索，意在创造一种像诗一样简练灵活的文本，把句子拆成碎段，以便读者停顿，使得每个句子为她服务，而不是相反。她放弃引号，使得排版更为流畅，页面尽可能简单易读。所以，句子就像是变得圆通，就像一条条顺畅通达的支流，能够用不止一种方式阅读。

有时候，曾经是我的这个女人会在周末外出，和其他作家会晤。有时候我邀请这些朋友来我公寓，研讨各自的作品。我们中间有白人、黑人、拉丁美洲裔；我们中间有男有女。我们共有的观念是：艺术应该为我们的社区服务。我们共同参与，出版了一本名为《非常时期的墨西哥人》的选集,因为我们在黎明前完成了我们的合作,我们聚集在贝尔蒙街同一家二十四小时营业的墨西哥玉米卷餐厅里,就像霍珀那幅《夜游者》油画的另一个版本,一个表现多元文化的版本。《非常时期的墨西哥人》的作者们每月组织一次艺术活动,那是在我哥哥基克的公寓"奎克画廊"举行的例行聚会。我们做这些事并没有资金,有的只是自己宝贵的时间,我们之所以这样做,是因为我们生活的这个世界成了着火的屋子,我们深爱的人正在经受煎熬。

照片里的这个年轻女人在清早起床,去上班赚钱付她宝琳娜街公寓的房租。她在皮尔森学校教书,那是她母亲住过的老街区,在芝加哥的南边,是一个墨西哥人聚居的社区,那里房租便宜,很多家庭都拥挤地住在一起。房东和市政当局无力应对鼠患,垃圾也不能保证按时收集,门廊塌陷,公寓没有消防梯。直到悲剧发生,有多少人死于非命,他们才进行了走马灯似的调查,但是问题继续存在,直到下一次又死人,又再调查一番,又再遗忘一回。

这个年轻女人的工作是和学生相处,他们已经从高中休学,但是决定再做努力,争取拿到毕业证书。她从她的学生嘴里获悉,他们的生活比她这个故事讲述者能想象到的更为艰辛困苦。她的生活远比他们舒适和优越,她上课之前从来不用担心要去喂她的婴儿;夜里,从来不会发生父亲或男朋友对她暴打,以致早晨醒来浑身青肿;她也不必事先去构想备用路线,避免在学校走廊里遇上一群恶少;她父母亲也不会恳求她从学校休学,要她去赚钱帮助他们养家。

艺术怎样改变世界?在艾奥瓦的时候从没去考虑这个问题。难道应该在这时,在这些学生需要知道怎样防卫加害于他们的暴力时,去教他们写诗?马尔科姆·X的回忆录或加西亚·马尔克斯的长篇小说,难道能够将他们从日常的受虐中拯救出来?那些有各种学习问题的人,甚至读不懂苏斯博士的童书,但是却能把一个口述的故事编织得如此奇妙,她简直想把它记录下来?她是不是应该放弃写作,去学一些像医学那样有用的东西?她怎样去教她的学生掌握他们自己的命运?她爱这些学生,为了拯救他们,她应该做些什么?

这个年轻女子的教书职业又导致了她接下来的工作,如今,她在自己母校,罗杰斯公园西侧的洛约拉大学,为自己谋到一个辅导员和招聘人员的职位。我终于有了健康福利,我不用再把工作带回家来做,我的工作日到下午五时结束,现在,我有晚上的自由时间来做自己的工作,我觉得俨然像是一个真正的作家。

在大学里,我为一个项目工作,这个项目现在已不存在,那就是帮助"残障"学生的"教育机会计划"。这工作很符合我的人生观,而且我还能够帮助我以前工作时的学生。但是当我最出色的一个学生被大学接受,注册入学,然后却在第一个学期就退了学的时候,我痛心疾首,心力交瘁地伏倒在办公桌上,感觉就像我自己被退了学。

我写我学生的故事,因为我不知道用他们的故事我还能做什么。把它们写下来,让我睡得安稳。

周末,如果我能够撇开内疚,推辞掉我父亲要我回家吃星期日晚餐的召唤,我就能自由地待在家里写作。我觉得我是一个不顾父亲感受的坏女儿,但是,如果我不写作,我的感觉更是糟透。我左右为难、进退失据,我从没得到过圆满的快乐。

是一个星期六,这个在打字机上工作的女人接受了一个图书馆社交聚会的邀请。但是到达后她发觉她犯了个可怕的错误。所有的作家都是老男人,她受到里昂·佛利斯特的邀请,这是一个黑人小说家,他出于好心,想多邀请妇女,多邀请有色人种,但是迄今为止,她是唯一的女性,他和她是仅有的有色人种。

她受到邀请是因为她是一本新诗集《坏男孩》的作者,诗集由曼戈出版社出版,该出版社是盖理·索托和洛娜·迪伊·塞万提斯对文学所做的成就。而她的书才四页,是在厨房桌上用订书机和一只汤匙装订的。她很快意识到,在座很多其他客人都写了真正的书,纽约的大出版社为他们出版精装本,在印刷机上印了成千上万个版次。她是个真正的作家?还是仅仅装得像个作家?

主宾是一位著名作家,他在她去艾奥瓦作家研讨班的多年前,就在那儿待过。他最近的一本书刚被好莱坞买下版权,他发表演说时的架势,有如他是主宰万物的君主。

聚会结束,她发现自己在考虑搭什么车回去。她想搭巴士,而那个君王提出送她回家。但是她不想回家,她心里牵挂着一部电影,它只在今晚上映。她害怕独自一人去电影院,这也是她决定去的原因,因为她害怕。

那位名作家开的是一辆运动跑车,座位散发出皮革的气味,仪表盘上的灯亮得像是飞机驾驶舱一样。而她自己的车有时会启动不了,在底部靠近油门的地方有一个洞,雨水和雪会由此而入,所以开车时她必须穿上靴子。名作家喋喋不休地讲着,但是她一点也听不见他在说些什么,因为他的声音被她自己疾风般的思潮压过了。她什么也没说,也没有必要说。她年轻美貌,对于这位名人作家的自负,只须对他说的每一句话热情地点头表示赞许,直到他把她在电影院门口放下。她希望名作家注意到她是想独自观看《绅士爱美人》。说实话,一个人走向票房,她甚感凄厉和痛苦,但是她还是迫使自己买了票,进入放映厅,她实在太喜欢这部电影。

放映厅里坐满了人,给这个年轻女人的感觉,像是除了她每个人都有人陪伴。最后,场景里玛丽莲唱起"钻石是姑娘最爱的朋友"。色彩缤纷犹如卡通片,背景夸张得饶有趣味,歌词机巧,整个演唱具有纯粹的老派魅力。玛丽莲是富有感染力的,当她的歌声结束,观众席上爆出一阵喝彩声,好像这是现场演出,虽然悲哀的玛丽莲已经逝世多年。

这个是我的女人,独自看完电影,怀着鹤立鸡群的骄傲回到家里。看到吗?这不是什么难事!但是,当她拴好她的公寓门,她禁不住热泪盈眶。"我没有钻石。"她啜泣起来,她自己也不知道在说什么,但是,即使是在当时,她也知道,这和钻石无关。每隔几个星期,她就会像这样悲伤地大哭一场,让自己处于情绪崩溃的糟糕境地。这种状况定期发生,她觉得她的沮丧风暴来得就像下雨一样正常。

这照片里的女人害怕的是什么?她害怕在黑暗中从她的停车地进入她的公寓;她害怕墙上反射回来的脚步声;她害怕堕入情网,以致住在芝加哥无法脱身。她害怕鬼魂、深水、啮齿动物、夜、快速运动的东西——汽车、飞机、她的生活。她害怕会不得不重新搬回家去,如果最终她还是没有足够的勇气去单独生活。

在这整个时期,我围绕着《芒果街上的小屋》这个题目写我的故事。有时我写我记忆中的人,有时我写我刚遇见过的人,时常,我将他们两者混合在一起。我写我在皮尔森学校教书时,坐在我面前的学生;我写十年前在另一个教室坐在我旁边的女孩们。

我挑选巴克敦街区的部分场景，比如隔壁的猴子花园，将它置于我故事中提到的洪堡公园街区北坎贝尔街一五二五号——我住在那里度过初中和高中。

时常，我有的只是一个题目——如"小脚之家"——我不得不让题目在后面推着我前行。有时候我仅仅想出第一个句子——"你永远不会有太多的天空"。皮尔森学校的一个学生说这句话是我说的，她从未忘记。好在她还记得这句话，并引述给我听。"他们随着八月吹拂的风而来……"这行文字来自我的一个梦，有时最好的想法来自梦中，也有时，最糟的想法也是从那里而来。

无论我的想法是来自一个在哪儿听到的句子，我把它贮存在一只罐里；或是一个题目，我随意获得并将它塞进了口袋，这些故事总是执意地告诉我，该在哪里收笔。常常在我很想再延展一点的时候，它们戛然而止，让我惊讶不已。它们顽固、执拗，最明白到了什么地步是再没有什么可说的了。最后一句听起来像墨西哥流浪乐队一首歌的结尾："就这样，就这样。"它告诉你：一曲已终。

我笔下的人物多半是真实的，来自这里或那里，此时或彼时，但有时候我会把三个人拧合在一起，塑造出一个人物。通常，当我认为自己在根据想象创造某个人物时，其实是记起了某个我已经忘记的人；或是某个和我如此贴近的人，我竟一点都看不到有她这么个人了。

我把事件剪开来或缝合到一起，为的是让它们适合我的故事，使它具体起来，有了开头、中间和结尾，因为在现实生活中，我们碰到的故事很少是完整的。而情绪，是不能被虚构的，也不能被借用，因此我的人物感觉到的所有情绪，不管是好是坏，都是我的。

我遇见了诺玛·阿拉尔孔,她成为我最早的一个出版人,以及我终生的朋友。她第一次来我位于北宝琳娜的公寓,走进我的一个个房间,她注意到那安静的空间,我收集的各种打字机、书籍、日本小塑像和可以看到高速公路和天空的窗子。她像是踮起脚走路,凝视每一个房间,甚至储藏室和壁柜,好像在寻找什么东西。"你住在这里⋯⋯"她问,"一人独住?"

"是的。"

"所以⋯⋯"她停住,"你是怎样过来的?"

诺玛,我做到了,是通过去做我害怕做的事情,这样,再做时我就不会恐惧。从家里搬入研究院,去国外旅行,自己赚钱并独立生活。当我害怕时就把自己装得像个作家,就像我那张被你用在《第三妇女杂志》封面上的照片,我装模作样地摆出作家的架势。

最终,在当了好多年职业作家的学徒,和版权代理结成伙伴关系之后,我成熟了,一切准备定当。叹息着希望我嫁人的父亲,在他生命的最后阶段,得到的满足莫过于我有了代理人苏珊·伯格霍尔兹,而不是我有了一个丈夫。"¿Ha llamado Susan?(打电话给苏珊了吗?)"他每天这样问我,因为如果苏珊打电话来,意味着有好消息。钻石可能会让一个女孩欢天喜地，而代理人则是一个女性作家最好的朋友。

我不相信我自己的声音，诺玛，当人们看着我的时候，他们看到的是一个小女孩，当我说话的时候，他们听到的是一个小女孩的声音。因为确定不了自己的成人声音，我经常检查自己，我用另一种声音——埃斯佩朗莎的声音——来弥补我的，我问自己那些我需要答案的问题："走哪一条路？"我不是很清楚，但我知道哪条是我不愿意走的——萨莉、拉斐拉、露迪——这些妇女，她们的人生是路边的白色十字架。

在艾奥瓦，我们从来没有谈到用我们的写作服务他人，涉及的都是服务于我们自己。但是心中又没有其他楷模可以遵循，直到你把那么多墨西哥作家介绍给我，他们是胡安娜·伊内斯·德拉克鲁兹、埃莱娜·波尼亚托夫斯卡、埃莱娜·加罗、罗萨里奥·卡斯特利亚诺斯。那个照片里的年轻女人正在"寻找另一条路"，就像卡斯特利亚诺斯找到的一样。

直到你把我们全体集合起来，形成一个美国拉丁美洲裔作家的群体——彻里·莫拉加、格洛莉亚·安扎尔朵、马乔里·阿戈辛、卡拉·特鲁希略、黛安娜·索利斯、桑德拉·玛丽亚·埃斯特韦斯、黛安娜·戈麦斯、萨利马·里韦拉、玛格丽塔·洛佩兹、比阿特丽斯·巴迪基安、卡门·阿夫雷戈、丹尼诗·查韦斯、海伦娜·玛丽亚·威拉猛岱——直到那个时候，诺玛，我们才知道我们正在做的是不凡之举。

我不再把芝加哥当作家，但是芝加哥却长驻我心中。我还有芝加哥的故事要写。只要这些故事还在我心中涌动，芝加哥还将是我的家。

最终，我接受了圣安东尼奥的一个工作，我离开，又返回，再又离开。我不断地回来，是由于廉价房租的诱引。负担得起的住所是一个艺术家必须拥有的。我甚至不失时机地买下了我的第一处住宅，是幢具有百年历史的老屋，它曾经是长春花的颜色。但是现在被漆成了墨西哥粉。

两年前，我在我的后院搭建了我的办公室，这座建筑的产生源于我对墨西哥的记忆。今天，我正在这间特别的工作室里写这篇文章，外面有墨西哥万寿菊，里面有牵牛花和紫罗兰，悬在阳台上的风铃在发出叮当的声音，远处的火车在不停地呜呜呻吟，我们的街区离铁轨很近。至于圣安东尼奥河，旅游者都知道，顺着河畔步道径直从我家后面流经布道区，直至更远，最后注入墨西哥海湾。从我的阳台，可以看到河流在那里弯曲成一个 S 型。

白鹤从天空掠过，就像是画在一个喷漆屏风上的风景。河流和鸭子、浣熊、负鼠、臭鼬、秃鹰、蝴蝶、老鹰、龟、蛇、猫头鹰共同分享陆地，尽管我们去闹市要步行很长的路程。在我自己的花园里，有大量其他动物——爱吠叫的狗，好斗的猫，一只害着相思病对我恋恋不舍的鹦鹉。

这就是我的家。

天赐的福分。

二〇〇七年十月二十四日，妈妈，你从芝加哥南下来看我。你并不想来，是我硬要你来的，你再也不想离开你的屋子，你说，你背痛，但是我坚持要你来。我在河边建造这个办公室，是为了你，不亚于为我自己，我希望你看到它。

多年以前，有一次你打电话来，用一种急迫的声音说："你准备什么时候建造你的办公室？我刚在 PBS 台看伊莎贝尔·阿连德，她有一张庞大的写字桌和一个很大的办公室。"你之所以烦恼，是因为我还像旧日里那样，在厨房的桌子上写作。

现在，你看，站在一座橙黄色建筑的屋顶上，看着河水从眼前流过，这是一个纯属我个人的写作空间。我们往上攀到我工作的那个房间，就在书房上面，我们走到外面的阳台上，它面对着圣安东尼奥河。

你必须歇一歇，对岸有一些工业建筑——废弃不用的谷仓和贮窖——它们经雨淋而生锈，经日晒而变成黑色，倒是有了独特的魅力，宛如城市雕塑。当你的呼吸恢复平稳，我们继续。

我特别感到骄傲的是通往屋顶的螺旋式楼梯，我一直梦想要有这样一个楼梯，就像墨西哥的住宅那样。甚至，我觉得用西班牙语表述它们的那句话都是奇妙无比——una escalera de caracol，意思是"蜗牛梯子"。我们的脚步咚咚地落在每一块金属踏板上，那群狗紧紧跟在我们后面，所以得时时喝阻它们。

"你的办公室比你寄来的照片显得更大。"你说，面露喜色。我想象你正在拿它和伊莎贝尔·阿连德的做比较。

"你书房里的窗帘是在哪里买的？我敢打赌一定花了一大笔钱。太可惜，你的那些哥哥不能来为你装饰这些椅子，好让你节省些钱。了不起，这地方真不错！"你说。你的声音就像河上飞过的一只白头翁,是一个向上的滑音。

我扑通一声地把瑜珈垫扔在屋顶上,我们盘腿坐下,看着太阳西下。我们喝你爱喝的意大利含汽葡萄酒,庆祝你的来到,也庆祝我的办公室落成。

天空迅速地融入夜色,然后渗透成一片紫红。我朝天躺着,看着云彩像匆匆回家似的一掠而过,星星羞涩地显现,一颗接着一颗。你躺在我的旁边,把一条腿随意地搁在我的腿上,一如我们在家里睡在一起时那样,我在家的那些日子,我们常常睡在一起。先是因为没有别的床可睡,但是后来,爸爸去世之后,你要我近在你的身旁,这是唯一你让自己内心充满爱的时刻。

"明年圣诞节,我们邀请所有的人来这里,如何?"我问,"你觉得怎样?"

"再说吧。"你说,你沉浸在自己的思绪中。

月亮爬上前院牧豆树的树梢,跃过向外挑出的阳台,让人惊艳。这是一轮满月,一个巨大的光轮,好像月冈芳年笔下所绘。从这以后,凡是看到一轮丰盈的满月,我就会想起这时的你。但现在,我并没有意识到。

你闭上眼睛,你看上去像是睡着了。坐飞机可能使你疲乏。"幸好你读了书。"你说,没有睁开眼睛。你是指我的办公室,我的生活。

我对你说:"幸好。"

33 | 对母亲的祭奠

母亲过世的那刻,我在病房里。她是在重病特别护理中,被连接到机器上,靠机器的帮助维持生命。我正在同一间房的一张简易小床上熟睡,这时,一位护士摇醒我说:"她走了。"我在等这一时刻的到来,我们已经等了四十八个小时,也许是我们的整个人生,但是这依然是一个突然的打击。天色黝黑,是十一月一日的黎明之前。没有时间通知任何人,除了在走廊搭铺的我哥哥洛洛。母亲的医生说她已经脑死亡,但是重症病房的护士轻轻地和她说着话,好像她还在人世,我们也是。

当我的朋友丹尼·洛佩兹·洛萨诺在弥留中作灵魂跨越之际,我也处于这种境地。不过,我没有在医院的病房里陪着他,而是在接到消息后跑到我的后院。我想默默地进入沉思,但是不知道该怎么做,以至胡乱想了一通,我的思绪一再从丹尼身上偏离出去,想到的是我是否记得将冰箱里的鸡解冻。随后又满心愧疚,再努力去想丹尼,只想丹尼。我说起这件事,我还未提到接下来发生了什么,这是一件最最离奇的事情,我感到我的头顶上一阵发热,好像有人打碎了一只鸡蛋,蛋黄像蜂蜜一样慢慢流下,发烧似的，滚烫滚烫。让我吃惊的不仅是这热流，而是随之而来的那阵势不可挡的情感。一种痛快的感觉如此强烈，使我哭叫起来。它在我身上垂直地蔓延开来，等到它进入我的躯干，再直入我的双脚，头顶的热已渐渐退了下来。当这一切发生的时候，我被吓呆了，这是怎么回事？我思索着，随后我意识到，是丹尼的灵魂在渐渐离去。"我会来看你，我没事，别难过，别担心，告诉其他人。"等到我明白过来，我恢复到正常体温，他走了。

这就是为什么在重症护理病房陪着母亲时，我已有了心理准备，像一个棒球运动员等着一个飞球。我母亲是一股大自然的强力，因此我在等待一场海啸。不料，我几乎没有觉察到那种滞留的情感还在病房里盘桓迂回，它如同闪烁在水面的月光，轻轻的，温柔的，甜甜蜜蜜的，一点都不像是我母亲。它也并没有从头到脚地让我感觉到魂魄上的震撼。它就像嘴唇般轻柔，几乎觉察不到，又如一只轻轻鼓翼的飞蛾，可望而不可及。"你感觉到吗？"我问洛洛，但是他只是皱皱眉。"握住她的手，对她说她可以走了。"我说。我是激动的，我想象当你目睹一个人诞生时，你也是激动的；你简直不相信它正在发生。我感到我好像在一个庄严的房间，有幸能够帮助她进入死亡，就像她帮助我诞生于人世。"你不知道，"我对母亲说，"你不知道你一生做了些什么。"想到这种纯真的爱，一直以来被母亲虚张声势的逞强和激动情绪下的愤怒所掩饰，我感到撕心裂肺地疼痛。她是怎样经历这一切而成为那个我熟悉的妇女？渐渐地，闪烁的微光暗淡了，消失了，只剩下我们。

这个故事首次发表在《格兰塔》二〇〇九年十二月的芝加哥专刊上。

🏠

我成为一个作家,要感谢一位母亲,一位并不快乐的母亲。她是一个一生都在撞击牢笼铁窗的战俘。不快乐的妇女会这么做,她寻找脱离监狱的逃亡之路,她在博物馆里、公园里、公共图书馆里得到了解脱。

儿童时代,她住在芝加哥阿西西地区的圣弗朗西斯教区,离开罗斯福路和南霍尔斯德街不远,距市中心很近,她步行就可以到达那里。我保存了一张她少女时代的照片,是和她最好的朋友法郎西丝在芝加哥博物馆台阶上的合影。我知道我母亲经常和朋友一个整天地在外面游荡,她付钱给帮她做家务的妹妹。她不知道在人生中等待她的是什么,如果她知道,她可能会去瞄准更远的目标,而不是博物馆。

因为母亲需要充实她的精神生活,星期六是为图书馆留着的,星期日则去格兰特公园听音乐会或参观芝加哥的各类博物馆。我以前认为她是为了我们的缘故,现在我明白这是为了她自己。她喜欢歌剧,喜欢赛珍珠的小说,喜欢根据小说《布鲁克林有棵树》拍摄的影片。后来她不再读赛珍珠,转而对诺姆·乔姆斯基发生兴趣,但是在最初,她读小说。我知道她梦想成为某种类型的艺术家——她善唱能画——但是我肯定,她绝不会梦到成为七个孩子的母亲。

我想,她之所以嫁给父亲,是因为他把她从那座油漆剥落的屋子里营救出来,把她从那张和姐姐妹妹挤在一起的床上,把她从臭虫的肆虐中营救出来。至少,这是他们吵嘴时,父亲提醒她的事情。他来自墨西哥城,讲一口纯正无瑕的西班牙语,就像他身上穿的上等西装那样严整、正规。他是一个绅士，我想象，母亲把他看作是一个云游世界和练达世故的人，她哪里知道，他其实是个不切实际的空想家，给她带来的将是七个孩子和毫无情趣的生活。

我母亲是家里的美人，从小受到她大姐姐的溺爱。如果有什么事情是父亲知道怎样去做的，那就是怎样去疼爱一个女人。他相信女人想听好话胜过任何东西，这他不缺少，他有很多词汇，如：Mi cielo（我的天空），Mi vida（我的生命），Mi amor（我的爱）。所以，在那一时半会儿，她一定很快乐。我有一张他们跳舞和接吻的照片，很明显他们在热烈相爱。但是没持续多久，它被更耐久的日常体贴所替代，而那些热烈的话语，也成了更为耐久的日常话语。

"¿Vieja, donde estás?（我的老女人你在哪里？）"

"¡No me llames vieja, yo no soy vieja!（别叫我"老女人"，我还不老！）"

星期日由父亲开车，送我们到母亲指定的地方去，比如去公园里的一个古典音乐会，这时他会倒在树下的毯子上打起鼾来。去布鲁克菲尔德动物园或格兰特公园。"我在这里等。"父亲会说，然后滑到一张凳上。父亲犹如一个职业拳击手，在围绕着他装饰的沙发、椅子砰砰地敲打了一个星期之后，他更喜欢待在家里，躺在床上读他的墨西哥杂志，或者用水浸泡他的双脚。但是母亲抱怨说她必须走出那屋子，否则她快疯了。

星期六我和母亲步行去图书馆，对我来说，图书馆是一座奇特的屋子，一座充满智慧的屋子，一座安静的屋子。而我自己的屋子就像《爱丽丝奇遇记》里厨师的厨房，到处是叫喊声和打碎盘子的声音。会有人把一个婴儿递给我吗？婴儿会变成一只猪吗？在这个厨房里什么事情都可能发生。这是一个噩梦，我诅咒这最低等的洗碗女仆的活儿，因为学习做饭的时候我总是想入非非，我把米饭烧焦，这可是个昂贵的错误。所以我被吩咐去把土豆切成小方块，或是去擦洗平底锅，或是去摆饭桌；或是任何其他母亲能想到的小事情，而她在那里敲着锅子忙着嚷嚷。

我最恨去厨房，每个星期五跟母亲一起去光顾超市也很折磨人。有时候父亲开车送我们去，通常都是我们步行而去，然后拖着一辆折叠式购物车搭乘红色货车回来。真的很受罪，给我们全家大队人马购买食品杂物，母亲和我都不乐意做。

有时候父亲和母亲去伦道夫街的批发市场，为我们一家九口购买鸡蛋和蔬菜。有时候母亲步行去北大道，洪保德公园那里，去专卖过期货的面包店为我们买甜面包。星期日，我们在麦克斯韦尔街的跳蚤市场挑选了一些有用的东西之后，会去第十八街买些吃的，那里有夹肉丝和炸肉皮的墨西哥玉米饼，上面再浇些酸奶油，撒几片香菜叶。这些星期日的晚餐，父亲难得会"下厨"操办一次，他站在砧板旁边，像个日本厨师，一边切肉，一边哼着小调，直到把肉丝切成他想要的肉丁。

父亲做事一丝不苟，他爱提醒每一个人，他出生于一个好人家，是墨西哥军人的儿子，是钢琴家兼教育家的孙子。但是在父亲眼里，人生最值得追求的东西，莫过于夜总会的生活，他爱舞厅和卡巴莱歌舞表演，爱泽维尔·库加特、佩雷斯·普拉多，爱亨尼·古德曼的大乐队，爱佩吉·李唱李尔·格林的《为什么你总做得不对？》时的挑逗嗓音，它的歌词"离开这里，再给我一些钱"总是使他发笑。他是一个出色的舞客和衣着时髦的人，然后他结婚了。

像我们知道的每一个人那样，我们奔波于旅途，由芝加哥到墨西哥去探望亲戚。在墨西哥我们无须要求父亲开车送我们去博物馆，因为以往和现在全都展现在我们周围。我们看到纸做的犹大在圣周爆裂，看到阿兹特克人的金字塔矗立在闹市中心，看到舞者像鸟一样在大教堂前面的巨大杆子上旋转，听到了古老的音乐在中央广场用鼓和海螺来演奏。在宗教节日，艺术就在我们头顶上方飘动的纸旗里，在棍棒上插着的切成如玫瑰花般薄片的芒果里，在我们用星期日零用钱从市场买来的廉价小饰品里，在柔软的撒了南瓜籽的薄片糖果里。艺术无处不在。

在这些假日里，父亲抓紧阅读。父亲的藏书包括墨西哥连环漫画和袖珍照片故事书，它们是用巧克力色的油墨印在非常廉价的纸上的，穷人甚至用来当便纸。父亲看完后会把他的小书本递给我，我用沾了唾液的红铅笔，把书中女人染着巧克力色的嘴巴涂成红色。我就是这样学会读西班牙语的。

父亲还有一批私密的藏书：一大摞《警报》杂志，它们的封面很恐怖，母亲逼他把它们放在一只棕色纸袋里，藏在床垫下面。《警报》以骇人听闻的故事为特色，是每天在墨西哥发生的事件——巴士坠落危岩绝壁，地震吞没了一个村庄，大砍刀谋杀案，所有故事附有详细的照片。墨西哥人喜欢关注死亡。父母不许我读这些杂志，但是偶尔有一次，当父亲在床上阅读的时候，一瞬之间被我瞄到了那个标题："妻子杀死丈夫，用他的头做炸玉米饼招待来客。"

回到芝加哥，妈妈做完她的家务之后，在厨房桌子上，用按数字涂颜色的方法描绘艺伎。她从用绉纸制作假花，发展到函购花籽来种植真正的花。她缝合填充玩具和玩偶的衣服，她设计剧院布景，她创作木偶。但这不是她的全部，母亲感到她被生活欺骗，她为这种不应该属于她的生活而叹息。而父亲则在床上看电视，他心满意足地发出咯咯的笑声，呼喊着给他薄煎饼。

"这种生活，没有一点明智可言。"母亲大声说，并不是特别指哪个人。

当她处于坏心境的时候，这种状态经常出现，她抛出如同刀子一样尖锐的言辞，使得无论是无辜者还是有过失的人，全都受到伤害，留下创痛。

"你的母亲啊。"父亲含着眼泪对我抱怨。

疲倦了，受够了，她心情凄厉，怒气冲天地在她的牢笼里来回踱步，我们踮起脚轻轻从她身边走过，感到沮丧和内疚。

我理解父亲，他也理解我。我们谁也不理解她，她也从来没有理解我们。但是这无关紧要。一堆薄煎饼、一张薪水支票、一束蒲公英、一趟坐车去加菲尔德公园暖房的旅行、一盒来自西尔斯的爆米花，是一种语言，表达了我们没能说出的话。

34 | 复活

我发现了一个很普遍的现象,即人们不约而同地对某些事态保持缄默,使得我对某些简单的真理蒙在鼓里。这是有关衰老、肥胖,以及其他一些因年龄增长而在肌体上产生的剧变,比如你失去你的父母。是有人忘了告诉我,还是我没在听?我问:"怎么会没人告诉我?"几乎每天我都这样重复。

所以,这篇文章在二〇一一年完成,并作为我那本小说《你看到玛丽了吗?》的后记,这个故事涉及一只名叫玛丽的失踪猫;涉及一位失落的母亲和一群各式各种的角色,其中有一些真实的人物,如我在圣安东尼奥的朋友和邻居——查瓦那牧师,寡居的海伦,科博依·戴夫,比尔和罗杰。

通常,我不认为需在书尾附加一篇后记,因为我要说的话在故事里都已说了。但是,身为作者,当要想说的话无法通过故事主人翁来说时,我就只能附以后记来作表述。我想,这些话能够帮助失去亲人的读者尽快从他们的哀痛中走出。

在墨西哥，人们认为，当你爱的人死了，你的一部分也随他而去。但是人们忽视了一个问题，那就是他们的一部分会在你身上再生，这不是立刻发生的，我知道，但是，渐渐地，它终会发生。这是一个再生的机会，当你处于生与再生之间，应该有某种迹象暗示大家："当心，我不再是以前的我，好生搀扶着我。"

我住在圣安东尼奥，在河左岸的一个名叫威廉国王的城区，它有很多远近闻名的历史古宅。在阿拉莫街的南端，完全过了威廉国王区，圣安东尼奥河流向西班牙教区的那段流域，成了野生动物的栖息地。而我屋后这段，更像是条小溪。它有自然形成的沙质河床，还没有被覆以混凝土。野生动物栖息在幽深的草丛和水域中。我和我的狗靠涉水就能过河，我看到水中的蝌蚪、龟类和游来游去的鱼，而树上有鹰、鹤、猫头鹰和其他长着漂亮翅膀的动物。这里是宁静而美丽的，特别是当你陷于悲伤和需要极大安慰的时候，你会这样感觉。

在我母亲过世后的那个春天，一个医生要开处方药医治我的沮丧。"但是，如果我没有感觉，"我说，"我怎样能够去写？"我需要有深切感知事物的能力，不管是好是坏，我需要涉过一段情感，到达彼岸，朝着重生进发，各种各样的重生，那是一种生命的回归。我知道，如果我在痛苦中停止我的运动，那么我在两个世界之间的徘徊只会更长。即使悲伤也有它在宇宙中的位置。

我希望那时有人告诉我，死亡让你有机会去深情地体验这个世界，那时，心是敞开的，就像照相机的快门，将每样东西纳入其中，不论是痛苦的还是欢乐的，如同水面那样敏感。

我希望有人告诉我，当我处于生和重生之间的时候，要去拉近身边具有纯真精神的事物：我的狗，圣安东尼奥河沿岸的树木，映在水中的天空和云彩，带着春天气息的风，还有花，特别是楚楚怜人的雏菊。

我希望有人告诉我，爱是不会消亡的，死了之后，我们能够继续得到爱和给予爱。这消息至今都使我如此惊讶，我想知道，为什么它不在电视屏幕底部，不在美国有线新闻网的消息栏上闪现。

我写我的小说《你看到玛丽了吗？》，是在母亲死后，慢慢地，一点一滴地。我写一个来访的作家丢失了她的猫——玛丽。现实中的玛丽逃避抓捕已有一个多星期了，但是因为寻找她，迫使我在这些天里和一些邻居相遇，于是产生了写作这本书的灵感。

一些人，他们听我大声朗读《你看到玛丽了吗？》的早期版本，认为这本书是写给儿童的，但我是为成人而写，因为对于像我这样，到了中年突然发现自己成了孤儿，这类人是需要这种读物的。我希望能够为那些还沉浸在悲伤中的人们做一些事，一些能够帮助他们再次找到平衡及走向重生的事情。我要提及艺术家埃斯特·赫尔南德斯，因为长期以来我一直欣赏她的作品，因为她新近也失去了自己的母亲，所以我认为，作为这本小说的插图作者，她最为适合。

埃斯特带着考察的使命从旧金山飞来圣安东尼奥。邻居们和他们的孩子摆出姿势让我们照相，并参与到这项计划中来：我们的小说里有真实人物、真实的屋子、真实的场所，我们几乎像在拍摄一部纪录片，这本书成为我们社区的一个集体成果。

我喜欢用照片来讲述有关圣安东尼奥人的另一个故事，我喜欢表现文化上的冲撞和创建一些新东西。一些满头金发的人，有德国人的姓，西班牙人的名，这名字是从有几代墨西哥血统的祖母那里传承而来的。得克萨斯的墨西哥人带着阿拉伯人和本土人的容貌和苏格兰的姓氏。极端虔诚的天主教徒有着西班牙犹太人的根。这是一些阿拉莫忘了记取的故事。

我们是一个多样化的村庄，里面有大房子和小房子，住着坐享信托基金的富家孩子，和不得不乘巴士去买食品杂物的族群。有插着美国国旗的屋子，还有插着自制标语的，如"上帝保佑二等兵曼尼·坎图""现在，把军队撤回老家""请别让你的狗在我院中拉屎"。

我希望故事和图画两者都能从穷困和粗俗中捕捉到脱俗的美，它们都是依靠手边现成的素材构成的，时髦的建筑，时髦的花园，有创意的就地取材，因为在我看来，这是圣安东尼奥独有的华彩。

我知道，我写这本小说，有助于带回我的自我，当精神面临死亡的时候，创作至关重要。不管你去创作什么：有时候画画可以帮助你，有时候去培育一个花园，有时候去写一张情人节卡片，或唱首歌，布置一个祭坛。总之，创作会滋养你的精神。

我住在这个街区已经超过二十年了，比住在其他任何地方都长。去年四月，正当人们在门廊上涂刷一层新漆，在花园里修剪，为一年一度的威廉国王游行做准备，这时，我的邻居查瓦那牧师出乎意料地去世了，让我吃惊的是，他的家人问我可否为他写篇悼词。我不会做用来慰问的佳肴，正当我像往常那样觉得自己毫无用处之时，这件事让我看到自己对别人还能有用，于是我的心中充满感激。

从死亡中恢复是不可能的，只有学会怎样去与它并存。它与时间的流逝无关，有时候，痛苦像是刚刚发生那样清晰和鲜活，有时候，它成为一个缺口，如同失落了一个臼齿，让我每天时不时用舌尖去轻舔。

有人可能会怀疑上帝的存在，但是所有的人都确信爱的存在。那么，是有些什么在那里，在我们的生命之外，因为找不出一个更好的字眼，我称之为精神，有人知道它的其他名称，我只知道那是爱。

35 | 万物有灵

多年前，在一个圣诞节假期里，我曾经去芝加哥参加一个现代语言协会的会议，是和诺玛·阿拉尔孔同去的，由她开车。回家的路上，我们被卡在接龙似的闹市车流中，交通处于严重堵塞状态。诺玛很烦恼，为了振作她的精神，我开始为她读我在会议中拿到的一本书，是一本再版的国际性丛书。就这样，悲惨的芝加哥交通和天气在我们眼前消失了，我们觉得仿佛是在印度尼西亚海滨。当我们的车开始再移动的时候，我们嘀咕着，抱歉，我们不得不把书抛开。

这位作者记录的东西是何等地具有条目性，这是一个充满成千上万事物的世界，它们全是奇特的。我特别喜欢叙述者那样地向你们诉说，好像她就在那间展示这些事物的房间里。是不是作者借用了爪哇人的口头传说，或者，也许是来自一个祖先？现在和那时一样，在我看来，这本书是需要大声读出来的。它有那种神奇的力量，能够在你心中回响一生一世，就像是一首最美好的诗歌。

这篇文章最早的"完成"稿注明的日期是二〇〇八年八月

二十六日,但我把它抛在一边,直到现在才让它面世。

很久以前,有个名叫玛丽亚·德茂特的妇女,住在爪哇岛附近的摩鹿加群岛上。她住在那里并爱上了岛上所有的一切,虽然她是荷兰人,不是这个岛的土著。但是如谚语所说:"如果小猫出生在烤箱里,它们是小猫还是饼干?"仅仅因为小猫生在烤箱,并不代表它们就是饼干。(我在《这里没有疯子》里发现了这句话,但是作者吉娜·巴尔德斯不能确定,它是否来源于墨西哥,或是一个家庭创造的用语。我听过缅因州的人使用一句类似的当地谚语,和原来那句不尽相同。)于是这只小猫,玛丽亚,通过她自己的选择,而不是先天的偶然,成了爪哇人。也是通过选择,她从内心深处爱上了爪哇。她忙忙碌碌,毕竟,她是个母亲,接着又成为一位祖母,在担任这双重身份的同时,她心系着岛上的万物,最终,她把一点时间留给自己,让她能够拿起笔,公开宣示她对爪哇这片土地上万物的挚爱之情。她是在六十三岁那年做这件事的,或者,至少可以说,她从那时开始发表文章。

德茂特写了两本书,只有两本。其中一本做得精致而有价值,但是我不想多讲,那是她的第一本书,名叫《昨天以前的日子》或《昨天》,这只是版本上的区别。而我想推荐给你们的是那本《万物有灵》,它真的是涵括了这个地域的一万种东西,就如诺亚把所有的动物收集到他的方舟里。三只蜗牛,背着如同瓷水果一样的白壳。长着八条贪婪胳膊的大章鱼,静待在岩洞里躲避渔夫的捕捉。一群闹腾的鸟儿一闪而过,在林中覆盖着苔藓的水塘里喝水,森林里散发着香料树的诱人气味。

但不仅有动物,还有神话和故事。来自大海的珍珠是我们哭出来的眼泪,陆地上的珍珠,是从死者的坟墓里挖掘到的,万万不能佩戴,否则会把死亡引上身来。每当一艘三角帆船到达或是离开,奴隶钟就会敲响——如果有人记得敲它。远处的海风不同于陆地上如叹息般的风,暴风被叫作"Baratdaja"。那浪头一个接着一个,一个又接着另一个,汹涌而来:"那父亲,那母亲,那孩子——你们能听到吗?"

还有岛上的人们,那个男子用槐蓝属植物把头发染成蓝色,因为他的儿子是个无畏的战士。这对父子以前是鲨鱼,为了不显露他们尖利的牙齿,他们总是不苟言笑。一个被称之为瘟疫之母的老妇,不得不被隔绝起来,她的前门被荆棘的枝条裹扎。三个幽灵般的小女孩,她们死于大地震的同一天,或许是中毒?她们偶尔来到花园,在经过的地方留下玫瑰花瓣。渔夫们吹哨子召唤风先生,求他松开他的长头发,让他们的船出海打鱼。

还有看得见的和看不见的奇珍异宝,紫色或深黄色的海扇,有着和亚麻布那样精细的纹路。人们经常谈到的海椰树竖立在一个旋转水池的最深处,是一棵黑色的树,或者,也许是紫色或淡紫色的,因为在水中,黑色的东西并不总是呈现黑色。那是孩子们害怕的动物:"水怪真是太可怕!"

当有人死了,岛上虔诚的圣徒咏唱的悼文是这样的:"挽歌的名字是'一百件东西'……是提醒死者……一个孙子,一个朋友,一位战友;或者他的财产:你的美丽屋子,你藏在阁楼上的瓷盘,如飞的三角帆船,你那削铁如泥的刀,有镶嵌物的旧时小盾牌……"一百遍地背诵这一百样东西,然后他们会用这句话来结束:"哦,某某人的灵魂,让绵长不息的哀思在水面上漂浮远去。"

是既庄重而又带点亲密的声音,是她耐心创作出来的一份详尽列表,是她用诗歌的形式去召唤一个地方、一个时间、一种存在的状态,激励我拿起我的笔来,去扮演上帝。

但是,哦,写这样一本书是多么大的工作量!除了忧烦还是忧烦!就像用一根细针顺着小玻璃珠的孔去把它们串起来,这会把一个修女的眼睛弄瞎。真的,全是一回事,是精工细作的针脚功夫做成了一件绝活,把那布翻转过来赞美的时候不由得想知道,她是怎么做到的?或许她的身体知道,她的手更是记忆犹新。

翻开《万物有灵》,犹如开启一只装满了珍稀财宝的箱子,就像书中对它们的一一描述。一个妇女跌落海中,变成了红色的珊瑚。一群水母在宝石蓝和宝石绿的海水里游动,在它们乳白色的伞篷身体后面,拖曳着数也数不清的触须。悲伤是一件你只能逐渐跨越的东西,就像你划着小舟在海水里穿越:"她知道海湾、岩石和在海浪中死亡的树木无法解除悲哀——悲哀能被消除?还是只能让它慢慢地过去,很慢很慢?"

如果你愿意,打开这本书的开首,一直把它读到结束;或者你可以挑选任何一个章节,像是阅读短篇小说,你会沉迷在爪哇的植物群和动物群里,它们被作者精心地编制成目录,使读者得以赏心悦目。

对对这些文字所提到的一万件当地风物,这位作者致以神圣的敬意。德茂特已经对她的世界尽她所知地作了命名,在某种意义上,她是在背诵她自己的出殡圣歌,这一万件事物集合起来构成了她的人生。

读这本书就是提醒自己这一万件事,豪尔赫·路易斯·博尔赫斯在他的故事"见证者"里也是这么说的。他命名书桌抽屉里的一块硫磺,还有布宜诺斯艾利斯的两个街角,视作是他的私人遗产,但是却忘了提他最显著的成就——镜子和老虎。

我想,所有的故事叙述,难道不正是一份储存在大脑那个特殊抽屉里的列表?有意或无意,那是一只神奇的箱子,衬垫着古老的带着焚香气息的丝绸,漂亮的用真正龟壳制成的,带有早年那种金镶嵌物的扇子;用兰花根编成的篮子;可以吸取海蛇毒汁的菊石;来自"对岸陆地"的陶瓷,可以用以测毒的盘子,那是一种"粗糙的瓷器,上了层浅绿色的釉"。

36 | 给一位愤怒读者的回信

我收到一位愤怒的母亲从得克萨斯州奥斯汀寄来的信,这封信甚至使我比她更为生气。然而,我相信,一行禅师已经教了我最重要的一课,那就是在我愤怒的时候不要去说和写。所以,我等了几天……也是出于必要,因为我正在旅行中,但是她那封信始终陪伴着我,就像短袜上的毛边。最终,在一周之后,我写了这封信,我写了之后又重写。我想象那是写给我父亲的,这有助我用更为礼貌的口吻,特别是因为我意在让她倾听我。朋友说我是浪费时间,但是我总天真地相信语言的力量,特别是你用爱心来写的时候。结果,那位愤怒的母亲回信表示道歉,我们和解了。我感谢她给我这样一个机会,让我把想法写在纸上,我还要加倍地感激她愿意倾听。

寄自新墨西哥州圣达菲市绿松熊旅店

亲爱的 JP：

很抱歉，到今天才给您写这封回信。我正在外出旅行，参加一个社区的阅读活动，而您的来信不是匆匆回复可以表达清楚的。

首先和最重要的是，我要为我所写的，对任何人造成不良影响或紧张不安而道歉，尤其是对一个孩子。我在写作中恪守的最重要原则是——"不要有伤害"。我一直提醒我的学生和读者这个最基本的原则。因为读我的书而引起任何混乱是令人不安的，这从来不是我的本意。

如果您还没有读过我为纪念《芒果街上的小屋》出版二十五周年而写的引言，是否允许我把它寄给您？在这篇文章里，我谈到二十五年前我怎样写和为什么写这本书，这是我献给我的高中学生，一群孩子们的，他们的生活非常需要改善。我写，只是因为我是他们的老师，只是因为我苦于不知道我还能做什么其他的来解救他们。

九岁的孩子本不属于我《芒果街上的小屋》的读者群，虽然我知道四年级的学生有时候会读它，或是有选择性地读。我觉得不足为怪，因为凡他们不应该读的片段，都是我有意用写诗的方式来表达的，如果他们还不成熟，就会一带而过。

虽然我在书里借用了一个上中学的叙述者，我是以一种仅仅成人理解的迂回方式写的这一系列主题。所以当看到你的来信，陈述我的书使得一个孩子病倒，我感到非常吃惊，我想知道是不是这个孩子遭受了他不能讲出来的经历，这本书可能把这经历给搅动起来——这是一个很棘手的问题，你可能还没有一个答案，而且它可能毫不相干。我不知道，我不是社会工作者，但是我知道，社会工作者和顾问经常用我的书来开导年轻人，他们受到虐待，身体上的，性上的，或其他方面的，让他们能够谈论这些有关的难题，而无须直接去谈论他们自己。

关于我的作者小传——"她不是谁的母亲，和谁的妻子"，我无意藐视您和任何为人妻为人母者，我是在陈述我的个人历程，为了成为一个作家，这是我必须做的。不是一个母亲，不是一个妻子，这不是我的选择，但是一种要求。我贫穷，我很难用我的薪水独自养育一个孩子。而单身是另一种贫穷的结果：我对男人的糟糕选择。不过回想起来，我感激这种抑制和约束，它们让我孤独和专一，这是从事写作所必须的。

是的，我没有自己亲生的孩子，尽管如此，但是结果表明，不管怎样，我早已成为一个母亲。通过我的两个基金会，马孔多基金会和阿尔弗雷多基金会，我已经直接和间接地培育了上百个作家，加上数以千计的各种年龄层的读者，他们通过我在图书馆和遍布全国的学校的公开活动与我结缘。虽然，所有这些会耗费大量精力并使我放下我的写作，但我坚信，走向社区是我的职责之一，在这个忧患深重和仇外的时刻，需要我们履行职责，努力去加以改善，并以非暴力的方式追求社会变化。

另外，作为我的作家的工作，每年我会收容几只流浪的动物，为它们找到永久的家，所有这些都是我的孩子，相信我，我的工作，像您的一样，是永远也做不完的。

现在，我必须回答您对我以女巫为题的书的质疑。我怀疑，您的忧虑是一种文化上的误解。在墨西哥文化里，有一种具有天赋的妇女，我们称她们为女巫或术士。她们是治病者、草药医生、会卜卦的先知、产婆、劝导者和灵魂导师。在北美文化里，妇女也具有与此相同的直觉天赋，但是在这里，她们被称为直觉治疗师、顾问、整体医生、治疗专家、心理学家、健康工作者、社会工作者、护士、艺术家，或者修女。

同样，女巫不一定被看作邪恶的女魔法师。虽然如果她们利用人们的恐惧为自己谋利，那她们就是。我知道很多政客、媒体人物和宗教人士，他们利用人们的恐惧为自己谋利，如果你问我，我会说这些就是需要我们警惕的女魔法师。从我的角度来说，任何人，用她们正面的女性精神能量去工作，她们就是"女巫"，我们都具有能力去发展这种神圣的天赋，就像我们都有潜能利用恐惧把自己变成对公众的威胁。

我相信一本书就是一种药，一个图书馆就是一只药箱。能够治愈某个人的药，不一定对其他人产生良好的疗效。有些东西在对你的治疗中产生作用，你是知道的；正如有些东西不能治愈你时，你也知道。如果我的书不灵验，不能医治你，你可以不必继续读它，但是，请让它留在图书馆的书架上，供其他需要这种特殊药物的人使用。

进一步地说，如果您觉得这本书不适合您的孩子，您必须按内心的想法行动，这也是您的责任。我的责任是写下我自己的真实，我当然不会坚持让孩子们读我的书。我个人认为，我不觉得我们能使孩子们读他们不想读的任何东西，您能够吗？真正有意义的阅读是源自快乐的，而不是义务，当不得不去读一些其实对你什么也没说的书时，你最终会将把它忘得一干二净。然而，如果它为不论什么病人带来正确的药物，你将记住它，这就是艺术的本质。

最后，我不知道，您在我书中的何处发现描写"卖淫"，因为我回想不出我在《芒果街上的小屋》中写到妓女。然而，一个读者必定会对书中的文本带着自己理解,我的书是以警句的方式写的,因为我想写一种新型的,把诗歌和故事融合到一起的小说。故事在那里让你细细品味,就像诗歌。它们是紧凑的,故意写得带有谜一般的神秘感,如此,读者自己有一些想象空间,去发现和品味一些东西,因为在我故事里有很多发生的事情,并不是笔墨触及到的,而是些没有写出来的。

我赞同您的看法,这本书不是写给孩子们看的,我经常在有孩子们出现的公共场合删改我的作品(我为他们读有趣的片断)。《芒果街上的小屋》是为成人而写的,也是为那些具有超过他们年龄阅历的大孩子写的。但是孩子坚持读我的书有他们的理由,我是谁,要去禁止连我自己都未受到禁止的东西!当我是孩子的时候,我经常在芝加哥公共图书馆的书架上扯下超出我年龄的书来读。我不能把"青少年"或"年轻成人"类别的书带回家中,但是在那里,我可以读我想读的任何书。那时,大多数成人书让我觉得无聊,对您说实话吧,我认为无聊才是最有效的审查。

我相信我的书只会留存在那些需要这些故事的人头脑里。那些太稚嫩或不需要我特制药方的人会对它厌烦,在我看来,这是最好的结果。

愿找到你心爱的书,并因此改变了自己;也愿那些你不需要的书,又被你轻轻地放回书架。在你的自我发现之旅中,我祝你称心如意。

您真诚的,

桑德拉·希斯内罗丝

写于二〇〇九年十一月十一日,星期三

37 | 成为圣人的姑娘特里萨·乌雷亚

二〇一一年,一个朋友邀我参与一本关于妇女革命者的书。我挑中了特里萨·乌雷亚(一八七三年——一九〇六年)。以前,我甚至计划写一本有关她的长篇小说,但是她的后裔,作家路易斯·阿尔贝托·乌雷亚声称这个题材是属于他的,所以我只有放弃。特里西塔·乌雷亚,就像瓦哈卡的女预言家玛丽亚·萨拜娜,是一个偶像。在"萨帕塔的眼睛"中,我用这两个妇女的生活线索,创造了一个女巫角色,这是我写的有关埃米利亚诺·萨帕塔妻子的故事。

二〇一〇年三月二十四日,星期三,我的好朋友、电影制作人卢尔德·波蒂略和我驱车去亚利桑那州乡间,为了寻找特里西塔的墓地,它位于一个名叫克利夫顿的矿业小镇。美国人类学会图森办公室的妇女们警告我们,说克利夫顿是个简陋的地方,没有什么可看的东西。我们没有向她们吐露自己的特殊使命,我们从平坦的南亚利桑那沙漠出发,并没有期待沿途的风景会有什么突然的变化。

在我们喋喋不休的唠叨中,卢尔德和我意识到,我们驰入了一大片薄如轻纱的云雾带。起先，我们以为是森林火灾，这自然让我们惊骇不已。然后我们看到云彩在我们身旁飘浮，像喝醉了酒似的，东倒西斜，睡意朦胧。我搞不懂，我从来没看过这样的云彩，好像是从天空坠落下来的。然后卢尔德解释说，我们已渐渐进入高原地带，可是我们却浑然不知。后来我们提到这事就笑。

地势仍在不知不觉中上升，它的变化让我们感到吃惊。道路已经高出了醉意盎然地飘浮在古老山脉之间的云彩，连绵的山脉呈现铁锈色，像是大象，然后道路下降，经过一个山谷，满目罂粟花，弄得人眼花缭乱，那色彩比南瓜色更生动跳跃，比划分道路的橙色条纹更为明亮。地平线上，是薰衣草遍布的山脉，然后，被绿色灌木覆盖的丘陵上，星星点点地开着姜黄色的罂粟花。我们很幸运，在雨后到达了那里。

克利夫顿同样令我们惊异非常，这个镇夹在两座高土中间的裂缝中，那高土犹如一对巨大的裸臀。谁会在一个注定被水淹没的地方建造这个镇？它早已被淹没过，即使在特里西塔的时代，它们就大面积遭受到贻害。古怪不古怪，克利夫顿并不是一个丑陋的小镇。但它是衰老的，也许可以说是被抛弃了的，犹如一件丝绸舞会礼服，经历暴风雨之后在岸边洗涤，但这是一种美丽。被雨水冲洗后的丘陵绿色鲜亮，天空呈现出一种牵牛花的蓝色，最令人惊叹不已的是空气，它仿佛是翠绿色的，无比清新宜人。

我们步行经过牢房，是由一个洞穴改建的带钢栅的囚室。这个地方是一九〇〇年六月的某天，他们监禁特里西塔的丈夫瓜达卢佩·罗德里格斯的地方。我们在镇上的老街漫步，在格林利县历史博物馆停下脚步，我们遇见了乐于助人的乔尔·布里斯克林先生，一个当地的历史爱好者，他帮我们联系到特里西塔的曾侄孙女,另一个特里西塔——特里·乌雷亚。

当天早些时候,我留了张便条在特里·乌雷亚的家门口,她没有回应,令我沮丧。但是布里斯克林古道热肠,代我们打电话,并把我们的电话号码告诉了她。真是奇迹中的奇迹,特里·乌雷亚打电话给我们的时候,我们正坐在租来的车上朝墓地进发。特里耐心地指挥着我们开车,还耐心地等在停车线上,直到我们在墓地的停车场里把车停妥。到了,这里是特里西塔的长眠之地,正如特里和布里斯克林先生两人所说,我们进入墓地后,往左边,墓由锻铁栅栏围着,小得像个婴儿床,一块没有标记的平板上放着粉红色的丝绸玫瑰、诵经念珠和一个什么人留下的捕梦网护身符。

一个多么美丽的长眠之地,可以看到太阳在丘陵中间西沉的动人景象。我深深吸了一口空气,想要闻到玫瑰的气味,有人说当你拜谒了特里西塔的墓地,就会闻到,但是我不能说谎。我闻到的是绿色植物的气息,清新的风的气息,它吹着口哨,经过沉吟着的栅栏,但没有玫瑰的香味。在那天这个时候,弥漫着一种如此活跃的琥珀颜色,光拴系在一束束长长的蓝影子上。卢尔德坐在邻近的一个坟墓上,我坐在另一个上面唱起"法罗里多""为了爱",以及洛尔卡的"古巴的声音",因为只有这些歌,我能记住它们的全部歌词。

然后,我祈求特里西塔接受我们的可爱的朋友,诗人艾,他已经死了。为了开通我们的道路,保佑和庇护我们的家人和朋友,我的纺织老师玛丽亚·路易莎·卡马乔德洛佩斯,她病了,健康状况不良。我的所有陷于贫困苦境的家人和朋友,卢尔德,我,还有我的动物们。请带给我们安宁祥和,安宁祥和。我带着疲惫和被风吹得火辣辣的脸离去,但是找到了我们为之而来的墓地,我们欣喜不已。有一天,我要奉献一个故事给特里西塔。不过至此,我知道的就这么多。

曾经有个非常有名的墨西哥姑娘,她吓倒了墨西哥共和国的总统,所以必须被放逐。在我们的时代,有人威胁国家的首脑倒并不是一件很惊人的事情,现在,我们是生活在真正的恐惧年代,大量的人被驱逐甚至更糟,但是很难想象一个女性,一个十几岁的墨西哥人,无论是当时或是现在,能有如此的能力。她的名字是特里萨·乌雷亚,而在她活着的时候,人们称她为特里西塔,卡博拉的圣人。卡博拉是墨西哥北部的一个村庄,现在是一个毒品泛滥的地区。

特里西塔的诞生和死亡,都在墨西哥革命爆发之前,然而,她肯定是那个时代火山隆隆声的一部分,这火山预告旧的世界秩序将要结束。她的故事是非凡的,因为她是有色人种的妇女,受的是非正规的教育,却作为神秘的治病术士,在墨西哥和美国成为影响力和名声如日中天的人物。

特里西塔属于混合种族,是一个混血儿。在某个时期,阶层和肤色不同所造成的差异甚至比今天更为显著。她的母亲卡耶塔娜·查韦斯是个土著妇女,她的父亲托马斯·乌雷亚,是一个有西班牙血统的浅肤色墨西哥人。他拥有特里西塔诞生之地和卡耶塔娜被雇佣之地的所有土地,特里西塔是他的私生女,但是,到了她的少女时代,他承认她是自己的后裔,邀她与他以及与他的第二（同居）家庭同住。

在这之前，特里西塔和她母亲的亲戚一起生活，住在一个用树枝和泥巴筑成的屋子里，据说她还是一位出色的骑手，懂得弹吉他，会唱歌——所有这些牛仔拿手的事情，墨西哥牛仔都教会了她。想必她在儿时的卓越非凡，引起了她父亲的注意。女孩是没有价值的，特别是那些私生女和土著的女儿，她们肯定不会被像托马斯·乌雷亚这样的富人承认。但是特里西塔长得高挑漂亮，一如我们可以在她照片里看到的，迷人而机灵，人人都这么说。也许她父亲在她身上看出属于自己的一些特质，所以骄傲地宣称她是他的，这只有老天知道。但是到她少女时期，她的生活发生变化，就像拉美电视剧里的情节，她处于父亲的照顾和保护之下，她的阶层和肤色等级也得以提升。

在她父亲的家里，她遇见一个本地的长者，此人引导了她的人生之路。这个妇女被称作朱莉娅，是一个医者，一个助产士，她知道本地各种植物的性质和用途。特里西塔开始作为朱莉娅的学徒，跟着她工作。自从这个女孩显示了不凡的天资以后，朱莉娅倾自己所有的技能教习她。但是这时发生了一件事情，它永远地改变了特里西塔的人生，给她力量去超越她的指导者。

他们说特里西塔在少女时期得了一种突发性疾病，是因为过度惊吓所致。有些人说她是遭到了性侵或未遂的性攻击，有些人相信她发了癫痫。虽然不能肯定究竟发生了什么，但这件事是非常严重的，足以使她昏迷数月，脉搏和呼吸微弱到难以觉察，不得不把一面镜子贴到她的鼻尖上来断定她还活着。随着时间的推移，特里西塔的脉搏日渐衰竭，最后几乎完全感觉不到，她的家人不得不承认她已死亡。

按照那个时代的习俗，特里西塔的守灵在乡村举行。托马斯·乌雷亚命令为特里西塔做了棺材，朱莉娅用缎带将女孩的两只手腕绑在一起。当整个社区聚集在一起，把诵经念珠放在她身上为她祈祷的时候，特里西塔最早的两个奇迹发生了，一是她的起死回生，至少可以说她是从短暂的死亡中归来，二是她宣布他们无须搬走棺材，三天之后会用到它。她的预言完全正确，她的老师朱莉娅死了，被安葬在为特里西塔准备的棺材里。

特里西塔获得再生，但是她身上发生了明显的变化，她的生活再也不像以前那样。她说在她离开的时候，她见到了圣母玛丽亚。几个星期她过得心烦意乱，甚至不能自己进食和穿衣。最终，当一天早晨她醒来，她记不得自从病后发生在她身上的一切。她像是虽生犹死，仅仅关注自己内心的东西。

其他奇怪的事情也发生了。复活之后，特里西塔显示了非常强劲的治愈能力和透视能力。她说，就像从一个窗口看进去，她能够看到病人的内脏，看到他们的病灶。有时候她只须将双手放在他们身上就可以治愈他们，而对那些她不能治愈的，她至少能安慰他们，使之得到暂时的缓解。

消息传遍了整个地区：一个年轻姑娘能奇迹般地医治百病。数以千计的病人，不管是富有的还是贫穷的，都纷纷前来求医。她父亲的牧场很快变成一个热闹的嘉年华会。虽然托马斯·乌雷亚试图劝阻他女儿，要她放弃这项工作，但最后，特里西塔用她的虔诚和献身精神说服了他。"我相信上帝把我放在这里，是要我作为他的工具来行善。"她是在履行一项职责。

所以，乌雷亚的家庭为她做出了巨大的牺牲，他们曾经了解的世界被颠倒过来。特里西塔坐镇在她自己的房子里，在那里她能够接待她的病人，对那些有能力自付餐饮费用的人，她让他们支付；对那些无力承担伙食的人则一律免费。然而，作为一个真正的医治者，特里西塔是不收诊疗费的。

特里西塔的家人爱她并支持她，但是，他们从来不把她当作一个圣人。不管什么时候，当特里西塔成功地治愈了某个人，众人会大声叫喊："奇迹！"还有就是："圣人特里萨！"

特里萨不想做圣人。她怎么会想到做个圣人？你会吗？圣徒的称号是别人授予的，而不是靠圣人自封的，难道不是这样？精明的商人把特里西塔的像和环绕周围的天使印制成生动的圣卡，它们非常好卖，很受她的追随者欢迎，特别是在本土的部落之中，他们把她称作是自己的保护人，他们把特里西塔的像佩戴在帽子上，保护自己免受伤害。

"我不是圣人。"特里西塔在一次采访中坚持这样说。特里西塔承认她的身体与其他人没有任何不同，但是她知道她的灵魂是不同的。特里西塔的家人也否认特里西塔是圣徒，尽管他们不得不承认她有某些他们无法解释的天赋。例如，只要她愿意，她会让自己变得非常沉重，让她那些身强力壮的同父异母兄弟都抬不动她；但是如果她愿意，她那位身材苗条的好朋友，也能用手臂把她举起。甚至更令人吃惊的，是她有一种神奇的能力，能邀请她的好朋友一起到梦中旅行，她们会在夜里做同一个梦。她们可以去墨西哥城，在那里散步，然后灵魂返回她们体内，到第二天早晨还记得这个旅行。

有非常多的理论来作解释，特里西塔是怎么实现这些她确实做到的奇迹。是因为磁场作用？是因为催眠术或招魂术所致？好吧，确切地说到底是什么？我想，即使是特里西塔本人，她也不会知道，她只知道她是在做上帝的工作，在她人生的后期，她甚至表示想去欧洲，或印度，去寻找对自己这种神秘天赋的解释。

特里西塔毕生都在维护原住民社区的利益，也许这是因为她有一半土著的血统，因为她曾生活在他们的世界里。那时和现在一样，印第安人是最穷困的，遭受极大的不幸。特里西塔总是为他们的利益而发声，批评政府和教会施加在他们身上的虐待。她鼓励人们直接去对上帝祈祷，不用牧师和昂贵的宗教礼仪来作媒介。不用说，墨西哥教会不会容忍特里西塔的影响力大大超过他们，于是他们指责她是骗子。

最终，特里西塔在玛雅人、塔拉乌马拉人和托莫契旦戈人社区享有的名声，使她参与到政治中去，导致她最后被逐离这个国家。土著社区对特里西塔高度崇尚，把她视为一个具有精神信仰和巨大动能的伟大人物。波尔菲里奥·迪亚兹，墨西哥的独裁者和统治者，觉得她是在煽动他们站起来反对自己，于是把她押送到美国和墨西哥的边境，在那里她被一脚踢出这个国家。当她离开的时候，她父亲陪伴和保护着她。他们最终在亚利桑那州安了一个家，后来是得克萨斯的厄尔巴索。当特里西塔被放逐的时候，几个土著社区组织起来，发动了罢工和起义。虽然她不再是墨西哥居民，但还是经常卷入到这些事件中去，因为她的追随者们在他们的墨西哥宽檐帽上佩戴着她的像。这引起了波尔菲里奥·迪亚兹的恐惧，觉得她甚至比他想象中更有力量。也许这位墨西哥总统相信那样的传说：特里西塔有同时在几个地方现身的能力。总之，据说他派遣他的特工潜入美国境内，企图绑架和暗杀她。

乌雷亚家族完全有理由担心特里西塔的安全，所以有人劝他们搬到内地去，离开边境这个不稳定的环境。托马斯派人带来他的妻子和孩子，最终把他的家安顿在亚利桑那州的克利夫顿，一个夹在两座绝壁中间的美丽矿业小镇。在这里，他成功地建立了他的乳制品和木柴生意。但也正是在这里，他和他的女儿经历了几近心碎的痛苦冲突。

特里西塔似乎和一个来自邻近小镇的墨西哥矿工坠入爱河，他的名字是瓜达卢佩·罗德里格斯，长得高大英俊，就像她的父亲。也许她把他看作是个可以保护她的人，和他在一起她感到安全。认识了他八个月后，她就嫁给了他。虽然她父亲不同意这门婚事。遇见卢佩时，她二十七岁。他把特里西塔看作美丽的年轻妇女，而不是圣人？也许这对特里西塔完全是个新的感觉，虽然她的父亲诅咒她在爱情上的选择。女人们总是勇敢地面对爱情，尽管这意味着违抗她们的父亲。

卢佩必须从特里西塔父亲的家里偷走她，他带着他的来福枪跑来，把她带走了，但她并没有不愿意。也许她已经准备好了要面对这些，也铁了心跟他出走，去结婚。他们确实在邻近的梅特卡夫小镇结了婚，但是到早晨，她的丈夫开始行为古怪，许多墨西哥男子在他们的婚礼之夜过后都这样。也许他喝了酒，也许他怀疑特里西塔并非一个圣人，这使他愤怒。也许在她处于昏迷的那天确实遭到性侵，这可能使卢佩觉得自己受了骗：他得到的竟是破损之物。也许他是波尔菲里奥·迪亚兹雇的，或者也许他仅仅是因为疯狂。我们只能想象，因为我们不知道到底发生了什么，会导致特里西塔的新婚丈夫如此古怪的行为。他大发雷霆，特里西塔说，他把她的东西撕碎，逼着她收拾起自己的衣物，他扛着她打点好的包裹，命令他的新娘跟着他。

有目击者看到特里西塔跟着这个疯子，他喊叫吗？打她了吗？当那些人跑到外面警告她不要跟他走的时候，他做了什么？也许他们认为他从来就是一个疯子，瓜达卢佩·罗德里格斯在铁路轨道上走，特里西塔被迫跟在后面。然后瓜达卢佩开始奔跑，特里西塔在他后面跑。他转过身，开始对她射击。直到这个时候，旁观者追上他，把他扭送到当局。他们把他带回克利夫顿，把他关进那个由山洞改建的牢房，在里面，他的样子就像一只走投无路的野兽。

我希望想象出卢佩叫喊的有关他新娘的事情，好让所有的人都听见，我希望想象出她的痛苦和悲哀。没有再比这更让她感到羞耻的：违背父亲的意愿，然后在第二天意识到他是对的而返回。她的丈夫在牢房里口吐白沫，喷出肮脏的字句谩骂她。此刻，她还是个圣人？

她的父亲说了什么？特里西塔又对他说了什么？有什么话他们彼此没有说？他们在想什么？如果她能够透视人们的心并看到未来，为什么她不能看透爱情？镇民问道。如果你的人生中有过爱情的经历，你就能解答这类问题。也许爱情愚弄了我们每一个人。

正在这个当口，C.P. 罗森克兰斯太太来到，邀请特里西塔去加利福尼亚州为她的孩子治病，也许是因为她的悲惨婚姻，特里西塔接受邀请离开克利夫顿，因为她自己也病了，她需要医治自己内心的创伤。

五百多名镇民来到火车站，为特里西塔送行。我想有一个人不在那里，我想她的父亲会拒绝到场，那天他会去工作，装出他的奶制品和木柴生意让他忙得不可开交，无法分身。在我想象中，一个过于自尊和受伤太深的人会这样面对自身的悲哀。或者，也许他在场,他会不会加入那些挥舞着手帕的人群?或者像座山似的岿然矗立?

他心中的特里西塔已不再,而她心中的父亲也已不再。当她结婚的时候,当她离开的时候,她的父亲肯定会感到多么的无能为力,他的一部分也随之死亡了吧?

她怎么样了呢?接受一个远去加利福尼亚的旅行她会感觉怎样?我想象她父亲坐在亚利桑那看日落,而特里西塔在加利福尼亚看同样的日落,他们在互相思念。

圣人就是这样开始失去能量的?因为在加利福尼亚,有家医药公司雇用了特里西塔,并承诺为她投入数千美元用于她的治疗改革。他们告诉她,这样她能够旅行并治疗更多的人,但是他们没向她说清楚,他们将向她的病人收钱,而且她将为美国白人治病,不会讲英语会给她带来困难。于是,特里西塔的治疗改革在洛杉矶开始,她被安排去圣路易斯,再向纽约进发。由于此刻她治疗美国白人找不到合适的翻译,她写了封信给她亚利桑那州的好朋友,助产士胡安娜·万·奥德尔,她是一个嫁给美国白人的墨西哥妇女,有两个懂双语的男孩。她把大一点的儿子送来纽约助理特里西塔的工作,他的名字叫约翰·万·奥德尔,他将成为特里西塔两个女儿的父亲。

一个十九岁的男孩,一个几乎没有什么爱情经验的二十七岁妇女,怎么可能不产生爱情?也许他会坦诚地告诉她,自己相信什么,但他的心是一个孩子的心,而她的心是女孩的。虽然他们不能结婚,因为她和卢佩还缔有合法婚约,但他们承诺会像结了婚一样相互挚爱,到能够结婚时再订婚约。我想象不出还有什么其他的办法,因为特里西塔无论生活和说话都是按照自己的心愿而行的。

她不可能知道，在接下来几年中，她和约翰彼此间没有什么话可说。他们几乎没有共同点。虽然她会在洛杉矶寻找离婚的途径，但在那之前，约翰对这个女圣徒的爱早已不复往昔。圣徒不会成为好的家庭主妇。

她正在纽约准备生孩子的时候，听到她父亲病了。最终他死了，而特里西塔腹中怀着小生命，身上有合同的束缚，她只能留在纽约，此刻她是怎样想的呢？

特里西塔最终是怎样明白她雇主的口是心非，请了律师中止和这家医药公司的合同？她筋疲力尽，她想回家。她确实回家了，带着两个女孩，但是没有偕同她们的父亲。她放弃了做一个圣人。

用她为人旅行治病的积蓄，她有能力在克利夫顿开一家小医院。她住在这里，直到三十三岁那年感染肺结核去世。在特里西塔短暂而非凡的一生中，无论她在哪里，即使是在墨西哥，门都是为她打开的。她从来没有忘记她自己本土的根，她永远和穷人结成联盟，甚至在美国也不例外。住在洛杉矶期间，据说她支持墨西哥人组织工会。她在有冲突的社区之间充当桥梁，这是在墨西哥人比现在更受压制的时期。

特里西塔·乌雷亚不是作家，所以我们不知道对于她所经历的事情她是怎样感觉的。我们有目击者的解释，报纸的访谈，但它们都是她说话的译文。我们没有她的原话，不得不相信那些替她把话说出来的人。每个人在解释怎样看特里西塔时，似乎都无不带着他们自己的想法，自己的政治观点，自己审视她的角度，这当然也包括我本人。

但是，那也许就是特里西塔，这个活跃在边境两边的妇女的神秘和力量。活动家、革命者、历史学家、作家、土著社区、家族、朋友和敌人,都喜欢借她的口,来说出他们自己在边境两边的故事。在逝世超过一个世纪之后,她依旧不朽地继续活着,因为那些成为故事的人,是不会死的。

38 | 查维拉·瓦尔加斯：一个非常女人的女人

接这个电话的时候，我正沿着迈阿密的海滩漫步：我是否想为《纽约时报》写一篇有关查维拉·瓦尔加斯的稿件？我说等我散步结束我会做出决定。我的第一反应是："我不能做这事。"不是因为我没有能力，而是因为我不觉得我是做这件事的最好人选。但是越往下走我越是认识到，如果我拒绝，《纽约时报》会要求拉丁美洲裔的流行作家来写，很可能是个男性。这促使我回电接受了约稿。我意在写出查维拉这个女人自成神话的一面，而不是小道传闻中的她。但给我的篇幅是有限的，最终，经过所有的删减和编辑，我的颂词被缩减到纯粹的小道传闻。哦，查维拉，原谅我！

这篇稿子于二〇一二年十二月二十八日发表在《纽约时报杂志》"他们的生活"专刊上。

墨西哥曾经是世界的肚脐，那时，伊莎贝尔·瓦尔加斯·利萨诺逃离哥斯达黎加,决心让自己成为一名墨西哥歌手。这是在三十年代,当时欧洲处于战火之中,美国无所事事,墨西哥经历了一场革命之后,忙着将自己重新降生。

在十四岁的时候,伊莎贝尔也在忙着为自己寻找新生。她被她的哥斯达黎加家族抛弃,因为她太过"奇异"。日后,她成为了墨西哥人人爱戴的查维拉·瓦尔加斯。

那是这个国家的黄金时代,访问者从世界各地纷纷而来,其中有谢尔盖·爱森斯坦、路易斯·布努埃尔、利奥诺拉·卡林顿这样的导演、艺术家。墨西哥轰动了全世界,人人为她疯狂。

起先,瓦尔加斯以打零工来讨生活,她烹饪、卖童装、为一个老妇开车代步。她被艺术家和音乐家所接受,在他们的派对上和喜爱的酒吧里唱歌。那时她还没满二十五岁,受邀去画家弗里达·卡罗和迭戈·里维拉夫妇位于科约阿坎的蓝屋。"那个穿白衬衫的姑娘是谁?"卡罗问。卡罗把她叫过去,那个夜晚,瓦尔加斯始终坐在她的旁边。因为远道而来的瓦尔加斯住在康代萨街区,里维拉和卡罗为她提供了那夜的住宿。里维拉建议她带几只他们的墨西哥无毛犬上床。"和它们一起睡觉。"他对她说。它们把床搞暖,这样可以避免得风湿病。瓦尔加斯找到了她精神上的家园。

最终,瓦尔加斯师从墨西哥最好的音乐家,作曲家阿古斯丁·拉腊和安东尼奥·布里比斯卡及他那如诉如泣的吉他。她听别人的演唱,尤其是唐纳·拉内格拉和美国得克萨斯州的女歌手莉迪亚·门多萨,以此调整自己的演唱风格。流行歌曲作者乔斯·阿尔弗雷多·希门尼斯以他的歌曲使她折服,成为她心中景仰的艺术大师。"表现了……所有爱者的共同痛苦,"瓦尔加斯说,"当我登台出场的时候,它们也成了我的吐诉,因为我也在其中注入了我自己的痛苦。"

仅仅用一把吉他和她的声音，瓦尔加斯穿着一件红色的南美披风和紧身长裤上台演出，在那个时候，墨西哥妇女还不习惯穿紧身裤。她唱歌的时候把双臂张得开开，就像一个主持弥撒的牧师，她的唱腔以墨西哥革命妇女为样本。"墨西哥妇女是很坚强的妇女，"瓦尔加斯说，"比如'艾德丽塔''瓦伦蒂娜'①——女人，非常女人。"查维拉·瓦尔加斯也属于那种女人，非常女性化的一员。

即使在瓦尔加斯还年轻，声音仍像龙舌兰那样清纯的时候，她就和着民歌的奔放节奏，踏着她那塔库瓦奇特舞步，脸颊贴着脸颊，跟着如骰子般短促而跳跃的节拍蹦跳着，而后又如她自称的，像只美洲母老虎那样，发出嘶嘶呜呜的愉快声音，然后是一连串沁人心脾的叫声，就像藏在她身上的手枪突然扫射出一排子弹来。

"她是绿辣椒。"被我问到时墨西哥作家埃莱娜·波尼亚托夫斯卡回忆说，"查维拉是个女同性恋者，当别人隐瞒他们的性取向时，她炫耀它。她唱的'致男同胞'永远不会被人忘记。查维拉演唱为男人写的情歌时，不改变人称代词的性别。"

"她最成功的一首歌是'玛科里娜'。"波尼亚托夫斯卡继续说，"'把你的手放在这里，玛科里娜。'她一边唱一边把手指像大贝壳一样放在私处，这种前卫表演远远早于麦当娜。"

"我的演出，"瓦尔加斯在她的自传里写道，"总是从'玛科里娜'开始的……而很多时候我也用这首歌来结束。所以人们会回到家里，躺在床上，感觉美好而欲火中烧。"

因为使流行的"兰伽拉"墨西哥民歌成为不朽，瓦尔加斯经常被贴上乡村歌手的标签，但是她绑架了浪漫的波列罗舞曲，使

---

①两者分别是墨西哥民谣、歌舞片中的经典妇女形象。

得它们也成了她的。对喝龙舌兰的酒徒来说，她的歌具有香槟一样的吸引力。

批评家托马斯·伊巴拉-弗劳斯托想起了六十年代初期的瓦尔加斯："在'山下的洞穴'，我常见到她，那是一个艺术先驱们常常出没的墨西哥城闹市区地下俱乐部，她穿着黑色的皮衣，坐在一辆摩托车上高声歌唱，背后坐着个白肤金发的外国佬。"

其他人也讲了这样一个故事，在一个墨西哥城的俱乐部里，瓦尔加斯为一对夫妇唱小夜曲，然后她松脱男子的领带，把它套到那个妇女的颈上，热情地猛然一拉，乘势吻了她。

她有一个"盗妻者"的坏名声，她真的会勾引别人的妻子私奔？一个欧洲的女王？艾娃·加德纳？弗里达？哪一个是真的？哪一个是众说纷纭的？你只须看看瓦尔加斯年轻时的照片，就知道其中的一些确有其事。

在科阿韦拉州的蒙克洛瓦镇，去询问年长者，他们会告诉你：查维拉曾来这个镇演唱，然后和医生的女儿私奔了，人们还记得这件事。

朱迪·加兰，格蕾丝·凯利，贝蒂·戴维斯，伊丽莎白·泰勒……她被邀请参加她们的聚会，和有影响力的政治家的妻子们跳舞，她声称和"世界上最著名的女人"分享爱情，但是不愿吐露更多。

然后，在她六十多岁的某个时候，瓦尔加斯消失了，有人认为她已经死了，在某种程度上，她是死了。

"有时候，我没有其他选择，只是对我的嗜酒一笑了之，权当它只是一夜的狂欢。"她说，"这可不是闹着玩的……和我一起经历过的人知道那是什么"。

佩德罗·阿尔默多瓦和萨尔玛·海耶克在他们的电影里演绎她,早在那之前就有一些朋友帮助瓦尔加斯浴火再生。演员吉苏萨·罗德里格斯和利利亚娜·费莉佩,一九一一年邀请她在墨西哥城的哈比托剧院重返舞台。

"离她出场只剩下几分钟的时间,那地方挤满了人,"罗德里格斯回忆,"那个时代所有赶时髦的人都在等,没有人相信查维拉会回来唱歌。"

"她很紧张,是的,她从来没有不喝酒就上台的时候。当我们第二次催她时,她有些失魂落魄,要求给她一杯龙舌兰酒。利利亚娜和我相互对视,然后利利亚娜说:'查维拉,如果你喝酒,我们是否最好还是取消这次演出?''那怎么行?'查维拉说,'这可是满座。''好吧,这不是问题,'我们说,'我们会把票钱退回给每一个人,也只能这样了。'

"查维拉神情严肃地看了我们几分钟,然后她做了个深呼吸并说:'我们走吧!'我们第三次催她,她登上舞台,站在那里像一棵古老的树,她唱……唱了好多年,没有停下,也没有再喝酒。"

她的声音成了另一种声音,被损坏过的,但是有一种深沉的美感,就像玻璃被烧成黑曜石。

查维拉擅长表达的主题是爱情和失恋,她的声音幽雅飘忽,如同燃烧柯巴脂升起的白烟,但是却又像太平洋的波涛一样汹涌澎湃,她就是用这样的声音来唱饱含寂寞和告别情绪的歌曲。这些歌吞没了你,让你觉得快被淹死,然后在你最料想不到的时候,突然觉得被扯下裤子,屁股上挨了巴掌。观众不由自主地爆发出呼喊,那种墨西哥式的约德尔调来自腹腔的运气和岁月的悲哀。

每个民族都有能抓住它灵魂的歌手。新闻记者阿尔玛·吉列尔莫普列托曾经注意到,墨西哥人的聚会总是在大家的哭喊声中结束的。瓦尔加斯满足了一个民族想要哭泣的冲动,她表现了墨西哥自从被征服以来一直裸露着的创口,以及这整整一个世纪的无数革命——现在,它比以前更需要眼泪。

二〇一二年夏季,瓦尔加斯以九十三岁的高龄从西班牙回到墨西哥,她病了,最后,在八月五日,死神降临并带着她离去。

39 | 巧克力和甜甜圈

当我不止一次大声地讲述一个故事的时候，意味着该将它付梓出版了。我从二〇一三年四月开始写这个故事，通过电话给弗兰克读了开头的两页，但不是一年之后完成的那个版本。我希望他不要生我的气，我走过他的屋外，并以一种他可能觉得不大讨人喜欢的方式审视它的外墙。我想要审视我自己，像往常一样，屋子有助于我审视自己。

即使在梦中，我也会想到屋子，有些是我过去住过的，有些是梦里虚构的街区，在一系列相关的梦中，我会一次又一次地回到那里。我回到一个过去的老地址，去和我父母同住，在梦里他们还活着，和我那些单身成年兄弟在一起。

有时也会梦见忘记给动物喂食，它们是我作为宠物养着的，如金鱼，或者甚至企鹅。在梦里有人告诫我："不要忘了喂你的企鹅！"然后，我甚感恐慌，因为我都不知道我有企鹅。这个不可遏制的恐惧，促使我赶快往家里赶，想知道回家后，我会发现什么。

我经常梦到住在一个旅馆的大厅里，或一间没有门的客房；或者当我打开我旅馆房间的门，发现里面全都是作家，像研讨班那样围成一个圆圈坐着；要不，全是些睡在我床上的客人。然后，我明白这梦在告诉我，是该从社交圈子撤离的时候了，当我感觉安全和孤独，但不是寂寞的时候，是我最佳的写作状态。

  我们刚吃完早餐点心，一时没有什么话题可以闲聊。弗兰克建议我们去他家喝杯墨西哥巧克力，品尝来自"正宗甜甜圈店"的甜甜圈。这是一家可以免下车购物的玉米卷兼甜甜圈店，坐落在弗雷德里克斯堡路上。
  弗兰克的屋子曾经属于他的修表匠曾祖父，后来传给他祖父——一个圣安东尼奥闹市最高大楼的电梯操作工，而有一天，弗兰克会在那里以一个律师的身份工作。现在，他们的子孙成了国际艺术家，像一个罗马君王般住在这个城市最简陋的街区——西区。很难相信，这座平屋，有四个没有门的房间，曾经住着一个九口之家。
  此刻，枝状吊灯把前门廊照得通明，这花园，这里面的每个房间，包括隔壁的画室和大型鸟舍，使这座屋子足可享有"西区凡尔赛宫"的美称。蓝色的龙舌兰和多刺的仙人球从巨大的马赛克花盒里发出新芽。石膏做的小天使和希腊女神像是在与阿兹特克人的神和墨西哥喜剧演员康丁法拉斯交战争夺地盘。一个玻璃走廊里挂着像门那样大的油画。
  室内的墙上，涂了像墨西哥奥利纳拉珠宝盒一样的黑色，这是为了更好地衬托艺术品、古董、陶器、雕塑和面粉糕点的展示。室外，权作水上花园的镀锌水槽里，长着水百合，游着锦鲤鱼。

而地面上、乌龟、流浪猫、奇异的小鸡、白色的鸽子、壮健结实的园林工人，像弗兰克饲养的孔雀一样，在昂首阔步地走来走去。这是一个多元的世界，是老的和新的，高雅的和低俗的，罗马中产阶级和特哈诺劳动阶层的碰撞和融合。

弗兰克在伯尔内长大，现在那里实际上是圣安东尼奥市郊区一个非常小的城镇。早年，当他是一个薪酬不薄的律师时，他住在圣安东尼奥的豪华街区，在一间极简风格的玻璃屋里。现在，他发现西区更加浪漫。当然，我哪有资格去评论？

不错，弗兰克在客厅里安置一张床的想法，也是我们家当时有很多孩子时的法子。对他，这是一种美学上的考虑，而对我们，这是不得已的做法。

从厨房传来咖啡杯的叮当声，墨西哥巧克力豆在木质研磨机里的搅动声，我的朋友们的闲聊声和欢笑声。我躺在客厅的床上，身上盖着一条巧克力色的人造貂皮毯子。这时，有种感觉向我袭来。

在生活中一直紧跟着我的惧怕消失了，这是一种曾几何时有过的幸福感。我仿佛不再存在于我自己的女人身体内，我成了纯粹的精神灵物。我感到舒适和安全，围绕着我的是那些我热爱的，热爱我的生命和声音，是他们高声的说话声和脚步声压倒了所有外部世界的威胁和恐怖。

因为我一个人独居太久，我想尽情地享受眼下的一切。我飘浮在木质搅拌器沿着罐子发出的转动声中，以及来自厨房的时高时低的细语声中。现在，睡意像是潮水一样漫了过来，直至完全将我淹没。

在土耳其语里，有一个词表达你是幸福的而且你知道你是幸福的：kanaat。现在，在弗兰克的客厅里，我躺在狭窄的床上，身上盖着人造貂皮,我感觉到了这个词。有一次,在金塔纳罗奥海岸的沙滩上,我也有过这样的幸福感,就像我和宇宙中的万物相连接,有一种归属、聚合和平安的感觉。

砰砰砰砰!有人敲击前门,像是有意要用拳头把它砸烂。我打开门,门廊里站着一个狂欢节装扮的彪形汉,穿着一件马刺队的T恤衫。

"弗兰克在吗?"

"我这就叫他,你要进来吗?"

"不,我就在这里等。"

弗兰克来门口接待,我爬回到床上,试图重回被那阵敲门声惊醒之前的愉快状态,但是由于弗兰克和那个大力神在前门廊里争吵,我很难再入那种妙境,我尽力不去理他们,但是他们的声音越来越大。

"不,你没有。"弗兰克说,"不,你!没!有!你想让我报警?如果你不离开我的门廊,我就要打'九一一'了,你不想回监狱去吧。"

门砰地关上。

"那是谁,弗兰克?"

"一个偷我东西的前雇员,别担心。"

"弗兰克,他简直快疯了!你不担心他会带着枪回来?"

"哦,我才不怕。我有个女汉子新助手,佩珀明特·帕蒂,她能控制他。"

弗兰克回去倒巧克力,摆放甜甜圈。一个懦夫,我跟在他后面走进厨房,这个地方离前窗最远,我想起小时候我怎样度过除夕之夜。我母亲在午夜降临前把我们攥进地下室,保护我们不要遭受邻居在狂欢情绪下的胡闹。一块石头，一句恶语，一粒子弹，一颗炸弹，都会成为被称之为"心"的维苏威火山的溢流。

家是你感觉安全的地方吗？那些没有一个安全的家的人会怎么样？他们无家可归？或者家只是个不可抵达的理想，就像天堂？家是不是一个让你日益向前趋近，而不是往回走的地方？那么，乡愁就是一种心神不安，不为留在心头的记忆，而是未来的念想。

移民和流亡者懂得这种痛失家园的感觉，懂得怎样在精神上去艺术化地去面对它。他们的乡愁使得他们讲故事，直到他们创造出一个"想象中的故乡"，正如萨尔曼·鲁西迪对它的命名，那里的快乐，胜过任何现实中的。

实际上，在我幼时的芝加哥街区，天黑下来，便自发实行宵禁，因为醉酒者把他们的车撞毁在我们的路边，把车子抛弃在我们的小巷里焚烧；老鼠则放肆地在母亲栽种的木槿灌木下面穿梭，这是在不顾社区人口倍增的事实，把收集垃圾从每周两次削减到每周一次之后的恶果。但我们是有色人种，因此不需要像中产阶级化的白人社区那样，一星期收集两次垃圾。这就是我的芝加哥！即便如此，这里总体上是安全的，在你们自己中间，在那个可能不熟悉或不认识你的部落中间。但你是他们的，你感到归属上的安全，一旦你离开了家，那种感觉很难再有。

此刻，我躺在假貂皮下面，忍受着"comezón"的折磨，这个词可以粗略地译为"极度紧张"。伴随这种熟悉感觉而来的是一团疑云，生活像是单薄脆弱的"衣架式天线"，或如用电工胶带和铝箔修复的灯具，或像厨房里涂着可口可乐颜色的餐具柜，提醒你最好别理会夜生活那种仅仅留于表面的玫瑰色彩。

极端的快乐,随时都有可能被决定性的一句话终止,犹如一个从窗户而入的火球。轻按一只灯的开关,可能触发一场短路引起的爆炸;一个有过经验教训的人,绝不会雇用一个正在学习的堂兄弟来做电工;一个醉汉的嘴里有多少真话?在弗兰克的上一个假日,一个艺术家坚称他曾看到一只真的软毛兽,活的,有四足,在人造毛皮中动来动去;英挺健实的园丁们在围绕着什么打转——土狼难道在等狮子姗姗来迟?圣玛丽亚圣女普里西马,在这仁慈的世界上,我是所有可怜人中最胆怯的。用你的人造毛皮斗篷盖着我,让我留在黑暗中,为我祈祷,保佑我平安,保佑这个简陋的家。

40 | 艾库玛尔

写前面一篇故事"巧克力和甜甜圈"时,那段记忆碰触了我的另一段记忆——这一瞬间我几乎没和什么人谈起过。那是我在尤卡坦半岛的一个地方访问,虽然仅仅逗留了片刻工夫,可是那段经历却使我终生难忘。写完另一本集子之后,我意识到,是再度造访艾库玛尔的时候了,哪怕只是在文字上的。

自从第一次造访艾库尔玛,四十年中,我还没有重返过那里,虽然在《拉拉的褐色披肩》里,我根据经验,虚构了一个章节(但是除了我,没有人会知道)。我的朋友,设计师维罗妮卡·普里达路过艾库尔玛,她吃惊地看到我刊登在得克萨斯州报纸上的照片被剪下来,用胶带贴在礼品店的柜台下面。"但是,为什么这个新闻故事会在这里?"她问。"哎,我不知道,"收银员说,"有人把它拿来这儿。"艾库尔玛和我之间究竟有什么联系?用墨西哥人惯用的一句话来说:只有上帝知道。

这是我最后一次和他们一起旅行，至少我心中是这样想的。我二十一岁了，儿童时代已经结束。我对自己说，像这样的年龄再和父母一起旅行，实在显得太小儿科了。然而，出于对墨西哥和对父亲的爱，在父亲的邀请下，我允诺了。

那是一个夏季，我正处于大学生和研究生的过渡阶段。这究竟是我的记忆还是想象？在我的记忆中，那正是我去艾奥瓦作家研讨班学习之前。在我心中，那个夏季是一颗可爱的翡翠珠子，因为这以后我便去了异域般的艾奥瓦城，在那里过了两年无趣的生活，然后进入工作。

这次旅行是父亲的主意，所以，要我陪着他们也是他的主意。很可能他在向我发出邀请之前并没有问过母亲，他没有想到要问她。或者她也无所谓。但之后，当有什么事引发起她的雷霆之怒时，她会在乎。于是就变成了他和我跟她过不去，我们总是和她过不去。

每次旅行都有最糟的时刻，正如也有它耀眼的亮点。我只想谈论亮点，仅仅几个而已，在三十七个夏季过后的今天，我还记得那些，明丽清晰，就像那天他们拖着我离开时的天气。

这次旅行是要带我们去金塔纳罗奥州的尤卡坦半岛，最终还会去奥克萨卡。这是父亲的安排，我们前去旅行的那些州，都是他的军人父亲曾经驻防的地方。因为他父亲四海为家的军旅生涯，父亲诞生在奥克萨卡，而不是墨西哥城家里。也许是祖宗们正在召唤父亲回去，但是如果这样，他是不会听的。他谈到新的海滩和美食，这足以说服我们随他前往。

我们从芝加哥飞到墨西哥城，然后再飞往梅里达。飞机的嗡嗡声停止之后，我朝窗外看去，被眼前的景象所震撼，在我们旁边，耸立着一座山顶满是积雪的大山，一块小小的云彩停留在山峰上，就像是一顶贝雷帽。我激动得简直就要停住呼吸，我只能用肘轻推或用手指点。

"波波。"父亲说。波波卡特佩特火山，就是它，我们墨西哥的富士山。它就是幼时我站在墨西哥城的屋顶上，看到的两座火山中的一座。我从来没有在这个海拔高度看过它。我们的飞机影子像蚊子一样飞快掠过，而巨大的高山坚实，岿然不动，就像一尊佛像。

在梅里达，我们租了辆天蓝色的德国大众甲壳虫轿车，驾车的永远是父亲，车子驰入通往奇琴伊察的丛林之中，那里有我们仅仅在电视里看到过的玛雅金字塔。这辆蓝色的甲壳虫沿着只有两条车道的公路飞速前进，每到一个转弯处，我们全都像金刚鹦鹉一样，吱吱喳喳地叫了起来，又到了一个转弯处，我们紧张得话到嘴边又缩了回去。奇琴伊察从丛林中升起，灿烂绝伦，白色，巨大无比，就像那座予人印象深刻的波波卡特佩特火山。

我们怎么会不知道奇琴伊察会如此……壮丽？奇琴伊察就像希腊帕特农神庙一样宏伟，或像埃及金字塔，或像法国埃菲尔铁塔，或像世界上任何其他奇迹。似乎又到了问这句话的时候："怎么没人告诉我？"

对整个旅行而言，也许观光过奇琴伊察就值了。我们必须在黄昏前开车到达另一个名叫坎昆的旅游胜地，据说那里是玛雅国王过冬之处，大概广告就是这样让我们相信的。那时，这里只有几个旅馆，到处都是水泥袋、沙堆和散乱一地的木板，一个在建的新镇区是缺少魅力的，但是那海，啊！它是我见到过的最美的海滩：优美的白沙像是云母，而水比我梦到过的都要更美，它有更多层次的青绿色，清澈见底。

我们仅仅逗留了一个夜晚，然后坐进那辆甲壳虫，朝玛雅遗址图伦进发，方向是沿着金塔纳罗奥的海岸往下而去。"金塔纳罗奥"，多么爽口而又悦耳的音节！难怪作家琼·迪迪恩要"盗用"它来作自己女儿的名字。

毒蜘蛛蹦跳着穿过公路，哆嗦着从丛林的一处窜入另一处。父亲在一个名叫艾库玛尔的地方停下，于是我们可以休息。这里除了有几间悬挂着吊床的茅草顶陋屋，还有一个四周环围着棕榈树的咸水湖，此外，一无所有。

我很幸运身上穿着游泳衣，否则我可能不会贸然下水。水非常安静平稳，我在浅水的边缘躺下，这里的沙子带着脊状波纹，柔软中让人感到坚实，顺应了我背部和颈部的轮廓。水是温暖的，像有一个人在轻拍着我的耳垂，而树将阳光遮掩成斑斑点点的光线，温柔地倾泻在我身上，好像在清洗我的身体。水波，缓缓地，静静地耳语着，此刻我不必去听懂它，我闭上眼睛。

我感觉在我生命中，有些东西来了，又走了，突如其来，由不得我。我有一种从自我中分离出，去连接宇宙万物的感觉。我觉得自己空了，可以容纳一切，来填补充实自己。

我想知道，人在弥留之际是否就是这样，如果是这样，那为什么人人都对它望而生畏？自始至终，水在轻轻地、轻轻地拍打我的耳垂，温柔地对我絮絮叨叨。

这种感觉仅仅是一个瞬间，也许几秒钟，至多，几分钟。我活在梦幻中，就像你们沉浸在爱情中一样。时间仿佛不复存在，只觉得自己被解开了，从躯体这个笨重的拖拉机车头上。最终，我感到无所畏惧，我无限快乐。

"桑德拉，我们走吧！"父亲喊叫着，把我拉回这还带有一点点责任的现实世界。

"让我们走。"父亲喊道，不耐烦地带我们上路，去他行程表上的下一个目的地。他不知道我刚刚漫游了多远，我怎么解释得清楚？

它突然就走了，一如它突然而来。但它是属于我的，它已经被赐予了我。

我把这种感觉作为一个秘密藏在车里，藏在我的心里，好像它是我挖掘出来的一件精致手工艺品，可能会在边境被没收。它是一种既古老又时新的东西，有着重要的价值，如同一枚我不得不藏之于舌下的钱币。

41 | 借来的屋子

我曾经做过一个演讲,名叫"像雪一样宁静",是在一个图书管理专家会议上。演讲中我讲了个由我儿时的许多图书馆构成的故事,提到一本多次借阅的书。为什么这么久以前的一本小书,这么些年来还一直记在我的心里?写作是一个问题的拖船,但是在你写出了答案之前,你不知道问题的所在。

这篇散文,是我在北卡罗来纳大学教堂山分校所做的有关托马斯·沃尔夫的两篇演讲之一,发表于二〇一四年十月二十一日。

我第一次为之神魂颠倒的是一本书,不是随便什么书,而是一本有关屋子的书,是弗吉尼亚·李·伯顿写的《小屋子》。我哥哥基基和我在孩提时代非常迷恋这本图画书,我们十七次从芝加哥公共图书馆里把它借出来。好吧,也许我有点夸张,但是我确切的记忆是:我们记得它的页数,捧着这本书入睡,我们不想归还这本书,甚至计划去偷它。这能怪我们吗?就像市中心贫民区的很多孩子，我们不知道书是可以买的。在很长的时间里，我认为书籍是如此有价值的东西，它们只派发给公共机构，而不可能给个人。我们从来没有看到过一家书店，也从没看到过上面没有盖这类图章的书籍——"圣梅尔财产"或"芝加哥公共图书馆"。

不过有一个例外，我的表姐表妹有一些藏书，放在她们公寓的玻璃柜里面，这全仰仗莉莉姑姑，她在一家书籍装订公司工作。我读了查尔斯·金斯利所著《水婴儿》的一些零星断片，被里面的插图深深吸引，但是每次只能匆匆地读一两页，因为有人告诉我，喜欢书而冷落表姐妹是不礼貌的。

作为孩子，我们能拥有的书籍，无非就是那种用有光泽的卡纸印刷的，可以在沃尔沃斯或是超市买到，但是对我来说，这些算不上真正的书。孩提时代我从没看到过一家专门经营书籍的商店。在我们的街区，提到书籍的任何谈话都是用"异乎寻常"这个词开始的，也就是说"仅限于成人"。现今，随着很多书店像渡渡鸟一样销声匿迹，我敢打赌说，有很多孩子也都没有见过书店。

我们可能不知道去哪里买书，但是从插在封面纸袋里的卡片上，看到了这本《小屋子》的价格。回想那时，图书馆的书都有两张卡片，置于粘在封面后的马尼拉纸袋里。卡上有书名和价格，还有一个用橡胶图章盖出的日期，告诉你什么时候必须还书。在卡片边缘有清楚的文字，说明如果丢失了卡片，要付二十五美分的罚款。我会一遍一遍去摸索这两张卡片，以确定我没有把它们弄丢，这使我把后来患上的强迫性神经官能症归咎于芝加哥公共图书馆。

基基和我每个星期日可拿到五十美分的零用钱，如果我们把钱合起来存几个月，就能得到心爱的书本。我们想告诉图书馆的管理员，我们把书搞丢了，我们赔上，这样严格说起来就不能算偷。但是，去对图书管理员说谎，这比偷书更难，我们事先放弃了这个计划。

《小屋子》是一个关于坐落在美丽乡间小山上的屋子的故事，随着时间的流逝，周边的风景在不断变化，但是这座小屋却坚固如旧，毫无改变。一直以来，地平线那头隐隐约约的城市绚烂夺目，数十年来缓缓逼近，我们看到马车被汽车取代了，乡间小路被蒸汽铲车铺平了，居民的服装在与时俱进。唯有这座屋子，在四周日新月异的变化中岿然独存。城市迅速地吞噬着乡村，取而代之的是高耸的大楼和高架列车。以至到了最后，这座屋子发现自己不再身居乡间，而是处于繁忙闹市的街道之中。它被冷落，显得破旧不堪，不过里面还是崭新的。最后，这故事进入高潮，屋子得到拯救，原屋主的曾孙们前来为屋子按上车轮，拖着它离开，把它送到乡村，安置在一个长满雏菊的漂亮小丘上，一如故事开初那样。

《小屋子》出现的时候，我的生活正处在不稳定状态中。我哥哥基基曾是我最好的伙伴，但那只是在我大哥艾离家就读军校的时候，艾一回来，我立刻发现自己很孤独。我很难和人交朋友，我不漂亮，我有不均匀的刘海，都怪母亲，她比维达·沙宣早几年发明了"维达·沙宣发式"。我的校服，一条带有格子图案的裙子，它前面有个补丁，是因为母亲熨烫时不慎而烧焦。在学校里，我肯定每个看见我的人都在注视我裙子上的补丁，它给人的感觉就像那座处于悲哀、惊恐、破败时期的"小屋子"。我需要知道，虽然我周围的世界时常让我感到惊吓，但最后我会一切安好，特别是在我的家里：事情发生了，没人会事先告诉你，或者就是告诉你了，只是你不以为然。

记得有一次我爬进我家雪佛兰轿车的后座，我问："我们这是去哪儿？""墨西哥。"母亲回答。我从汽车后窗望去，对我们的屋子——西六十三街一四五一号二楼的后端——瞥了最后一眼。这只是另一座不体面的芝加哥建筑，最大优点就是一个月四十美元的租金。四个铺着油地毡的房间，一无可爱之处，但它是家。我的心沉入谷底。

《小屋子》这个故事给了我勇气，建造这座屋子的人申明："小屋子永远不会为了钱财而被卖掉，她将活着目睹我们的曾孙，我们曾孙的曾孙住在里面。"怪不得这本书是我最喜爱的！为什么我自己的祖父不能做出这个承诺？为什么父亲也不能？他来来回回地去他的家乡墨西哥城旅行，在我诞生后的头六年里，几乎每年都去，或者，至少我是这样感觉的。是不是因为父亲心中怀着乡愁，尽管他在家里有我们陪伴？

我的墨西哥城的祖父母，他们住在福图纳街十二号，在一个正式名称叫"工业殖民地"的社区，但更广为人知的是称作为"拉维尔亚"或"特佩亚克"，这是因为它最著名的造访者——瓜达卢佩圣母，于一五三一年在此地显灵。要是爷爷希斯内罗丝曾经宣布，福图纳的屋子永远不会为了换墨西哥比索或美国美元而出卖，那么我就不会活着看到它薄荷糖色的立面被涂上污秽的褐色。即使它没有被卖掉，爷爷又怎么可能把福图纳的屋子传给他散布在两个国家的十八个孙辈。

我母亲的父亲，外祖父科尔德罗，在我进小学之前就成了鳏夫。在芝加哥朗代尔街区，外祖父和他的四个成年孩子，住在他那幢幽暗而沉闷的两层公寓里，在西格兰肖街三八四七号。马诺舅舅，他不工作，究竟什么原因我们从没想过要问他；莉莉阿姨，她结过三次婚（和同一个人离婚两次！）；玛格利特阿姨，独自抚养两个女儿；而住在楼上的是卢皮阿姨和她的丈夫皮特，还有他们的三个孩子。屋里没有任何多余的房间供客人住宿，那是肯定的。

为了能够找到租金便宜的公寓，我们走遍了芝加哥的不同街区，一个公寓一个公寓地询问。父亲突袭式的返回墨西哥，弄得我们总是缺钱。直到最终，出生于股市崩溃之年的母亲明白了，我们需要有座屋子才能稳定下来。像大量劳动阶层的妇女一样，母亲知道一座屋子意味着能安全避开门口的恶狼。

如果不是天意，不是冥冥中安排好的挫折，也许父亲永远不会听取母亲的劝告。一九六六年一月，在我们租用的那座赤褐砂石屋子里，水管爆裂了，迫使我们用玻璃牛奶罐把水拖上四楼。当父亲看到我们结冰的外套袖口、鞋子、露指手套，他意识到是时候了。他以三千美元的价格，卖掉了他那辆心爱的新雪佛兰旅行车，再从信任他的亲戚手里借钱，为我们第一个家付了头款。那是一幢二层楼的小屋，在芝加哥近北区的洪保德公园。

在老地址，我们住在一栋曾经高雅的住宅顶楼，这是一座用赤褐色砂石建造起来的家庭建筑，坐落在西罗斯福路。我们搬进去的时候，它已经被分隔为三层公寓。我们告诉别人我们住在三楼，但严格地说我们是住在四楼，因为它的地下室是高出地面的。在二楼门厅的一个隐形门后面，爬上一段狭窄的楼梯，就到了曾经是用人的住处，这就是我们的公寓。经由中间一个房间进入，但这里搁置了两张床，作为我四个小兄弟和我的卧室。

可以想象，在新的住所，我们旋转水龙头，看见水涌了出来，是多么狂喜。我们只须步行，就可以轻易地到达最近的公共图书馆，仅仅相距五个街区，而不是像以前那样，得远足五英里到靠近西大道的麦迪逊图书馆。而最大的好处是我不用再和我的小兄弟们挤在一张床上，我有了一个真正的卧室——一个壁橱大小的小房间。但我不抱怨，因为那个壁橱是我的世界。

《小屋子》燃起了我对拥有自己的屋子的终生热望，这是一个当你偶尔在外受了委屈之后，可以在里面恢复创伤的地方。一个女孩，生活在一个破败的社区，和太多人住在一起，孤独到老是和树木说话，她的家人认为她太会哭，因为她确实如此。对她，住宅意味着很多很多。即使是为它借了一点钱，它也完全属于你，是个任你的想象力驰骋的地方，是个给予你安全的地方。我的一生都在梦想着有一座屋子，恰似有些妇女梦想有一个丈夫那样。

当父亲病了而且知道他仅能存活几个月的时候，他私下里向我承认："我想给你们每个孩子留下一个屋子，但是我失败了。"说着，他开始哭泣。

父亲对于成功的想法即使到现在也让我感到惊讶，他要给七个孩子每人留下一座屋子！父亲貌似没留下什么，可实际上他赋予我们很多很多。

他给予我们的，全是必要的东西。他教导我们明白为什么而工作；他教导我们去理解别人，理解那些像我们一样，身无长物的穷人；他教导我们，正因为我们拥有太少，所以更要以慷慨之心去善待他人。如果你曾处于拮据贫困之中，千万不要忘记那是什么滋味，要有爱心。这就是父亲给我们的财富。

在我的生活中，由于我的糟糕选择，男人们来了又走了，但总的来说是走了。我不能依靠他们来为我买一个南瓜壳，我用我的笔买下了我的屋子，全都靠的是自己，没有问我父亲和母亲借钱缴纳首期房款。我在圣安东尼奥战栗不安地买下我的第一个屋子，它在如此美丽的一个街区，我甚至怀疑我不属于那里。我能以一个自由撰稿人的收入来支付房屋的抵押贷款吗？在我的生活中，有两个妇女确信我能，她们是我的文稿代理人和我那时的会计师帕姆·海斯。

当来自布鲁克林的作家贝蒂·史密斯，最终因为《布鲁克林有棵树》而赚了些钱，她走出去，在北卡罗来纳教堂山买下属于她自己的屋子。对于她，对于她之前的她母亲，对于我的母亲，对于如此多的劳动阶层妇女，一个屋子就是生活的救生艇，当风暴把所有一切扫荡殆尽之时，它能让你在海上漂浮不沉。也许现在情况有所不同，但是回首往事，那就是一个屋子对妇女的意义。对贝蒂·史密斯来说，那意味着她给予孩子们的补偿，为了在那个艰难阶段，因她的写作使得他们所遭受到的困苦。

史密斯曾经写道："平静是一个令人心生愉快的词。对我，它意味着一座有围墙和大门的花园，是一天结束后的阳光，是和平和避难之所。"

史密斯为她的新家做的第一件事情，就是推倒前门廊，围着花园砌起墙，这把邻居给惊呆了。但是我能理解，前门廊是一个和邻居挥手致意、闲聊的地方，但是对一个作家，当你被看成好像什么也没做的时候，你实际上是在从事写作，而不写作的人是不会理解这点的。

我记起小说家海伦娜·玛丽亚·威拉猛岱的故事。当年轻的她还住在家里的时候，她母亲看见她在厨房桌子上写作，于是说道:"女儿,帮帮我。你什么都不做。"海伦娜感觉到,她的母亲因为工作辛苦而精疲力竭,与之相比,自己做的简直算不上是工作,她叹着气,站起来帮助她母亲。

我年轻时也住在父母的家中,父亲会因为我夜间伏案写作而称我"吸血鬼",我不能告诉他,夜里属于我自己的私人空间。

在研究院,我们被指定阅读加斯顿·巴什拉的《空间的诗学》,那是为了举行一个研讨会。那时,它在我脑中留下深刻印象,而这么多年以后再重读它,仍然印象深刻。他说:"如果要我说屋子的最大好处,那就是:屋子庇护了白日梦,屋子保护了梦想家,屋子让一个人在平和宁静中做他的梦。"他忘了再补充一句:条件是只有当一个人独自居住,并付得起钱请别人打扫时。

我的第一座屋子就是我虚构出的墨西哥,我油漆它,装饰它,并根据我儿童时代对墨西哥的记忆建造它。(直到写这篇文章的此刻,我才意识到,我圣安东尼奥的屋子被我漆上了和故事书《小屋子》里同样的粉红色。我们在附近发现一座历史性民居,还保持着十八世纪八十年代初建时的粉红色。它最早的屋主原来是古巴人,也许,他也很怀乡。)

当我为我的屋子加建一个办公室的时候,我选择了墨西哥式包豪斯风格,它让我想起墨西哥城,一个带有户外洗衣水槽的建筑,还有一个通向屋顶露台的旋转式楼梯。我建造它,还抱着照顾别人的想法——我母亲,我的作家朋友,还要给我的助理或过夜客人一个私人空间。

现在,我正在寻找我的最后一个家,我想象它带着高墙。它是一个保护我的写作不被别人打扰的地方。在六十岁之际,我想要一所屋子,它的功能被削减到只为滋养我自己的灵魂。我需要一堵墙来保护我的私隐,需要一个门廊来分隔外部和内部,还要有一个户外的洗衣槽,这样我可以在蓝天下洗涤,思索再思索。我想让一所屋子来照顾我。

  在所有这么些年里,《小屋子》在我不知不觉中撒下了一颗种子。我渴望的是一个修道院般的心灵庇护所,具有与世隔绝的隐修所的私密性,是一个仅仅供我自己和动物、树木共处的避难所。它不再像我先前的家,要满足其他人的需要,而是一座像"小屋子"一样坚固的屋子,是一座为创造者自己而建的城堡。

尾声：我的家就是你的家

> 为什么你要买一座老屋子？这就像选择一个老男人结婚！
> ——我父亲

我来到瓜纳华托，因为他们召唤我。我母亲方面的亲人，外祖父约瑟·埃莱乌特里奥·科尔德罗·罗德里格斯，外祖母菲利帕·安吉亚诺·里索，也许，还有和他们有关的人，推动了这一切。我常常在半夜醒来，得到他们的启示。

在我人生的五十六岁之际，我受邀在圣米格尔德阿连德一个作家会议上发言。我仅仅来过这个城镇一次，在二十年之前，那是一个非常短暂的访问，几乎没有留下什么印象。这次我接受了会议邀请，因为只有这样我才能保证有一个去墨西哥的假期。我事先就推断自己不会喜欢圣米格尔——有太多的外国人——当我喜欢上那里时，我很惭愧且吃惊。我喜欢那些人，当地的和国外的，几周以后，我还自愿地回来了。

然后，在我人生的第五十六个春天，在我返回圣米格尔的旅行中，发生了这样的一幕。我步行走下一个位于阿塔斯卡德罗街区的小巷，这个小巷很独特，它有上上下下的陡峭坡度，我在一蓬鲜亮的九重葛树冠下面停步。我想起我在希腊岛屿上的生活，我沉浸在快乐中。我想起我住在那里时做的梦，我梦到我和海豚一起游泳，虽然在现实生活中，大海使我恐惧。但是在我的梦里，我却觉得在海里是那么自在，那么安宁。家是不是意味着无所畏惧？

在这次访问圣米格尔期间，一个朋友邀我陪他去一个匿名戒酒互助社。出于好奇，我去了，因为从没去过这种场所。它和文学阅读会没有多大的不同，只是在这里，讲故事的人就在你面前滔滔不绝。他们就像是些蜘蛛挂在那里，没有一个可以安全着落的网。有令人难以置信的痛苦的陈述。有令人大为吃惊的耻辱的陈述。我几乎不敢看，我也在执行抵御死亡的行动，我知道它是多么诡异和危险。但我是在私人办公室里产下我的故事，在送给公众之前还得洗干净，不再看见肮脏的胎盘和胞衣。这些讲述者编织故事时却不用一张手稿，他们接连把如细丝般的话语抛到听众之中，它们必定形成弧线，抵达并绊住我们，好家伙！这又是怎么做到的？那天晚上我斜倒在床上，不能解释是出于什么理由，我眼泪汪汪。

就好像一只我没有注意已经松动的牙齿被拔掉了，在匿名戒酒互助社，我听了令人羞愧的陈述后，一个旧日的耻辱记忆冒出来，重新在我内心浮现。它在夜半将我唤醒，这是灵魂说话的时候。不是通过话语，而是穿越我内心的光线，它们要对我说的是："你不是你的屋子。"

这似乎是最基本的，简单得不能再简单的道理，但对五十六岁的我而言，却是个重要的发现，尽管很多年之前，我其实已经在艾奥瓦城体会到了同样的真理。是不是所有重要的真理都必须学习和再学习，像个螺旋体？

我不是我的屋子。因此，我能够走开。我可以撒手不管我建立起来的每样东西：为照顾画家朋友而购买的艺术品，为使母亲高兴而建造的办公室，为帮助作家同行而创立的基金会，还有这座我想我死后会留下的屋子。

使我对墨西哥深有感触的是物质世界和精神世界的交融，生与死之间是个能渗透的边界，是无须文件便可以跨越的。这是一种充满关于灵性精深知识的文化，但又并不凌驾于那些在精神方面单纯无知者之上。在最深层次的精神传统里，谦卑是一种优雅的风度，但是，那些不具备这种素质的人，会把它误解为低三下四。

在第一世界里，墨西哥被认为是属于第三世界的国家。但是为了建立那个等级排序，某种价值因素被强加进来。比如钱。据我看来，是那些有钱的国家制定了这样的等级制，以便它们被置于第一。

是否一个经历了最多痛苦的群体，就拥有最大的精神财富？受苦和灵魂之间难道没有相互作用？难道不正是由痛苦到光明的转化，如点金术那样炼就了灵魂？

如果是的，那么，以精神作为衡量的准绳，墨西哥就是第一世界国家。

瓜纳华托的天空，是一个无比壮丽的天堂，就像是圣母玛丽亚的斗篷，一种纯净而轻灵的蓝色，明亮得有如太平洋。飘浮在海面上的，是一朵朵云彩，像一队张开白帆的船只在眼前慢慢驶过，如此逼近。想象中只要站到椅子上，大概就能触到它们。

这个地区最吸引人的是，举目四望，到处是没有开发的土地、山丘和乡村，就像在墨西哥餐厅的年历上看到的风景。

但是还能持续多久？

在这片土地上，我的根已经扎下几个世纪之久，尽管如此在我小时候，我们经常驾车经过邻近的克雷塔罗，去访问父亲墨西哥城的亲戚，我们总是要路过瓜纳华托，那里却没有什么我们认识的人。母亲的家族，早在墨西哥革命暴力时期，带着他们希望能够忘记的经历，全都北逃。他们随身携带的仅仅是能放入披巾打成包裹的东西，是赤手空拳能拖着走的东西。

现在，在先人们北移了一百年之后，我发现自己回到了他们的地方，再一次，在暴力横行的时候。

我将回到我们原来的地方——瓜纳华托；去一个镇，它的建成，要比清教徒乘坐五月花号登陆美洲还早七十九年。

在被征服之前，墨西哥就是一个贫富不均的世界。即使是经历了长达十多年的一九一一年流血革命之后，墨西哥却仍然每况愈下。

瓜纳华托乡下的村民，他们平均接受教育的年份十分有限，有时候他们根本就没有接受过教育。如果说他们懂得怎样写，那也仅仅是印刷字体，因为手写已不再纳入教育范围。在"免费学校"，学校用品和校服，以及额外收取的费用非常昂贵，经常迫使学生退学。在圣米格尔德阿连德，一般建议支付给用人的薪水是每天二十美元，但我采访的那名妇女只赚到这个数目的一半。这里有很多人只给他们的雇员这么点可怜的薪金，但其实他们有能力支付更多。他们拥有土地和房屋，他们去餐馆用餐，去奢侈度假。如果他们如此爱这个国家，他们究竟选择正视什么？无视什么？

年轻女孩唯有把爱情视为她们小小人生的伟大成就，我看见她们在教堂前门外的公园长椅上回味着男朋友的亲吻，我希望能告诉她们——告诉些什么呢？

大多数出租车司机在北边工作，他们承认收入可观，而在这里，他们难以糊口，不过他们想靠近他们的家。他们认为自己是幸运的，虽然圣米格尔被蜂拥而来寻宝的外国人所淹没，包括这里的自然资源，当地居民甚为感激，毕竟他们有机会被雇用。

当今，地位卑下的墨西哥男子头戴棒球帽，以替代墨西哥宽边帽；当今，地位卑下的女子不带篮子，而用颜色像复活节彩蛋的塑料桶。你到处可以看到从野外收集来的仙人掌叶，从那些彩色的桶里拿出来洗干净，用一把尖刀去了刺后出售。这是那些贫穷而又没有受过教育的妇女用以维持生计的方法之一。

警察太少，但是他们优先保护富人，在城镇中心，而不是墨西哥穷人居住的殖民地。

这是一种隔离的存在。我曾经住过的圣安东尼奥在那里,我现在住的圣米格尔在这里。也许这已成了一个普遍真理。

蹓狗的时候,我邂逅两个拖着独轮手推车的男子,那车里装着三块水泥袋大小的大圆石,是给某个人的花园送货。他们像是拉着马车的牲口,一个人拉,另一个人推,竭尽他们所能。

时值二月,是圣烛节期间,华瑞兹公园里挤满了推销植物的小贩。我是在巴尔科内斯街区遇见那两个人的,这里是城镇的最高点之一,一个美丽的,有许多巨大住宅拥着狭长街景的街区。好像屋子越大,它上方那片天空也就越大。

这两个可怜虫,其中一个是老人,只是一块软骨而已,拉着这辆独轮车。那张脸就像一只穿旧的袜子,绷得开开,松弛而下垂。另一个人,大概由于饮食不当而长得粗大,用一根黄色的塑料绳在腰上绕了又绕,正推着这独轮车上坡,像匹负重的驮马。

"你们那是什么东西?金字塔?"我问。

"我们一路从华瑞兹公园推过来的。"那爷爷骄傲地说,"出租车司机不肯搭载我们。"

"所以我们必须走路。"肥胖的那个补充道。

"真是太难了!"我说,"我想你们该提出你们走了这么长的路,这样兴许会多一点报酬。"

"但愿如此。"他们说。仅仅休息了一会儿,两人又继续上坡,用尽力气,拉着推着,以任何人都难以想象的方式坚持着。

步行去镇上买了一条法国棍子面包之后，我坐在洛阿科斯德阿塔斯卡德罗后面的路口上休息。这段回我屋里的步行路是上坡的。"洛阿科斯"就是一连串拱起的土地，那里的桑树是当年为了喂养丝蚕而种植的，那还是独裁者，总统波菲里奥·迪亚兹当政时。我发现我在和一个灰头土脸的瘦削男孩说话，他带着一条同样瘦骨嶙峋的小狗，两者都是牛奶不够多的咖啡的颜色。他坐在我身旁，告诉我他宠物的所有事情，它的名字叫巴沙，我起先误以为它是条俄国犬，但是后来在谈话里他解释，巴沙是用大麻烟卷的烟蒂命名的，我们称之为"蟑螂"。他平静地告诉我这些。我说："要小心。""我只在家里抽。"他说。我建议用肉把他的狗喂得胖些，因为它实在是比镇上街头的任何狗都要瘦。但是他告诉我他没有钱买肉。我问，我可不可以给它一片面包。"好。"他说，我也给了他一片，也撕了些给自己，这样他会感觉好些。我们吃着，说着，然后说再见。我为他没有钱买肉而悲哀，更感到难过的是，我没有再多给他一些面包，或者至少这整条面包。我感到我像圣马丁一样坏，他只分发半条披肩——但是我甚至连这都没做到。我是不是比圣马丁还糟？

我读高中的时候，上了门给讲西班牙语的学生开的课。每个星期的作业之一是词汇表，其中有个词是"机枪"。我们什么时候会需要使用这个词？我想。

现在，我住在墨西哥，我为这里无处不在的机枪而吃惊，当地的警察带着它，就像拿着一只塑料购物袋那样平静随意。在闹市区的街道角落，在每次的国民游行中，在办公用品店，随处都有。所以，即使现在我走进办公用品店没有看见机枪，还是会不由自主地产生一种战栗。

巴比·多利姑姑在世的时候，不得不定期去墨西哥城，收取她屋子的房租。

"但是，姑姑，你不害怕吗？"

"哦，不，"姑姑在电话里对我说，"一点也不害怕。我在军校附近寄宿，那里到处都是警察，带着机枪，我感觉很好，很安全。"

能使妇女感到安全，这样的国家在哪里？有这样的国家吗？

我住在欧洲的时候，经常引用弗吉尼亚·伍尔夫的话："作为妇女，我没有国家；作为妇女，我的国家就是这整个世界。"我要改动这句话来适应现今的时代："作为妇女，我没有国家；作为妇女，我在整个世界都是移民。"

得克萨斯州的诗人约瑟·安东尼奥·罗德里格斯说，一个作家，有"用词恰到好处的能力"。

我有能力让人们笑，这是一种能力，是吗？而在这里，在墨西哥，它是一种我每天可以给出的礼物，经常地，慷慨地，就像给予一束花或一片面包。我父亲经常给我这些花，他喜欢给人们一些东西，即使那仅仅是一句善意的话："哦，她漂亮而有礼貌，就像你一样。"

当我用英语让人们开怀而笑的时候，这很美妙。当我讲一些西班牙语引得人们发笑，这是一种纯粹的荣耀。迈步时腿都抬得高了。我对自己心安理得。上床睡觉的时候，我感觉自己让这个世界更美好，也许不是很多，但也足矣！

在墨西哥，作为一个没生孩子的妇女，我是没有地位的。如果我还年轻，我可能会勾画一个未来的愿景。但是我已经过了生育的年龄，远不再是一位小姐，这个城镇不知道该把我认作什么。

我的雇员卡利斯托和卡塔莉娜，他们出于对我的尊重，坚持称我"señora（太太）"。但我不是谁的母亲，怎么能够对此做出回应？再说，señora 有那种一本正经的教会女士的含意。我从来不想做什么 señora。

在一个早晨，我步行去镇上，我在洛阿科斯附近的街上看见两个劳动者，我和他们打招呼。他们是从农村来的，戴着棒球帽坐在路边休息，那里有一股天然泉水涌出，驾驶员都喜欢停下来，用水洗他们的车。

"早上好。"我对他们两人说。

"¡Buenos días, señito!（早上好,太太！）"他们心情愉快地回答。

他们说的是乡村土语，既不是"señora"，也不是"señorita（小姐）"，更像是两者的混合，就像英语里的"ma'am"。

"¡Buenos días, señito!"

我猛然想到，那时那地，它恰好说出了处于墨西哥的我是谁。我就是 señito。

一条狗在吠叫,来自远处剑舞者的鼓声此起彼伏。因为今天的节日,舞蹈者整天都在击鼓跳舞,就像一个部落在宣布战争。入夜,镇上回荡起波列罗舞曲、街头小乐队、班达音乐的共响。鞭炮声,公鸡的叫声。通常都会加上一只公鸡的鸣叫。还有教堂的钟声。我想起埃米莉·狄金森的草原秘方:"形成一片大草原,用的是一棵三叶草和一只蜜蜂……"构成一个印第安人的村落,只须用一阵教堂钟声和一只公鸡……如果没有公鸡,鞭炮可以替代。

我感到幸运的是,我身边有身兼助理、驾驶员、驯狗师、杂务工、万事通等多职的卡利斯托,他是圣米格尔本地人,一个曾经在摇滚乐队工作过的年轻人,而现在为了养家,他做用人、电工、泥瓦匠、酒保,或是凡能接手的任何事情。他只有二十八岁,已经拥有一个两人家庭:一个妻子,外加太多的责任。

当听到我在找地方的时候,卡利斯托坚持让我去看他祖父母正要出售的屋子。我没有立刻决定去看,我花了些时间才明白过来,自己会长住在这里,可似乎我是最后一个才知道的。

卡利斯托说,我该去看看他祖父的屋子,它正好坐落在我喜欢的街区。我们在傍晚天黑之前到达,这是一座狭屋,开着的门就像是一张说着"啊啊"的嘴巴。门口有几只篓子,里面放着一些蔬菜,就像是一家店铺。这时我才意识到这里确实是一家店,一个小小的街区便利店,但是只有四只番茄、一些干辣椒、少量洋葱,这就是全部了。很多当地人都这样做,在门口放置一张桌子,销售一两样东西——也许是插在小棒上配有辣椒和酸橙的芒果片,或是炸猪皮。或者会有一个小招牌用胶带粘在走廊里,表明这里供应墨西哥玉米粉圆饼,是自制的。这是一种多赚几个比索以持家的途径。所以,卡利斯托的祖父为什么就不可以出售一点产品呢?

卡利斯托为我们做了介绍,他爷爷又黑又瘦,就像块牛肉干,坐在阴暗的角落里。我们互致了"下午好"。他点点头,握了握我的手,用只有墨西哥乡下人才有的那种礼貌,向我问好。这屋子就像他本人一样黝黑,只用一只没有灯罩的灯泡作为光源,这黄色的灯光无法驱散每个角落的黑暗。可我能够辨认出一系列搭配不协调的家具,一只三十年代的梳妆柜,一张置于同一间房间的床,一台在角落里嘀嘀咕咕,像是里面有人在做九天连续祷告的电视机。一声"下午好",从坐在床上的祖母嘴里传了过来,但是她说这句话的时候,并没有从热播中的电视剧里转过脸来。她就像一个盲人那样和我们交谈,没有转动她的头,不朝我们的方向看。

我们置身其间的,是只有一个大房间的老式屋子,也有点像仿照老式一居室屋子建造的现代住宅。外面有个狭窄的院子,一条通道引向外面的空间,那里凌乱地放着杂物,关在笼子里的鸟、柳条箱、盆栽植物和一台绞扭式洗衣机。去洗手间必得经过这个前厅。

去窥探别人的家,窥视他们的碗柜,察看他们的私人区域,无疑如同去嗅别人腋窝的气味,是一件很难堪的事情。我是勉为其难,被迫将自己的鼻子伸到各处去嗅。

我们爬到房顶上,那是个在墨西哥可以有很多用途的房顶平台,这里安置了几条小狗,因此,屋顶上散布着形状像甜甜圈和油条般的狗粪,不堪入眼。卡利斯托告诉我,他没结婚的叔叔住在上面的小房间里,就在玻璃门那边;照看卡利斯托祖父祖母的人是他,虽然我怀疑他做不了什么,正如质疑他疏于打扫。"你叔叔在哪里?"我问。卡利斯托带着厌恶的神情说:"出去喝酒了,毫无疑问。"

"这就像是一个鸽舍。"卡利斯托如此评价他祖父母这座又窄又高的屋子。

"在我看来,它就像市区里很多屋子一样,"我说,"狭窄得像是一块生日蛋糕。但是,如果我买下这座你祖父母一心想要出卖的屋子,我会迫使老人搬家。"

卡利斯托说:"你买下镇上任何一处屋子,都会使他们家的老人搬家。"

这是事实,让人心酸:我成了住宅区中产阶级化进程中的一部分。

虽然对于我,来南边是件容易的事,有人告诉我一个非常渴望去北边的妇女的故事,使我一直以来难以忘怀。讲这个故事给我听的是塞尔万多。

塞尔万多·布斯托斯·伊瓦拉是个聪明、有礼貌的绿眼睛墨西哥人,四十岁左右,但看上去要比这年轻,因为他总是戴着一顶棒球帽。最初他住在镇郊的一个农业社区,现在他在城里居住和工作,给一间为加拿大和美国游客服务的精品酒店当看门人和园丁。塞尔万多有双语能力,通晓西班牙语和英语,凭他的聪明,毫不费力就学会了流行的俚语。他深受旅馆住客的欢迎,因为他对他们表示了极大的尊重,使他们更加确信自身在人种和经济上的优势。他的唐吉诃德式奉承是典型的墨西哥人的殷勤,经常被外国人误解,被看作是仆人的礼节,而不是社会平等中的宽宏大度和优良教养。塞尔万多是特别墨西哥式的,他经常邀请他的客人饮落日鸡尾酒和开胃酒,自己付费,不记在雇主账上,尽管他的薪金很低微。塞尔万多这样的墨西哥人认为,向客人提供所有的服务是他的重要礼仪。在蒙特苏马的大厅里,这种"我家就是你家"的哲学,被养尊处优的外国人误解为允许他们随意得到预期之外的帮助。

塞尔万多有一张英俊的方脸,煞像古代奥尔梅克人的石制头像,但是他承认他不喜欢自己印第安人的鼻子。塞尔万多脸上很深的皱纹是由于在阳光下工作所致,这使得他那双玛瑙色的眼睛更为显著,令人回忆起在瓜纳华托地区外国因素介入的历史,包括皇太子马克西亚米利亚诺的横征暴敛,他在克雷塔罗附近被行刑队枪毙。

塞尔万多的祖父说奥托米人的语言,但是这种语言只延续了两代人就被忘却了。从他的奥托米祖先身上,他继承了当地人强健的体魄和发达的四肢。经常可以看到塞尔万多一天数次在顺着山丘起伏的镇区街上爬上爬下,运送食品杂货,或者去为旅馆的客人办事,就像一只负重超出自身五倍的工蚁。塞尔万多总是准时恭候。下面是塞尔万多告诉我的故事:

我们乘坐巴士旅行至瓜达拉哈拉市，去那里的美国领事馆，我们有两百多人想办理签证。说实话，在我内心深处，我主要是为了那位女士，我的老板，她一直要我去美国，我的签证申请费是一万比索（合六百七十三美元）。

我坐在一对老夫妇对面，他们是谦逊的乡下人，这从他们的衣着就能看出。男的穿牛仔服，而女的是个圆圆胖胖的矮个子，在淡蓝色的运动衫里面还穿着围裙，她很健谈，告诉我她叫孔查太太，她想去美国探访她的两个儿子，他们住在达拉斯。

我们在凌晨一点出发，黎明的时候到达瓜达拉哈拉。他们先把我们带到美国驻墨西哥领事馆，我们必须站在外面的街上，等上四个小时直到开门。才早上六点钟，这里就已经排了一条长队，足足有五百个人在我们前面！谁知道他们是什么时候到达这里的。首先你被冻僵，然后，当太阳出来，你又被烤熟。等到他们终于给你拍照、留指纹，就这些，已经花了五六个小时，然后就结束了。

他们安排我们下榻在一个简陋不堪的一星级旅馆，我只好穿着我的所有衣服睡觉。第二天早晨八点去美国领事馆，排了另一个有上千人的队伍，站了三个多小时，然后他们花两秒种和你面谈。

这时你站在一扇厚厚的窗子后面，和坐在另一面的领事通过麦克风谈话。她当着所有人的面问你问题，因为你后面有多达上千人，他们全能听见。

"你为什么要去美国？"

"我只是想去度个假。"

她注视我的文件。"是谁邀请你去?"

"我的老板,她在那里有屋子。我想见识一下迪士尼乐园,因为我读到过华特·迪士尼的故事。"

然后她看了看她手中的文件说:"现有的情况表明,你不符合来美国的资格。"

"谢谢。"

我离开了(说到这里,他发出深深呼气的声音)……离开了,很好,这没关系,相反,我松了口气,因为我正在脑中计算旅行费用,我的钱只够在美国逗留两个星期。

孔查太太结束了她的面谈,我从她的脸上可以看出她的签证也没有获准。

"我是多么想见我的儿子,已经分别二十多年了,这是我第三次尝试,有时候我们打电话给那里的孙子孙女,他们竟用英语接电话!"

"女士,我知道你的孩子不能回来看你们,因为他们没有身份证明,但是他们出生在美国的孩子难道不能来看你们?他们出入境不会有问题。为什么他们不这样试试?你花了不该花的冤枉钱。"

我想,这位女士如此卑微和贫穷,和我们一样,在出外转转的时候,会力图不要超支太多。我告诉她我叔叔的故事,为的是让她心里好过些。

"我叔叔去美国探望过他的亲戚,他觉得就像是去坐牢似的。不能开车,语言不通,如果他们不带他外出,他根本出不了门,在那里很不方便。"

"是,也许你说得对。"

但是我没能说服她,因为她是位母亲。她的孩子是她的心头肉,她想见他们。

墨西哥每天在伤我的心。男人和女人按响门铃寻找工作:一个长着满嘴牙齿的男子嗫嚅着问我是否需要园丁;一个中美洲人靠卖糖果想方设法越过又一个边界;声音甜美的老妇每个星期日为些琐碎小事按响我的门铃,每次一个要求,活像捻着珠子念玫瑰经,迫使我在十九级台阶上面跑上跑下,先是拿给她一双鞋,然后是一些我不想要的衣服,也许,还有午餐吃剩的食物和一点零钱,直到我的慷慨和同情之心消失殆尽,几乎想要勒死她,然后我又因为自己缺乏仁爱之心而感到悲哀起来。

在市区,裹着毯子的老人蜷缩在人行道上,像一袋袋东倒西歪的脏衣服,他们祝福我。"圣母会保佑你,她会永远眷顾你,圣母将补偿你,她会让你处于灿烂群星的照耀之下。"

来自这样一个城镇,有很多空了数日和数月的住宅,会是什么感觉?设想一下,如果你没有屋子,或者你的屋子是个不敷居住的破烂之处,当你走过那些价值一百万、两百万、三百万的豪宅,而你自己的家除了几根木柴没有一丝暖意的时候,会是什么感觉?

富有的墨西哥人喜欢住在象征未来的屋子里;生活在这里的外籍人士,喜欢住在像过去一样的屋子里,或者住在他们想象中的墨西哥屋子里。屋子让他们有了大庄园主的感觉。

作为一个想要住在没有修女的女修道院里的拉丁裔美国人,哪里是适合我的地方?

🏠

在厨房里和卡塔利娜、卡利斯托一起吃早餐,谈论有时候你在圣米格尔这个地方会遇到的事情,比如去餐馆用餐,而他们不想为你效劳,他们会谎称餐馆客满。

"这是真的?你真的碰到过这种事?"

"是的。"卡利斯托坚称。

这让我想起我的朋友,墨西哥诗人塞勒里那·帕特丽夏告诉我的,在墨西哥,本地人遭到怎样的对待。在墨西哥城的索娜罗莎,当他们不想服务她的时候,他们对她说,所有的桌子都是预订的。

"但是在这个时代,怎么会发生这种事情?"

"就是发生了。"塞勒里那让我确信。

卡塔利娜和卡利斯托两人告诉我,他们去卢娜德奎索奶酪店为我购物,看见售货员怎样优先服务所有的外国顾客,然后是淡肤色的墨西哥人,最后才轮到卡塔利娜和卡利斯托,尽管他们比其他任何人都要早到。

虽然卡利斯托的皮肤是和大牧场主奎索本人一样的浅色,他受冷落可能是因为穿了件T恤衫,上面写着"我就是那样滚动的",还画着一卷厕纸。他没有意向也没有钱去买一件领尖上有纽扣的正规衬衫。卡利斯托有他混合血统中的欧洲人皮肤,但是也有印第安人的杏眼。店主无视他和他的混血妻子卡塔利娜,她有一种美洲夜虎的狂野之美。在莉利达德塞拉亚的卢娜德奎索奶酪店,他们优先和首要服务的是那些人——他们的皮肤白得像一轮蜡状的布里奶酪。

二〇一四年五月七日下午六时三十分,我带了我的朋友诺玛去索拉诺街上一个名叫"菜馆"的餐厅用餐。这是一家高档的美食场所,我以前去那里都是因为外地的朋友事先有预订。要是去市场吃饭,我是一样高兴的,如果不是更高兴的话。我不需要花哨,我从没想到要。但这是五月,这个城镇最冷清的一个月,我最喜欢的餐厅"卡来奥"已经关门,就像这个季节的许多生意一样。

诺玛和我决定在"菜馆"用餐。诺玛的腿不好使,所以我跑在前面。我希望我们会幸运地找到一张没有预订的桌子,因为选了午餐(下午二时至四时)和晚餐(晚上八时左右)之间的时间。当我进去,我激动地看到餐厅里空空无人。

"下午好,"我对一个打扮入时的年轻女服务生说,"吃晚餐需要预订座位吗?"

"我们所有的桌子都已经预订了。"时尚模特对我说。

"真的?"

"但是你可以坐在吧台上。"她说。

"哦,但是难道你不能在主庭里为我们安排个位子吗?"

当我提出这个要求的时候,一个男服务生走了过来,他把我引到主庭的一张桌子上,非常热诚。最终诺玛蹒跚而来,喘着气,模样痛苦,她问服务生这里可否抽烟,回答说只有在酒吧里才能。

由于这所有一切，令我感到有点不快，我好不容易得到这张主庭的桌子，不过也罢，我坐哪儿都行。

这是花费大、味道美，但吃过就忘了的一餐。诺玛很高兴，我也因为她高兴而高兴，这才是最重要的。我们出去的时候，经过整个主庭，看到几乎所有桌子都有人，除了两张还像我们进来时那样，空着。

我找到了经理，我问他是否这些桌子都是预订的，为什么这里还没人时，就对我们说它们被预订了？他唾沫飞溅地说了一大通话，说要和年轻女招待谈一次话什么的。但是我知道她只是遵循管理层的决策和指令。我告诉他我是作家，而且这是一个令我感兴趣并觉得值得一写的故事。

在我看来，我被当作了本地人。我在"菜馆"遭拒，现在我明白是什么原因。它里面挤满了外国佬，是一家专门取悦外国人的餐馆，使得他们人在墨西哥，感觉却像是在比弗利山庄那样。

欢迎来到墨西哥！美丽可爱的墨西哥。

我的巴比叔叔最近过世，他的孩子不知道究竟该把他的骨灰撒到哪里——是墨西哥城？这是他的出生之地；或是芝加哥？这是他们居住的地方。在他人生的最后十年，他已丧偶，巴比叔叔做了搬回墨西哥的选择，住到瓜达拉哈拉郊区。但是他的孩子们并不喜欢他选择的这种新生活——一个比他任何孩子都要年轻的妻子，一个比他自己的孙辈还要幼小的婴儿。可怜的人儿，巴比叔叔，哪里是你的家？他活着的时候，住在他的店里。现在他死了，他的骨灰被置入一只瓮中，放在芝加哥的店里，就是他曾经作为家具商而工作的店。他的孩子们决定把他的骨灰留在这里，并把另一半交回给他在墨西哥的"遗孀"。这是一个两全其美的解决方法，他们为此感到高兴。

上个月，我返回美国去关闭我住了二十年的屋子。刚买下它的时候，我父亲很生气，他不理解我为什么选择一座百年历史的老屋，而我完全能够买一座崭新的。但是我爱老屋子，我爱它们的气息，它们的灵魂。

父亲最担心的就是我没有能力自己照顾好这幢屋子，他进屋后做的第一件事情就是在地板上蹬跳。"你看。"他边跳边说。厚木地板发出嘎吱嘎吱的响声，如同轻轻的呻吟，好像他弄伤了它们似的。他认为，这是一个明证，显示我的选择是多么愚蠢。但是几星期之后，父亲看到我有了一个团队——勤杂工、园丁、女管家——致力我那座老屋子的各种需要。他叹着气，最后承认我安排得当。

现在，在二十年之后，我卖掉了这幢我曾发誓决不出卖的屋子。在最后一个夜里，我凌晨三点醒来，因为我叫了四点三十分去圣安东尼奥机场的出租车。驾驶员早到半个小时，而我的行李已经搁在前门廊里了。

锁门之前，我环顾一间间空屋。我想到所有具有非凡创造力的人，他们来过这所屋子，他们经过我的生活。他们是电影制作者和画家，是设计师和作家，是建筑师和活动家，是政治家和诗人，是组织者和教育家，是音乐家和舞蹈者，是歌手和科学家，是表演艺术家和女权主义修女。一个写作研讨会在这里的餐厅诞生，而且继续发展为马孔多基金会。在这里开始了洛杉矶麦克阿瑟联谊会，拉丁美洲麦克阿瑟奖获奖者的核心会议——这里是所有人聚会并庆祝的地方。如此多的狂人——当地的和来自远方的——经过这一间间屋子。足足二十年。

我紧紧地拉上身后的门，最后一次锁上它，我问自己：
"你感觉怎样？"
我对自己说，我感到……感恩。

圣安东尼奥的这座屋子不再带给我快乐，它从一个气派非凡的贵妇人演变成一个我不想直说的大痛苦，它成了一个坏脾气的老妇，不断地用拐杖捅着地板抱怨我对她的无视："你不再关注我。"我想对我的屋子承认，但是我不想伤害她的感觉。我感受我的隐居生活有很长时候了，而现在外界的侵入日见浓烈，圣安东尼奥河的河边步道已经扩展到我的后篱笆外面。步行者整日不断地在它的另一边游来逛去，甚至在夜里弄得我的狗置身于闹哄哄的环境之中，我的心怦怦作跳。在河对岸，独立产权的公寓正在大兴土木地建造着，发出吼叫和轰鸣的声音，不日即将诞生，扬起沙尘风暴。我不想承认这些，但是我的屋子使我感到害怕。

我想到我的墨西哥朋友和雇工说的话，当我最近告诉他们我要去北边的美国旅行时，他们问："你不害怕吗？"（当我提到墨西哥人在他们自己的国家遭受绑架和失踪，提到墨西哥政治上的腐败、人权的被侵犯，以及缉毒战时，他们反驳说："是的，但是我们送孩子上学时，不必担心他们会被其他孩子暗杀。"）

这恰好也是我美国朋友说的话，当我告诉他们我正搬往墨西哥，他们问："你不害怕吗？"

"九一一"发生后不久，在墨西哥的一个电台访谈节目里，一个打进电话的人给美国起了个新名字，以取代"los Estados Unidos（美国）"：他把美国称为"los Asustados Unidos"，意思是"恐惧的国家"。我们正处于恐怖横行的时代，恐怖，在这边那边，在四面八方，在所有的国境线上，在全球范围内。

自相矛盾的是：恐怖既使我们团结起来，又让我们产生分裂。在美国遭受"九一一"恐怖袭击之后，媒体上有如此多的尖刻话语针对像我这样的人，在家我也再没有在家的感觉。在自己的屋子里你不应该有害怕的感觉。

在采访中，我经常被问到，我是怎样定义墨西哥人和美国人的，我回答："嗯，你有母亲和父亲，对吧？你怎么就两者都爱呢？爱一个不等于忽略另一个。"

我已经在一个父性祖国住了很长时间，现在到了探索母性祖国的时候了——墨西哥可不就是一个母系社会么，尽管母系社会有时候也会产生怪物。"大丈夫"不就是"妈妈的男孩"的另一个称呼吗？（我有坚定的信念，母亲和祖母能够解决暴力，不仅在墨西哥，全世界都如此。在墨西哥文化中，没有比母亲这个称呼更有崇高敬意的，也许，除了母亲的母亲，母亲中的神灵，瓜达卢佩女神。）

当驾驶员在后备箱里重新整理我的行李时，我透过驾驶座的窗子凝视我的屋子，门廊的灯光在欢快地闪耀着，透过艺术家艾萨克·麦克斯韦尔设计的带孔锡板灯罩。我种植的龙舌兰和仙人掌，正在黑暗中摆出美丽的弗拉门戈舞姿，看它们长得多大！美洲山核桃和豆科灌木,就像屋子的卫士,没有悲哀。我看着这座我已经安居了很久的屋子,心里充满了感恩。

我对驾驶员说:"我们走吧。"

二〇一五年二月十六日于墨西哥瓜纳华托

附言：无限

曾经有个女人，她渴望住在一个完全属于自己的屋子里，在那屋里，房间清洁、宁静，她能在里面工作。因为有些屋子的安静和宜人的光线，她沉入对它们的爱慕中，但是她却没有一处自己的屋子。

她在为汽车而建的大楼里租过廉价房，这里供人居住的房间只是事后的想法，虽然车子从来不需要庇护，因为那是一块永远不会真正冷下来的土地。热通过锡皮屋顶渗入，蟑螂，就像是涂了漆的埃及圣甲虫，从裂缝里进入，如同它们在埃及皇宫里一样自在。肆无忌惮的老鼠，在墙与墙之间乱窜。

这个地方，阳光强烈而刺眼，一年中的大部分时候，仙人掌和各种花卉都在绽开。而它们没开花的时候，可以听到山核桃在鞋子下面被踩得嘎嘎作响。在这个季节，爱闹腾的美洲黑羽椋鸟抖动它们的羽毛，乌黑闪亮，如同夜间的河面，它们聚集在冬树的秃枝上。

这个女人有时住在借来的屋里，这也不无害处。不过租屋子不是长久之计，爱上它们而又明知最终不得不撒手，就像爱上了别人的丈夫一样糟糕。这样坠入爱河，少不了受折磨。

屋子来了，屋子又走，耍弄着她，它们终究不是她的。直到有一天，一个智慧的妇女来到，问她要口水喝。这个没有屋子的女人想起来，给予水是一种被祝福的方式，于是怀着希望，把水给了那个智慧的妇人。

"我想回赠你某样东西，什么是你最想要的？一个丈夫？"

"哦，不，我再也不想了。"

"一辆新车？"

"花那钱不值得，我总是买二手车。"

"鞋子怎么样？"

"我都没有地方放我的鞋。我真正想要的是一个我自己的屋子。"

"谁不想？"智慧的妇女说，"只管等着，回头见！"

于是，果然一座屋子出现了，不仅让她爱上，而且是廉价出售，以她可以接受的价格，还不需要通过房产经纪人。她吓呆了，但是她的代理人和会计师使她振奋起来，与其说是给她勇气，不如说是推了她一把。

这座屋子有一株牧豆树，旁边是婆娑起舞的蔓藤花，屋前还有一棵山核桃树，每到秋季，它的成熟果实就会跌落到屋顶上，像钱币一样，发出扑通扑通的响声。屋后，一条弯弯的河流形成一个优美的"S"型。哇！太美了，每次她用钥匙开启门锁的时候，都会忍不住笑出声来。

这幢屋子被她漆成了紫罗兰色，是因为她对这颜色不可遏制的爱，哦，这引起了多么大的骚动。谁会想到紫色会引起别人如此大的痛苦？但是那些没有自己生活的人，总是喜欢干涉按自己方式生活的人。

事情来得真快，太阳把紫色晒得褪成了蓝色。又到了下一次油漆的时候，这个女人懂了，把屋子漆成深粉红色，这样，它就会褪成淡一点的粉红色。

这座屋子虽然起先很见大，但是随着她的成长变得小了，到了她在那里的最后一段时间，她觉得自己就像约翰·坦尼尔爵士插图里的爱丽丝，喝了"喝我"瓶里的水。更糟的是，她用家具、一群狗、一个男人和大量杂乱的东西来塞进这座屋子。因为她很勤勉，她在第一座房子旁边造了另一座小的，漆上花瓣密集的万寿菊的颜色。她把她的书籍和书桌放到这里，还有，用它来安顿过夜的访客。

很快，街对面的第三幢屋子成为她的，这里面她漆的是蓝色。她决定将一切妨碍她写作的东西放入——驻校作家的头衔、研讨会、报税单，甚至那个她现在与之同居的男人，他像颗焦糖奶糖一样甜蜜，但是又像八月里的得克萨斯尘暴那样乱糟糟，最终会被清理出去。

但是，嗨，屋子怎么会悲号和哭泣，比小孩子都更会吵闹。

"我需要一个螺旋楼梯，可以上屋顶看星星。"涂着万寿菊黄色的屋子说。

"但是看我！我需要光，这样人们在夜里也能看到我现在是粉红色的。"以前以紫色而闻名的屋子说，因为她已经习惯了名声。

"可是我根本没被刷新过，"蓝色的屋子说，"我的屋顶需要修缮，我的门需要修理，我的玻璃破裂了。和你们两个相比，我太破烂了。"

唉，这个拥有三座屋子的女人，没想到它们的哀诉会令她夜不成眠,它们像是被宠坏的情妇,像暖房里自负的花,像不断苛求的富家子弟,它们要这要那,立刻就要,否则它们会焦虑等待,随时崩溃。

拥有三座屋子的女人坐在书桌边,想要进入她的白日梦,因为这是她的专长。但是由于在她心中恐惧大于勇气,她连一个梦也编织不成。

最后,她决定打个盹,看真正的梦能告诉她什么。于是,在她的梦里,看见围绕着她的全都是故事,有些是把车停在他的私人车道上的邻居告诉她的,一个是她的清洁女工告诉她的,一个是她的园丁就像采摘一朵完美的弗拉戈纳尔玫瑰那样收集到的。哇!

想象一下,它们自始至终地围绕着她打转、飞舞、任随意拿取。你只须静静坐着,它们便振羽从飞翔着的天空低掠而下,降落到你的头发里。没有开头和没有收尾的故事,关乎各种大大小小的事情,从宇宙的中心迸发光芒,哇,真可谓,大千世界,美好无限!

追悼

艾

玛丽亚·罗穆阿尔多·菲利帕·安吉亚诺·德·科尔德罗

格洛莉亚·安扎尔朵

恩里克·阿特亚加·希斯内罗丝

格特鲁德·贝克

格温德琳·布鲁克斯

罗妮·伯克

汤姆·查瓦那牧师

卡罗莱纳·希斯内罗丝·科尔德罗

埃斯特拉·希斯内罗丝·博蒙特

阿尔弗雷多·希斯内罗丝·戴尔莫拉尔

埃德拉·希斯内罗丝·戴尔莫拉尔

约瑟·恩里克·希斯内罗丝·戴尔莫拉尔

豪尔赫·希斯内罗丝·戴尔莫拉尔

路易斯·贡萨加·希斯内罗丝·Y.吉伦

埃夫拉因·科尔德罗

约瑟·科尔德罗

托马萨·科尔德罗·阿尔卡拉

瓜达卢佩·科尔德罗·卡夫雷拉

埃尔韦拉·科尔德罗·希斯内罗丝

约瑟·埃莱乌特里奥·科尔德罗·罗德里格斯

尤拉莉亚·科尔德罗·罗斯·戈麦斯

约瑟·德拉腊·加西亚

特立尼达·戴尔莫拉尔·德·希斯内罗丝

玛丽亚·德茂特

玛格丽特·杜拉斯

费德里科·费里尼

卡洛斯·富恩特斯

爱德华多·加莱亚诺

亚历杭德罗·加尔萨·富恩特斯

威廉·赫耶尔

辛西娅·哈珀

奥斯卡·希胡罗斯

里克·亨特

理夏德·卡普斯辛斯基

詹姆斯·帕特里克·卡比

丹尼·洛佩斯·洛萨诺

塞伦·马洛维奇

尤金·马丁内斯

杰里·韦斯顿·马西斯

艾萨克·麦克斯韦尔

克雷格·彭内尔

阿斯托尔·皮亚佐拉

维多利亚·里佐·德·安吉亚诺

梅尔塞·罗多雷达

路易斯·奥马尔·萨利纳斯

马里奥·戴维·桑切斯

安东尼奥斯·斯塔夫罗

斯塔兹·特克尔

查维拉·瓦尔加斯

约翰·瓦思康赛罗斯参议员

玛丽安娜·扬波尔斯基

图书在版编目（CIP）数据

芒果街，我自己的小屋 /（美）桑德拉·希斯内罗丝著；程应铸译. —— 海口：南海出版公司，2017.10
书名原文：A House of My Own
ISBN 978-7-5442-8772-2

Ⅰ. ①芒… Ⅱ. ①桑… ②程… Ⅲ. ①散文集－美国－现代 Ⅳ. ① I712.65

中国版本图书馆CIP数据核字（2017）第033482号

著作权合同登记号 图字：30-2016-073

A HOUSE OF MY OWN: STORIES FROM MY LIFE by SANDRA CISNEROS
Copyright: © 2015 by SANDRA CISNEROS
This edition arranged with SUSAN BERGHOLZ LITERARY SERVICES
Through BIG APPLE AGENCY, INC., LABUAN, MALAYSIA.
Simplified Chinese edition copyright:
2017 THINKINGDOM MEDIA GROUP LIMITED
All rights reserved.

芒果街，我自己的小屋
〔美〕桑德拉·希斯内罗丝 著
程应铸 译

出　版	南海出版公司　（0898）66568511	
	海口市海秀中路51号星华大厦五楼　邮编570206	
发　行	新经典发行有限公司	
	电话（010）68423599　邮箱 editor@readinglife.com	
经　销	新华书店	
责任编辑	黄宁群	
特邀编辑	刘文茵　李佳婕	
装帧设计	魔都鼠兔	
内文制作	王春雪	
印　刷	山东鸿君杰文化发展有限公司	
开　本	850毫米×1168毫米　1/32	
印　张	11.5	
字　数	232千	
版　次	2017年10月第1版	
印　次	2017年10月第1次印刷	
书　号	ISBN 978-7-5442-8772-2	
定　价	45.00元	

版权所有，侵权必究
如有印装质量问题，请发邮件至 zhiliang@readinglife.com